MeusAMIGOS, meusAMORES

MARC LEVY

MeusAMIGOS, meusAMORES

Tradução de
Joana Angélica d'Ávila Melo

EDITORA RECORD
RIO DE JANEIRO • SÃO PAULO
2009

CIP-Brasil. Catalogação-na-fonte
Sindicato Nacional dos Editores de Livros, RJ.

L65m
Levy, Marc, 1961-
  Meus amigos, meus amores / Marc levy ; tradução de Joana Angélica d'Ávila Melo. - Rio de Janeiro : Record, 2009.

  Tradução de: Mes amis, mes amours
  ISBN 978-85-01-08555-9

  1. Romance francês. I. Melo, Joana Angélica d'Ávila. II. Título.

09-3034.
CDD: 843
CDU: 821.133.1-3

Título original em francês:
Mes amis, mes amours

Copyright © Editions Robert Laffont, Susanna Lea Associates, 2006

Editoração eletrônica: Abreu's System

Texto revisado segundo o Novo Acordo Ortográfico da Língua Portuguesa

Todos os direitos reservados. Proibida a reprodução, no todo ou em parte, através de quaisquer meios.

Direitos exclusivos de publicação em língua portuguesa somente para o Brasil adquiridos pela
EDITORA RECORD LTDA.
Rua Argentina 171 - Rio de Janeiro, RJ - 20921-380 - Tel.: 2585-2000
que se reserva a propriedade literária desta tradução

Impresso no Brasil

ISBN 978-85-01-08555-9

PEDIDOS PELO REEMBOLSO POSTAL
Caixa Postal 23.052 - Rio de Janeiro, RJ - 20922-970

*Para Louis,
para Emily*

Paris

— Lembra-se de Caroline Leblond?
— Segundo ano, turma A, sempre sentada no fundo da sala. O primeiro beijo que você deu, não? Já faz um bom tempo...
— Era absurdamente bonita, Caroline Leblond.
— Por que você pensou nela agora?
— Ali, perto do carrossel. Acho que aquela mulher se parece com ela.

Antoine observou atentamente a jovem mamãe que lia, sentada numa cadeira. Ao virar as páginas, ela lançava breves olhares ao filhinho que ria, agarrado ao mastro de seu cavalinho de madeira.

— Essa aí deve ter mais de 35 anos.
— Nós também temos mais de 35 anos — retrucou Mathias.
— Acha que é Caroline? Tem razão, bem que ela lembra Caroline Leblond.
— Nossa, como eu fui apaixonado por ela!
— Também lhe fazia os deveres de matemática, para ganhar um beijo depois?
— Que coisa nojenta, isso que você disse.

— Nojenta por quê? Caroline beijava todos os garotos com notas acima da média.

— Mas se eu acabo de dizer que era apaixonadíssimo por ela!

— Muito bem, mas a esta altura já pode pensar em virar a página.

Sentados lado a lado num banco que rodeava o carrossel, Antoine e Mathias agora acompanhavam com o olhar um homem de terno azul que pousava uma grande bolsa cor-de-rosa no chão, junto de uma cadeira, e acompanhava a filhinha até o brinquedo.

— Esse daí é um seis meses — disse Antoine.

Mathias avaliou a trouxa cor-de-rosa. Pelo zíper entreaberto brotavam um pacote de biscoitos, uma garrafa de laranjada e o braço de um urso de pelúcia.

— Três meses, no máximo! Quer apostar?

Mathias estendeu a mão, Antoine lhe bateu na palma.

— Fechado!

Montada no cavalinho de crina dourada, a garotinha pareceu se desequilibrar um pouco. O pai deu um salto, mas o supervisor do carrossel já o precedera, ajeitando-a na sela.

— Você perdeu... — concluiu Mathias.

Adiantou-se até o homem de terno azul e sentou-se junto dele.

— No começo é difícil, hein? — perguntou, condescendente.

— Oh, e como! — respondeu o homem, suspirando.

— Com o tempo, o senhor vai ver, fica ainda mais complicado.

Mathias espiou furtivamente a mamadeira sem tampa que ultrapassava a borda da bolsa.

— Faz muito tempo que o senhor se separou?
— Três meses...

Mathias deu um tapinha no ombro do homem e voltou triunfante para junto de Antoine. Acenou ao amigo para que o acompanhasse.

— Me deve 20 euros!

Os dois se afastaram por uma alameda dos Jardins de Luxemburgo.

— É amanhã que você volta para Londres? — perguntou Mathias.

— Hoje à noite.

— Então, não vamos jantar juntos?

— Só se você pegar o trem junto comigo.

— Amanhã eu trabalho!

— Vá trabalhar lá.

— Não comece de novo. O que é que eu vou fazer em Londres?

— Ser feliz!

I

Londres, alguns dias depois

Sentado à sua escrivaninha, Antoine redigia as últimas linhas de uma carta. Releu-a e, satisfeito, dobrou-a cuidadosamente antes de guardá-la no bolso.

As persianas das janelas que davam para a Bute Street filtravam a luz de um belo dia de outono, lançando-a sobre o piso de parquê castanho-dourado da agência de arquitetura.

Antoine vestiu o paletó que deixara pendurado no espaldar da cadeira, ajeitou as mangas do suéter e em passos rápidos dirigiu-se ao vestíbulo. No caminho, parou e se inclinou por cima do ombro do seu arquiteto-chefe para examinar a planta que ele desenhava. Deslocou o esquadro e corrigiu um traço de corte. McKenzie agradeceu com um aceno de cabeça, Antoine se despediu com um sorriso e continuou rumo à recepção, consultando seu relógio. Das paredes pendiam fotografias e reproduções dos projetos realizados pela agência desde sua criação.

— É hoje que você sai de licença? — perguntou ele à recepcionista.

— Pois é, está na hora de eu ter meu neném.

— Menino ou menina?

A jovem fez uma careta, pousando a mão sobre o ventre redondo.

— Jogador de futebol!

Antoine contornou a mesa e deu um abraço apertado na recepcionista.

— Volte logo... não muito depressa, claro, mas não demore! Enfim, volte quando quiser.

Afastou-se, dando um adeusinho com a mão, e empurrou as portas envidraçadas que davam para o hall dos elevadores.

Paris, no mesmo dia

As portas envidraçadas de uma grande livraria parisiense abriram-se para dar passagem a um cliente visivelmente apressado. Chapéu na cabeça, echarpe enrolada no pescoço, ele se dirigiu à prateleira de livros escolares. Encarapitada numa escada, uma vendedora enunciava em voz alta os títulos e quantidades das obras enfileiradas nas prateleiras, enquanto Mathias anotava num caderno as referências dos volumes. Sem nenhum preâmbulo, o cliente perguntou aos dois, em tom antipático, onde ficava a coleção Pléiade das obras completas de Victor Hugo.

— Que volume? — perguntou Mathias, levantando a vista do caderno.

— O primeiro — respondeu o homem, em tom ainda mais seco.

A jovem vendedora se esticou toda, pegou o livro com as pontas dos dedos e se inclinou para dá-lo a Mathias. O homem de chapéu se apoderou rapidamente do volume e se dirigiu para a caixa. A vendedora trocou um olhar com Mathias. Este apertou os maxilares, pousou o caderno sobre o balcão e correu atrás do cliente.

— Bom dia, por favor, obrigado, até logo! — esbravejou, barrando o acesso do sujeito à caixa.

Estupefato, o cliente tentou se desviar; Mathias arrancou o livro das mãos dele e retomou seu trabalho, repetindo aos berros "Bom dia, por favor, obrigado, até logo!". Alguns clientes assistiam à cena, assombrados. O homem de chapéu saiu furioso da livraria, a moça da caixa deu de ombros, a jovem vendedora, sempre no alto da escada, fez um grande esforço para não rir e o proprietário da livraria mandou que Mathias o procurasse antes do final do expediente.

Londres

Antoine ia subindo a Bute Street a pé; assim que entrou na faixa de segurança, um *black cab* reduziu e freou. Antoine fez um aceno de agradecimento ao taxista e avançou até a rotunda diante do Liceu Francês. Ao toque da sineta, o pátio da escola primária foi invadido por um enxame de crianças. Emily e Louis, com suas pastas às costas, caminhavam lado a lado. O menino saltou nos braços do pai. Emily sorriu e se afastou rumo à grade.

— Valentine não veio buscar você? — perguntou Antoine a Emily.

— Mamãe telefonou para a professora. Está atrasada, quer que eu vá esperar por ela no restaurante de Yvonne.

— Então venha conosco, vamos nós três comer alguma coisa lá.

Paris

Uma chuva fina se grudava às calçadas luzidias. Mathias fechou a gola de sua gabardina e enveredou pela passagem de pedestres. Um táxi buzinou e lhe tirou um fino. O motorista botou a mão para fora, apontando o dedo médio num gesto nada equívoco. Mathias atravessou a rua e entrou no minimercado. As luzes vivas dos neons sucederam ao tom acinzentado do céu de Paris. Mathias pegou um pacote de café, hesitou diante de diferentes pratos congelados e escolheu uma embalagem a vácuo de presunto. Com o cestinho cheio, dirigiu-se à caixa.

O comerciante lhe devolveu o troco, mas não o boa noite.

Quando ele chegou em frente à lavanderia, a porta de ferro já estava abaixada. Mathias voltou para casa.

Londres

Instalados a uma mesa na sala deserta do restaurante, Louis e Emily desenhavam em seus cadernos enquanto se deliciavam com um *crème caramel* cujo segredo somente a proprietária, Yvonne, conhecia. Ela vinha subindo da adega seguida por Antoine, que trazia uma caixa de vinho, duas bandejinhas de legumes e três potes de creme.

— Como é que você consegue levantar um peso destes? — perguntou Antoine.

— Simplesmente consigo! — respondeu Yvonne, acenando-lhe para deixar as coisas em cima do balcão.

— Devia conseguir alguém para ajudá-la.

— E com que eu pagaria a esse alguém? Já é difícil sobreviver sozinha.

— Domingo, venho lhe dar uma mãozinha com Louis; vamos arrumar sua despensa, lá embaixo está uma bagunça.

— Deixe minha despensa como está, é melhor levar seu filho para passear de pônei no Hyde Park, ou então conhecer a Torre de Londres. Faz meses que ele sonha com isso.

— Ele sonha principalmente em visitar o Museu dos Horrores, não é a mesma coisa. E ainda é muito garoto.

— Ou você, velho demais — retrucou Yvonne, arrumando suas garrafas de Bordeaux.

Antoine botou a cabeça pela porta da cozinha e espiou cobiçosamente as duas grandes travessas pousadas sobre o fogão. Yvonne bateu no seu ombro.

— Dois lugares para hoje? — perguntou.

— Três, quem sabe? — respondeu Antoine olhando para Emily, debruçada sobre seu caderno no fundo da sala.

Mas, assim que ele terminou a frase, a mãe de Emily entrou ofegante no bistrô. Dirigiu-se até a filha e a beijou, desculpando-se pelo atraso: uma reunião no consulado a retivera. Perguntou se a menina havia terminado seus deveres; Emily aquiesceu, toda orgulhosa. Do balcão, Antoine e Yvonne observavam a cena.

— Obrigada — disse Valentine.

— De nada — responderam em coro Yvonne e Antoine.

Emily guardou suas coisas na pasta e segurou a mão da mãe. Da soleira da porta, a garotinha e Valentine se voltaram e se despediram dos dois.

Paris

Mathias pousou de volta sobre a bancada da cozinha o retrato emoldurado. Com as pontas dos dedos, roçou o vidro, como se quisesse acariciar os cabelos da filha. Na foto, Emily dava uma mão à mãe e, com a outra, fazia um aceno de despedida. Tinha sido nos Jardins de Luxemburgo, três anos antes. Na véspera do dia em que Valentine, mulher dele, iria deixá-lo para ir morar em Londres com a filha.

De pé atrás da tábua de passar, Mathias aproximou a mão da base do ferro de passar roupas para verificar se a temperatura estava boa. Entre as camisas que desamassava ao ritmo de uma por quarto de hora, inseriu-se um pacotinho embrulhado em papel-alumínio, que ele passou com mais atenção ainda. Devolveu o ferro ao suporte, desligou a tomada e abriu a folha laminada, desembrulhando um misto-quente fumegante. Colocou-o num prato e levou sua refeição para o sofá da sala, pegando de passagem o jornal na mesinha de centro.

Londres

Se neste início de noite o bar do restaurante estava animado, a sala estava longe de lotar. Sophie, a jovem florista que mantinha uma loja ao lado do restaurante, entrou carregando um buquê enorme. Encantadora em seu jaleco branco, arrumou os lírios numa jarra sobre o balcão. Com um sinal discreto, a proprietária lhe apontou Antoine e Louis. Sophie se dirigiu à mesa dos dois. Beijou Louis e recusou o convite de Antoine para se juntar a eles; ainda tinha coisas a fazer na loja e, no dia seguinte, deveria sair bem cedo para o mercado de flores de Columbia Road. Yvonne chamou Louis para ir escolher um sorvete no congelador. O menino saiu.

Antoine tirou a carta do bolso do paletó e a entregou discretamente a Sophie. Esta a desdobrou e começou a ler, visivelmente satisfeita. Sem interromper a leitura, puxou uma cadeira e se sentou. Devolveu a primeira página a Antoine.

— Não dá para começar com: "Meu amor"?

— Quer que eu diga a ele "meu amor"? — respondeu Antoine, em dúvida.

— Sim, por quê?

— Por nada!

— Qual é o problema? — questionou Sophie.

— Acho que é um pouquinho demais.

— Demais o quê?

— Demais, demais!

— Não entendo. Eu amo esse cara de verdade, portanto o chamo de "meu amor"! — insistiu Sophie, convicta.

Antoine puxou a caneta e destampou-a.

— É você quem ama, então é você quem decide! Mas, enfim...

— Enfim o quê?

— Se ele estivesse aqui, talvez você o amasse um pouco menos.

— Não encha, Antoine. Por que você sempre diz essas coisas?

— Porque é assim! Quando nos veem todos os dias, as pessoas nos enxergam menos... e até nem nos enxergam mais, depois de um certo tempo.

Sophie o encarou, visivelmente aborrecida. Antoine retomou a folha e se decidiu.

— Muito bem, então dizemos: "Meu amor"...

Balançou a folha, para secar a tinta, e a devolveu a Sophie. Esta o beijou na face, levantou-se e, com a mão, jogou um beijo para Yvonne, ocupada lá no bar. Quando ela já ia transpondo a porta, Antoine a chamou de volta.

— Desculpe por agora há pouco.

Sophie sorriu e saiu.

O celular de Antoine tocou. O número de Mathias apareceu no visor.

— Onde você está? — perguntou Antoine.

— No meu sofá.

— É impressão minha, ou sua voz está desanimada?

— Não, não — respondeu Mathias, triturando as orelhas de uma girafa de pelúcia.

— Peguei sua filha na escola agora há pouco.

— Eu soube, ela me disse, acabamos de nos falar. Aliás, vou ligar de novo para lá.

— Tem tanta saudade assim? — perguntou Antoine.

— Mais ainda, sempre que a gente acaba de se falar — respondeu Mathias, com uma pontinha de tristeza na voz.

— Pense na sorte que ela terá mais tarde, por ser totalmente bilíngue, e alegre-se. Emily está magnífica e feliz.

— Sei de tudo isso, o pai é que não está.

— Problemas?

— Acho que vou acabar conseguindo ser demitido.

— Mais uma razão para vir se instalar aqui, perto de Emily.

— E eu viveria de quê?

— Existem livrarias em Londres, e trabalho é o que não falta.

— Não são um pouco inglesas, essas suas livrarias?

— Meu vizinho vai se aposentar. Ele tem uma livraria em pleno bairro francês, e está procurando um gerente que o substitua.

Antoine reconheceu que o estabelecimento era bem mais modesto do que aquele onde Mathias trabalhava em Paris, mas acrescentou que este seria seu próprio patrão, o que na Inglaterra não era crime... O local era supercharmoso, embora precisasse de uma reforma.

— Seria uma obra muito grande?

— Isso é comigo — respondeu Antoine.

— E quanto custaria a gerência?

O proprietário queria sobretudo evitar que sua livraria se transformasse numa lanchonete. Ele se contentaria com uma pequena porcentagem sobre os lucros.

— Como você define "pequena", exatamente? — questionou Mathias.

— Pequena! Pequena como... a distância que haveria entre seu local de trabalho e a escola de sua filha.

— Eu jamais conseguiria viver no estrangeiro.

— Por quê? Acha que a vida será mais bonita em Paris quando o metrô de superfície ficar pronto? Aqui, a grama não cresce só entre os trilhos, existem parques em todo canto... Imagine que, hoje de manhã, eu alimentei uns esquilos no meu jardim.

— Puxa, como seus dias são sobrecarregados!

— Você se acostumaria a Londres muito bem, existe aqui uma energia incrível, as pessoas são amáveis, e também, quando lhe falo do bairro francês, acredite, parece que a gente está realmente em Paris... mas sem os parisienses.

E Antoine fez uma lista exaustiva de todos os estabelecimentos comerciais franceses instalados nos arredores do liceu.

— Você pode até comprar *L'Équipe* e tomar seu café com creme numa mesa de calçada, sem sair da Bute Street.

— Que exagero!

— Para seu governo, por que os londrinos batizaram a rua de *"Frog Alley"*? Mathias, sua filha mora aqui, seu melhor amigo também. E você vive dizendo que a vida em Paris é estressante.

Incomodado pelo barulho que vinha da rua, Mathias foi até a janela; um motorista espinafrava os lixeiros.

— Só um minutinho, não desligue — pediu a Antoine, botando a cabeça para fora.

Gritou ao motorista que, se este não respeitava a vizinhança, podia pelo menos ter alguma consideração com pessoas que exerciam um trabalho difícil. Sem descer do carro, o condutor vociferou uma enxurrada de palavrões. O caminhão basculante acabou estacionando no acostamento e o automóvel desapareceu, cantando pneu.

— O que houve? — perguntou Antoine.

— Nada! O que você estava mesmo dizendo sobre Londres?

II

Londres, alguns meses mais tarde

A primavera estava às portas. E se, nesses primeiros dias de abril, o sol ainda se escondia atrás das nuvens, a temperatura não deixava dúvidas quanto à mudança de estação. O bairro de South Kensington estava em plena efervescência. As barracas dos quitandeiros regurgitavam de frutas e legumes, a loja de flores de Sophie não se esvaziava e a varanda do restaurante de Yvonne não demoraria a reabrir. Antoine desabava sob o trabalho. Nessa tarde, tinha adiado duas reuniões para acompanhar o andamento da pintura de uma encantadora livrariazinha no final da Bute Street.

As prateleiras da French Bookshop estavam protegidas por encerados e os pintores davam os últimos acabamentos. Antoine consultou seu relógio, inquieto, e virou-se para seu colaborador.

— Eles não vão conseguir terminar hoje!

Sophie entrou na livraria.

— Volto mais tarde, para trazer meu buquê. A pintura ama as flores, mas a recíproca não é verdadeira.

— Do jeito como estão indo as coisas, é melhor você voltar amanhã — respondeu Antoine.

Sophie se aproximou.

— Ele vai adorar. Então, mesmo que ainda encontre uma escada e duas latas de tinta por aí, não chega a ser grave.

— Só vai ficar bonito quando tudo estiver pronto.

— Você é maníaco. Bom, vou fechar a loja e volto para lhe dar uma mãozinha. A que horas ele chega?

— Não sei. Você o conhece, ele mudou de horário quatro vezes.

*

Sentado no banco traseiro de um táxi, uma mala aos seus pés, um pacote embaixo do braço, Mathias não entendia nada do que o motorista lhe dizia. Por educação, respondia com uma série de sins e de nãos, ao acaso, tentando interpretar o olhar do outro pelo retrovisor. Ao embarcar, havia anotado o endereço no verso da passagem de trem e entregara o papelzinho a esse homem que lhe parecia de total confiança, apesar de um problema flagrante de comunicação e de um volante situado do lado errado.

O sol finalmente atravessava as nuvens e seus raios se difundiam pelo Tâmisa, estendendo as águas do rio numa longa faixa prateada. Ao atravessar a ponte de Westminster, Mathias vislumbrou os contornos da abadia na margem oposta. Na calçada, uma jovem, costas apoiadas ao parapeito, microfone na mão, recitava seu texto diante de uma câmera.

— Cerca de 400 mil de nossos compatriotas teriam atravessado o canal da Mancha para vir se instalar na Inglaterra.

O táxi ultrapassou a jornalista e penetrou no coração da cidade.

*

Atrás do balcão, um velho senhor inglês arrumava uns papéis numa pasta de couro já rachado pelo uso. Olhou ao redor e inspirou profundamente, antes de retomar a tarefa. Acionou discretamente o mecanismo de abertura da caixa registradora e escutou o delicado tilintar da sinetinha quando a gaveta de dinheiro se abria.

— Meu Deus, como vou sentir falta deste ruído! — disse.

Passou a mão sob a máquina antiquada e empurrou uma mola, liberando dos trilhos a gaveta-caixa. Pousou-a sobre um banquinho ali perto. Debruçou-se para recuperar, no fundo do vão, um livrinho de capa vermelha desbotada. O romance era assinado por P.G. Wodehouse. O velho cavalheiro inglês, que atendia pelo nome de John Glover, cheirou o livro e apertou-o contra si. Folheou algumas páginas, com uma atenção que beirava a ternura. Depois colocou o volume em evidência, na única prateleira que não estava coberta por um encerado, e voltou para trás do balcão. Fechou a pasta e ficou esperando, braços cruzados.

— Tudo bem, senhor Glover? — perguntou Antoine, olhando seu relógio.

— Melhor do que isso seria quase indecência — respondeu o livreiro.

— Ele já não deve demorar.

— Na minha idade, o atraso de um encontro que se tornou inevitável só pode ser boa notícia — retrucou Glover, em tom ponderado.

Um táxi ia parando junto da calçada. A porta da livraria se abriu e Mathias se jogou nos braços do amigo. Antoine pigarreou e indicou, com um olhar enfático, o idoso senhor que o esperava no fundo da livraria, a dez passos dele.

— Ah, sim, agora compreendo melhor o sentido que você dá à palavra "pequeno" — cochichou Mathias, olhando ao redor.

O livreiro se levantou e estendeu a Mathias uma mão franca.

— *Monsieur Popinot, je présume?* — disse, num francês quase perfeito.

— Me chame de Mathias.

— Estou muito feliz por acolhê-lo aqui, senhor Popinot. No começo, provavelmente será um pouco difícil para o senhor situar-se, as instalações podem parecer pequenas, mas a alma desta livraria é imensa.

— Senhor Glover, meu nome não é Popinot.

John Glover estendeu a velha pasta a Mathias e abriu-a diante dele.

— No compartimento central estão todos os documentos assinados pelo tabelião. Abra o fecho ecler com certo cuidado. Depois do septuagésimo aniversário, ele se tornou estranhamente caprichoso.

Mathias pegou a pasta e agradeceu ao seu anfitrião.

— Senhor Popinot, posso lhe pedir um favor? Um favorzinho de nada, mas que me encheria de alegria?

— Com todo o prazer, senhor Glover — respondeu Mathias, hesitante —, mas permita-me insistir: meu nome não é Popinot.

— Como queira — prosseguiu o livreiro, em tom afável.

— Enfim, o senhor poderia me perguntar se eu, por acaso, não disporia em minhas prateleiras de um exemplar de *Inimitable Jeeves*?

Mathias virou-se para Antoine, procurando no olhar do amigo um indício de explicação. Antoine limitou-se a dar de ombros. Mathias pigarreou e fitou John Glover com a cara mais séria do mundo.

— Por gentileza, senhor Glover, poderia me informar se, por acaso, tem um livro cujo título seria *Inimitable Jeeves*?

Com passo decidido, o livreiro se dirigiu à prateleira que não estava coberta, pegou o único exemplar que ela continha e o mostrou orgulhosamente a Mathias.

— Como poderá constatar, o preço indicado na capa é de meia coroa; já que, lamentavelmente, essa moeda não está mais em curso, e a fim de que esta transação se faça entre *gentlemen*, calculei que a soma atual de 50 *pence* seria perfeitamente adequada, se o senhor concordar, é claro!

Desnorteado, Mathias aceitou a proposta e Glover lhe entregou o livro. Antoine quebrou o galho do amigo, dando-lhe 50 *pence*, e o livreiro decidiu que era hora de apresentar o local ao novo gerente.

Embora a livraria ocupasse, no máximo, uns 62 metros quadrados — se fossem contadas, claro, a superfície das estantes e a minúscula saleta dos fundos —, a visita durou uns bons trinta minutos. Durante todo esse tempo, Antoine teve de soprar ao seu melhor amigo as respostas às perguntas que volta e meia Mr. Glover fazia, abandonando o francês e retomando sua língua materna. Depois de demonstrar o bom funcionamento da caixa registradora, e sobretudo o modo de desbloquear a gaveta-caixa quando a mola fazia das suas, o velho livreiro pediu a Mathias que o acompanhasse, questão de tradição. O outro aquiesceu de bom grado.

Na soleira da porta, e não sem demonstrar, só por esta vez, uma certa emoção, Mr. Glover lhe deu um abraço apertado.

— Passei minha vida toda neste local — disse.

— Cuidarei muito bem de tudo, o senhor tem minha palavra de honra — respondeu Mathias, solene e sincero.

O livreiro se aproximou do ouvido dele.

— Eu tinha acabado de completar 25 anos e não pude comemorá-los, porque meu pai teve a deplorável ideia de morrer no dia do meu aniversário. Devo confessar que nunca entendi seu senso de humor. No dia seguinte, precisei assumir a livraria, que na época era inglesa. Esse livro que o senhor tem nas mãos foi o primeiro que eu vendi. Tínhamos dois exemplares. Conservei esse, jurando a mim mesmo que só me separaria dele no último dia do meu ofício de livreiro. Como amei esse ofício! Estar no meio dos livros, conviver diariamente com os personagens que vivem em suas páginas... Cuide deles.

Mr. Glover olhou pela última vez a obra de capa vermelha que Mathias segurava e disse, com um sorriso nos lábios:

— Tenho certeza de que Jeeves tomará conta do senhor.

Cumprimentou Mathias e partiu.

— O que foi que ele lhe disse? — perguntou Antoine.

— Nada — respondeu Mathias. — Você pode esperar aqui um segundinho?

E, antes que Antoine respondesse, Mathias correu pela calçada atrás de Mr. Glover. Alcançou-o no final da Bute Street.

— O que posso fazer pelo senhor? — perguntou o livreiro.

— Por que me chamou de Popinot?

Glover olhou Mathias com ternura.

— O senhor deve adotar rapidamente o hábito de nunca sair sem guarda-chuva nesta estação. O tempo não é tão rude como dizem, mas, nesta cidade, a chuva pode cair sem avisar.

Mr. Glover abriu seu guarda-chuva e se afastou.

— Eu gostaria de tê-lo conhecido, senhor Glover. Estou orgulhoso por ficar em seu lugar — gritou Mathias.

O homem de guarda-chuva se voltou e sorriu ao seu interlocutor.

— Se tiver algum problema, o senhor encontrará, no fundo da gaveta-caixa, o número de telefone da casinha no condado de Kent para onde vou me retirar.

A elegante silhueta do velho desapareceu na esquina. Começou a chover. Mathias ergueu a vista e olhou o céu encoberto. Ouviu atrás de si os passos de Antoine.

— O que você queria com ele? — perguntou.

— Nada — respondeu Mathias, tomando o guarda-chuva do amigo.

Mathias retornou à sua livraria, Antoine à sua agência. No final da tarde, os dois amigos se reencontraram em frente à escola.

*

Sentados ao pé da grande árvore que sombreava a rotunda, Antoine e Mathias aguardavam o sino que anunciaria o final das aulas.

— Valentine está retida no consulado e me pediu que pegasse Emily — disse Antoine.

— Por que minha ex-mulher chama meu melhor amigo para pedir que ele acompanhe minha filha?

— Porque ninguém sabia a que horas você iria chegar.

— Ela sempre se atrasa para vir buscar Emily na escola?

— Quero lembrar que você, na época em que vivia com Valentine, nunca voltava antes das 20 horas!

— Você é o melhor amigo meu ou dela?

— Quando o escuto dizendo esse tipo de coisa, eu me pergunto se não é você que eu vim buscar na escola.

Mathias já não escutava Antoine. Do fundo do pátio de recreio, uma menina lhe oferecia o mais belo sorriso do mundo. Com o coração batendo, ele se levantou e seu rosto se iluminou com idêntico sorriso. Antoine, observando-os, disse a si mesmo que só a vida pudera imaginar uma semelhança tão perfeita.

— É verdade que você vai morar aqui? — perguntou a garota, sufocada de beijos.

— Já lhe menti alguma vez?

— Não, mas tudo tem um começo.

— E você? Tem certeza de que não mente sua idade?

Antoine e Louis tinham deixado os dois a sós. Emily resolveu fazer seu pai redescobrir o bairro. Quando entraram de mãos dadas no restaurante de Yvonne, Valentine os aguardava, sentada junto ao balcão. Mathias se aproximou e beijou-a na face, enquanto Emily se instalava à mesa onde costumava fazer seus deveres.

— Está tensa? — perguntou Mathias, ocupando um banquinho.

— Não — respondeu Valentine.

— Está, sim, sua expressão me parece tensa.

— Eu não me sentia tensa antes de sua pergunta, mas posso ficar, se você quiser.

— Viu? Está mesmo.

— Emily gostaria muito de dormir hoje em sua casa.

— Nem tive tempo de ver como vai ficar a minha casa. Meus móveis só chegam amanhã.

— Não foi olhar o local antes de se mudar?

— Não deu, foi tudo muito corrido. Tive muitas coisas a resolver em Paris, antes de vir. Por que você está sorrindo?

— Por nada — respondeu Valentine.

— Eu gosto quando você sorri assim, por nada.

Valentine franziu as sobrancelhas.

— E adoro quando seus lábios se movem desse jeito — continuou ele.

— Chega — disse Valentine, com voz doce. — Precisa de ajuda para se instalar?

— Não, eu me viro. Quer almoçar comigo amanhã? Enfim, se você tiver tempo.

Valentine inspirou profundamente e pediu um *diabolo** de morango a Yvonne.

— Você pode não estar tensa, mas está pelo menos contrariada. É porque eu vim morar em Londres? — recomeçou Mathias.

— De jeito algum — disse Valentine, passando a mão na face de Mathias. — Ao contrário.

— Ao contrário por quê? — perguntou ele, com voz frágil.

— Preciso lhe dizer uma coisa — cochichou Valentine —, e Emily ainda não sabe.

Inquieto, Mathias aproximou seu banquinho.

— Vou voltar a Paris, Mathias. O cônsul acaba de me propor a direção de um serviço. É a terceira vez que me oferecem um cargo importante no Quai d'Orsay. Eu sempre disse não,

---

* Limonada com xarope de fruta ou com licor. (N. da T.)

porque não queria mudar Emily de escola. Ela criou sua vidinha aqui, e Louis se tornou um pouco seu irmão. Emily já acha que eu lhe roubei o pai, eu não queria que ainda por cima ela me censurasse por tê-la privado de seus amigos. Se você não tivesse vindo se instalar, provavelmente eu teria recusado de novo, mas, agora que você está aqui, tudo se resolve.

— Então, aceitou?

— Não se pode recusar uma promoção quatro vezes seguidas.

— Pelas minhas contas, seriam três vezes! — comentou Mathias.

— Achei que você compreenderia — disse Valentine, calmamente.

— Compreendo é que eu chego e você parte.

— Você vai realizar seu sonho, vai morar com sua filha — disse Valentine olhando Emily, que desenhava no caderno. — E eu vou morrer de saudade dela.

— E sua filha, vai pensar o quê?

— Ela o ama mais do que tudo no mundo, e também a guarda alternada não é necessariamente semana sim, semana não.

— Você quer dizer que é melhor se forem três anos sim, três anos não?!

— Nós vamos apenas inverter os papéis. Você é quem me mandará Emily nas férias.

Yvonne saiu da cozinha.

— Tudo bem, vocês dois aí? — perguntou, pousando o copo de *diabolo* de morango diante de Valentine.

— Ótimo! — devolveu Mathias.

Yvonne, em dúvida, olhou-os alternadamente e voltou às suas panelas.

— Vocês vão ficar felizes juntos, não? — perguntou Valentine, sugando o canudinho.

Mathias triturava uma lasca de madeira que estava se soltando do balcão.

— Se você tivesse me falado desse convite um mês atrás, ficaríamos todos felizes... em Paris!

— Não vai ser bom? — insistiu Valentine.

— Ótimo! — rosnou Mathias, arrancando a lasca do balcão. — Já estou adorando o bairro. Quando você vai falar com sua filha?

— Hoje à noite.

— Ótimo! E quando viaja?

— No final da semana.

— Ótimo!

Valentine pousou a mão sobre os lábios de Mathias.

— Vai dar tudo certo, você verá.

Antoine entrou no restaurante e logo percebeu os traços alterados do amigo.

— Tudo bem? — perguntou.

— Ótimo!

— Estou de saída — disse Valentine, abandonando seu assento. — Tenho muito o que fazer. Vamos, Emily?

A menina se levantou, beijou o pai e Antoine e foi ao encontro da mãe. A porta do estabelecimento se fechou atrás delas.

Antoine e Mathias estavam sentados lado a lado. Yvonne quebrou o silêncio plantando uma taça de conhaque sobre o balcão.

— Tome, beba isto. É um revigorante... ótimo.

Mathias fitou Antoine e Yvonne alternadamente.

— Há quanto tempo vocês já sabiam?

Yvonne pediu licença, tinha coisas a resolver na cozinha.

— Alguns dias! — respondeu Antoine. — E não me olhe com essa cara, não me cabia lhe dar a notícia... e também não era garantido...

— Pois muito bem, agora é! — disse Mathias, bebendo o conhaque num gole só.

— Quer ir visitar comigo sua nova casa?

— Acho que, por enquanto, não há grande coisa a visitar — retrucou Mathias.

— Enquanto seus móveis não chegam, instalei uma cama de campanha no seu quarto. Venha jantar lá em casa como vizinho — propôs Antoine —, Louis vai adorar.

— Mathias fica comigo — interrompeu Yvonne. — Não o vejo há meses, temos um monte de coisas a nos contar. Desapareça, Antoine, seu filho está impaciente.

Antoine hesitava em abandonar o amigo, mas, como Yvonne lhe arregalava os olhos, resignou-se e murmurou ao ouvido dele, ao sair, que tudo ia ser...

— ... ótimo! — concluiu Mathias.

Ao subir a Bute Street com o filho, Antoine tamborilou na vitrine de Sophie. Ela logo foi encontrá-los do lado de fora.

— Quer ir jantar lá em casa? — convidou Antoine.

— Não, você é um amor, mas ainda tenho uns buquês para terminar.

— Precisa de ajuda?

A cotovelada que Louis desfechou no pai não escapou à jovem florista. Ela passou a mão nos cabelos do garoto.

— Vão embora, já é tarde, e conheço alguém que deve estar mais aflito para ver desenhos animados do que para bancar o florista.

Sophie se adiantou para beijar Antoine e ele lhe passou discretamente uma carta.

— Botei tudo o que você pediu, basta copiar.

— Obrigada, Antoine.

— Um dia você vai nos apresentar esse cara a quem eu escrevo...?

— Um dia, prometo!

No final da rua, Louis puxou o pai pelo braço.

— Escute, papai, se não quiser jantar sozinho comigo, é só dizer, você sabe!

E, como seu filho acelerava o passo para se distanciar, Antoine apelou:

— Programei para nós uma refeição que você nem imagina: croquetes à moda da casa e suflê de chocolate, tudo feito pelo seu pai.

— Sei, sei... — resmungou Louis, entrando no Austin Healey.

— Você tem realmente um geniozinho brabo, sabia? — reagiu Antoine, prendendo o cinto de segurança no menino.

— Igual ao seu!

— E um pouquinho ao de sua mãe também, não pense que...

— Mamãe me mandou um e-mail ontem à noite — disse Louis, enquanto o carro enveredava pela Old Brompton Road.

— Ela está bem?

— Pelo que me disse, as pessoas ao redor dela é que não estão muito bem. Está em Darfur, agora. Onde fica exatamente, papai?

— Na África, para variar.

*

Sophie recolheu as folhas que havia varrido sobre os antigos ladrilhos hexagonais da loja. Recompôs o buquê de rosas pálidas no grande jarro da vitrine e arrumou um pouco os cordões de ráfia suspensos acima do balcão. Tirou o jaleco branco e pendurou-o no cabide de parede em ferro batido. Três folhas de papel saíam do bolso. Ela pegou a carta redigida por Antoine, sentou-se na banqueta atrás da caixa e começou a reescrever as primeiras linhas.

*

Na sala, alguns clientes acabavam suas refeições. Mathias jantava sozinho no balcão. O expediente chegava ao fim. Yvonne fez para si um café e foi se sentar num banquinho ao lado dele.

— Estava bom? Se responder "ótimo", leva um tapa.
— Conhece um tal de Popinot?
— Nunca ouvi falar. Por quê?
— Por nada — disse Mathias, tamborilando no balcão. — E Glover, você conheceu bem?
— É uma figura do bairro. Um homem discreto e elegante, anticonformista. Apaixonado por literatura francesa, não sei que vírus o pegou.
— Uma mulher, talvez?
— Eu sempre o vi sozinho — respondeu Yvonne, secamente. — E também você me conhece: nunca faço perguntas.
— Então, como é que tem todas as respostas?
— Escuto mais do que falo.

Yvonne pousou a mão sobre a de Mathias e apertou-a carinhosamente.

— Você vai se adaptar, não se preocupe!

— Não seja muito otimista. Basta eu pronunciar duas palavras em inglês, e minha filha cai na gargalhada!

— Posso lhe garantir, neste bairro ninguém fala inglês!

— Com que então, você sabia sobre Valentine? — perguntou Mathias, tomando o último gole do seu copo de vinho.

— Foi por sua filha que você veio! Não me diga que calculava reatar com Valentine, vindo se instalar aqui!

— Quando a gente ama, não calcula, você me repetiu isso cem vezes.

— Ainda não se recuperou, hein?

— Não sei, Yvonne. Sinto muita falta dela, é isso.

— Então, por que a enganou?

— Isso foi há muito tempo, eu fiz uma besteira.

— Pois é, mas esse tipo de besteira a gente paga por toda a vida. Aproveite esta aventura londrina para virar a página. Afinal, você é um belo homem, se eu fosse trinta anos mais nova iria paquerá-lo. Se a felicidade se apresentar, não a deixe fugir.

— Não estou seguro de que ela tenha meu novo endereço, essa sua felicidade...

— Quantos encontros você desperdiçou nestes últimos três anos, porque amava com um pé no presente e outro no passado?

— O que você sabe disso?

— Não pedi que você responda à minha pergunta, só peço que pense nisso. E também, quanto ao que eu sei, acabei de lhe dizer: tenho trinta anos a mais do que você. Quer um café?

— Não, está tarde, vou dormir.

— Vai achar o caminho? — perguntou Yvonne.

— A casa colada à de Antoine. Não é a primeira vez que eu venho.

Mathias insistiu em pagar a conta, pegou suas coisas, despediu-se de Yvonne e saiu para a rua.

*

A noite havia deslizado sobre sua vitrine sem que ela se desse conta. Sophie dobrou de novo o papel, abriu o armário sob a caixa registradora e guardou a carta num estojo de cortiça, em cima da pilha das outras redigidas por Antoine. Jogou a que acabara de reescrever no grande saco plástico preto, entre os montes de folhas e talos cortados. Ao sair da loja, deixou-o na calçada, em meio a outros sacos de lixo.

*

Algumas nuvens velavam o céu. Mathias, mala na mão, pacote sob o braço, subia a Old Brompton Road a pé. Deteve-se um instante, achando que podia ter ultrapassado seu destino.

— Que ótimo! — resmungou, retomando a marcha.

No cruzamento, reconheceu a vitrine de uma agência imobiliária e dobrou na Clareville Grove. Casas de todas as cores flanqueavam a ruela. Nas calçadas, amendoeiras e cerejeiras balançavam ao vento. Em Londres as árvores crescem desordenadamente, como bem entendem, e não é raro ver, aqui e ali, pedestres obrigados a descer à rua a fim de contornar um galho soberano que interdita a passagem.

Seus passos ressoavam na noite calma. Diante do número 4, ele parou.

A casa tinha sido dividida, no início do século passado, em duas partes desiguais, mas conservara todo o seu charme. Os tijolos vermelhos da fachada eram recobertos por uma glicínia abundante que subia até o telhado. No patamar exterior, após alguns degraus, ladeavam-se duas portas de entrada, uma para cada morador. Quatro janelas distribuíam a luz no interior: uma para a parte menor, onde até uma semana antes morava Mr. Glover, e três para a maior, onde vivia Antoine.

*

Antoine consultou seu relógio e apagou a luz da cozinha. Uma velha mesa de fazenda em madeira-branca a separava da sala, mobiliada por dois sofás em tecido cru e por uma mesa de centro.

Pouco adiante, atrás de uma divisória de vidro, Antoine havia montado um cantinho para o escritório, que ele compartilhava com o filho na hora dos deveres de casa e onde Louis muitas vezes ia jogar às escondidas no computador do pai. Todo o térreo, nos fundos, dava para o jardim.

Antoine subiu a escada e entrou no quarto do filho, que dormia havia muito tempo. Puxou o lençol até os ombros do garoto, deu-lhe um beijo cheio de ternura na testa, meteu o nariz na curva do pescoço dele para sentir um cheirinho de infância e saiu do aposento fechando suavemente a porta.

*

As janelas de Antoine acabavam de se apagar. Mathias subiu os poucos degraus da escada externa, introduziu a chave na fechadura de sua porta e entrou em casa.

Do seu lado, o térreo estava totalmente vazio. Suspensa do teto, uma lâmpada se balançava na ponta de um fio torcido, difundindo uma luz triste. Ele abandonou o pacote no piso e subiu para ver o andar. Dois quartos se comunicavam com um banheiro. Mathias deixou a mala sobre a cama de campanha que Antoine havia instalado. Em cima de um caixote, que serviria de mesa de cabeceira, encontrou um bilhete do amigo, acolhendo-o em sua nova residência. Adiantou-se até a janela: embaixo, sua parcela de jardim se estendia por alguns metros numa estreita faixa de relva. A chuva começou a escorrer ao longo do canteiro. Mathias amassou o bilhete de Antoine com a mão e jogou-o fora.

Os degraus da escada estalaram de novo sob seus passos. Ele apanhou o pacote na entrada, saiu e percorreu a rua em sentido inverso. Às suas costas, uma cortina se fechou na janela de Antoine.

De volta à Bute Street, Mathias entreabriu a porta da livraria. O local ainda cheirava a tinta. Ele começou a remover um a um os encerados que protegiam as prateleiras. Sem dúvida o espaço não era grande, mas as estantes aproveitavam plenamente a boa altura do pé-direito. Mathias percebeu a escadinha antiga, que corria sobre um trilho de cobre. Acometido desde a adolescência por uma vertigem pronunciada e incurável, decidiu que todo volume que não estivesse ao alcance da mão, ou seja, que ficasse acima do terceiro degrau, já não faria parte do estoque, mas da decoração. Saiu para a rua e ajoelhou-se na calçada para abrir o pacote. Contemplou a placa esmaltada recém-desembrulhada e passou o dedo pela inscrição "La Librairie Française". A cornija da porta conviria perfeitamente para pendurá-la. Ele tirou do bolso quatro parafusos compridos, tão velhos quanto a tabuleta, e abriu seu canivete suíço. Uma mão pousou em seu ombro.

— Tome — disse Antoine, estendendo-lhe uma chave de fenda. — Você precisa desta, que é maior.

E, enquanto Antoine segurava a placa, Mathias girava a ferramenta com todas as suas forças, aprofundando os parafusos madeira adentro.

— Meu avô tinha uma livraria em Izmir. No dia em que a cidade ardeu, esta placa foi a única coisa que ele pôde levar consigo. Quando eu era menino, de vez em quando ele a tirava de uma gaveta do aparador, colocava-a sobre a mesa da sala de jantar e me contava como tinha conhecido minha avó, como se apaixonara por ela, e como, apesar da guerra, os dois nunca pararam de se amar. Eu não conheci minha avó, ela não voltou do campo de concentração.

Pregada a placa, os dois amigos se sentaram na mureta da janela da livraria. Sob a luz pálida de um lampião da Bute Street, cada um escutava o silêncio do outro.

III

O térreo estava banhado de sol. Antoine pegou o leite na geladeira e embebeu o cereal de Louis.

— Sem exagero, papai, senão fica todo mole — disse Louis, empurrando o braço dele.

— Não é motivo para derramar o resto em cima da mesa! — reclamou Antoine, pegando a esponja na borda da pia.

Bateram lá fora, Antoine atravessou a sala. Assim que ele entreabriu a porta, Mathias, de pijama, entrou com passos decididos.

— Tem café?

— Bom dia!

— Bom dia — respondeu Mathias, sentando-se junto de Louis.

O garoto baixou a cabeça para sua tigela.

— Dormiu bem? — perguntou Antoine.

— Meu lado esquerdo, sim, mas o direito não tinha espaço suficiente.

Mathias pegou uma torrada na cesta de pães e lambuzou-a generosamente com manteiga e geleia.

— O que o traz aqui tão cedo? — perguntou Antoine, colocando a xícara de café diante do amigo.

— Foi para o Reino Unido ou para o reino de Gulliver que você me fez emigrar?

— O que houve?

— Houve que um raio de sol entrou na minha cozinha e não cabíamos os dois ali dentro, então eu vim tomar meu desjejum em sua casa! Tem mel?

— Está na sua frente!

— Na verdade, acho que já entendi — continuou Mathias, mordendo a torrada. — Aqui, os quilômetros se transformam em milhas, os graus Celsius viram Fahrenheit e "pequeno" se traduz por "minúsculo".

— Eu fui tomar o chá umas duas ou três vezes com meu vizinho e achei o lugar bem *cosy*!

— Pois bem, não é *cosy*, é minúsculo!

Louis deixou a mesa e subiu para ir pegar sua pasta no quarto. Desceu poucos instantes mais tarde.

— Vou deixar meu filho na escola, se você não se opuser. Não vai à livraria?

— Estou esperando o caminhão da mudança.

— Precisa de ajuda?

— Oh, não, vai levar dois segundos. Só o tempo de descarregar duas cadeiras e um pufe, e minha cabana já ficará lotada!

— Como queira! — respondeu Antoine, em tom seco. — Bata a porta quando sair.

Mathias alcançou Antoine, que ia ao encontro de Louis na escada externa.

— Você tem toalhas limpas em algum lugar? Vou tomar banho aqui, no meu banheiro é preciso levantar a perna para caber.

— Mas que saco! — respondeu Antoine, afastando-se da casa.

Louis se sentou no banco do carona do Austin Healey e prendeu sozinho o cinto de segurança.

— Ele realmente me enche — resmungou Antoine, percorrendo a rua em marcha a ré.

Um caminhão da Delahaye Moving manobrava para estacionar diante da casa.

*

Dez minutos mais tarde, Mathias ligou para Antoine pedindo socorro. De fato havia batido a porta, como Antoine pedira, mas suas chaves tinham ficado em cima da mesa da sala de jantar. Os rapazes da mudança aguardavam ali em frente, e ele estava de pijama no meio da rua. Antoine, que acabara de deixar Louis na escola, refez o caminho.

O responsável pela companhia Delahaye Moving tinha convencido Mathias a deixar sua equipe trabalhar em paz; gesticulando daquele jeito no meio dos encarregados, ele só conseguiria atrasá-los. Havia prometido que à tardinha, quando Mathias retornasse, tudo estaria instalado.

Antoine esperou que Mathias tomasse banho. Quando ele afinal ficou pronto, os dois partiram juntos na velha baratinha.

— Deixo você e me mando, já estou muito atrasado — disse Antoine, ao sair da Clareville Grove.

— Vai para o escritório? — perguntou Mathias.

— Não, tenho de ir ver uma obra.

— Não precisa fazer um desvio até a livraria, aquilo lá ainda está cheirando muito a pintura. Vou com você.

— Eu o levo, mas fique na sua!
— Por que você diz isso?
O Austin Healey enveredou por Old Brompton.
— Devagar! — exclamou Mathias.
Antoine o encarou, irritado.
— Reduza! — insistiu Mathias.
Antoine aproveitou um sinal vermelho para apanhar sua pasta, junto aos pés de Mathias.
— Quer parar de frear por mim? — disse, reerguendo-se.
— Por que você botou isto no meu colo? — perguntou Mathias.
— Abra e veja o que tem dentro.
Mathias, com ar interrogativo, tirou dali um documento.
— Desdobre!
Assim que o carro arrancou de novo, a planta de arquitetura se grudou ao rosto de Mathias, que em vão tentou se livrar dela ao longo do trajeto. Um pouco mais tarde, Antoine estacionava paralelamente à calçada, diante de um pórtico em pedra lavrada. Uma grade de ferro batido dava para um beco sem saída. Ele recuperou sua planta e saiu do Austin.

De cada lado dos paralelepípedos desalinhados, antigas cavalariças, chamadas *mews*, tinham sido transformadas em pequenas residências. As fachadas coloridas suportavam viçosas roseiras trepadeiras. Os tetos ondulados eram às vezes em telhas de madeira, às vezes em ardósia. No fundo da ruela, uma construção, maior que todas as outras, reinava no local. Uma grande porta de carvalho se erguia depois de alguns degraus. Antoine incitou seu amigo, que arrastava os passos, a alcançá-lo.

— Não tem rato aí dentro, não? — perguntou Mathias, aproximando-se.

— Entre!

Mathias descobriu um espaço imenso, iluminado por janelões, onde operários trabalhavam. No centro, uma escada levava ao andar de cima. Um varapau desengonçado se acercou de Antoine, segurando uma planta.

— Todo mundo estava à sua espera!

Escocês por parte de pai, normando de mãe, McKenzie, já passado dos 30, falava um francês impregnado de um sotaque que não deixava dúvidas quanto às suas origens mistas. Ele apontou o mezanino e interrogou Antoine.

— O senhor já decidiu alguma coisa?

— Ainda não — respondeu Antoine.

— Nunca vou receber os sanitários a tempo. Preciso fazer a encomenda ainda hoje, o mais tardar.

Mathias chegou perto deles.

— Com licença — disse, irritado. — Você me fez atravessar Londres para que eu o ajude a resolver um problema de privadas?

— Me permita um segundo! — respondeu Antoine, antes de se voltar para seu arquiteto-chefe. — Esses seus fornecedores me enchem o saco, McKenzie!

— Eles também me enchem o saco, seus fornecedores — repetiu Mathias, bocejando.

Antoine fustigou o amigo com o olhar. Mathias deu uma gargalhada.

— Bom, eu vou pegar seu carro e você volta com seu arquiteto-chefe. Pode ser, McKenzie?

Antoine reteve Mathias pelo braço e puxou-o para perto.

— Preciso de sua opinião: dois ou quatro?

— Vasos sanitários?

— Isto aqui é um antigo barracão para carriolas, comprado pela agência no ano passado. Estou na dúvida se o divido em dois ou em quatro apartamentos.

Mathias olhou ao redor, ergueu a cabeça para o mezanino, deu uma volta sobre si mesmo e botou as mãos nos quadris.

— Só um!

— Ah, chega, pode pegar o carro!

— Você perguntou, eu respondi!

Antoine o abandonou e foi ao encontro dos pedreiros, ocupados em demolir uma antiga lareira. Mathias continuava a observar o lugar. Subiu ao outro piso, aproximou-se de uma planta arquitetônica pregada na parede, virou-se para a balaustrada do mezanino, abriu os braços em cruz e exclamou, com voz tonitruante:

— Um só apartamento, dois banheiros, a felicidade para todo mundo!

Estupefatos, os operários levantaram a cabeça, enquanto Antoine, desesperado, segurava a sua entre as mãos.

— Mathias, eu estou trabalhando! — gritou Antoine.

— Eu também estou trabalhando!

Antoine subiu os degraus de quatro em quatro para ir encontrar Mathias lá em cima.

— Que brincadeira é essa?

— Tive uma ideia! Embaixo, você nos arruma um salão e, aqui, divide o andar em duas partes... na vertical — acrescentou Mathias, traçando com as mãos uma separação imaginária.

— Na vertical? — repetiu Antoine, exasperado.

— Desde que éramos crianças, quantas vezes nós pensamos em compartilhar o mesmo teto? Você está solteiro, eu também, é a oportunidade sonhada.

Mathias abriu de novo os braços e repetiu "divisão vertical".

— Não somos mais crianças! E se um de nós voltasse para casa com uma mulher, como nós a dividiríamos? — cochichou Antoine, rindo.

— Bom, se um de nós voltasse com uma mulher, ele voltaria... para fora!

— Você quer dizer: nada de mulheres em casa?

— Isto mesmo! — disse Mathias, escancarando os braços ainda mais. — Veja! — acrescentou, agitando a planta. — Até eu, que não sou arquiteto, posso imaginar o lugar de sonho que seria.

— Tudo bem, pode sonhar, mas eu tenho o que fazer! — respondeu Antoine, arrancando-lhe das mãos a planta.

Ao descer, Antoine voltou-se para Mathias, com ar desolado.

— Acho bom você digerir seu divórcio de uma vez por todas e me deixar trabalhar em paz!

Mathias se precipitou para a balaustrada a fim de interpelar Antoine, que fora ao encontro de McKenzie.

— Você já teve um entendimento, na vida de casal, como nós temos há 15 anos? E nossos filhos não adoram, quando saímos de férias juntos? Você sabe muito bem que nossa convivência funcionaria! — argumentou Mathias.

De cabelos em pé, os operários tinham interrompido toda a obra desde o início da conversa. Um varria, outro lia um informe técnico, um terceiro limpava suas ferramentas.

Furioso, Antoine abandonou seu arquiteto-chefe e saiu para o beco. Mathias desceu correndo a escada, tranquilizou McKenzie com uma piscadela amigável e foi encontrar o amigo no carro.

— Não entendo por que você se aborrece desse jeito! Acho que é uma boa ideia. E também tudo é mais fácil para você, que não acabou de se mudar para um armário embutido.

— Entre, ou eu o largo aqui — respondeu Antoine, abrindo a porta.

McKenzie os perseguia fazendo grandes acenos. Já sem fôlego, perguntou se podia voltar com eles, um trabalho de louco o esperava na agência. Mathias saiu do carro para deixá-lo entrar. Apesar de sua grande altura, McKenzie se ajeitou o melhor que pôde no simulacro de banco traseiro da baratinha, e o Austin Healey partiu pelas ruas de Londres.

Desde que haviam deixado o beco, Antoine não dissera uma palavra. O Austin estacionou na Bute Street, em frente à Librairie Française. Mathias inclinou o encosto do banco para liberar McKenzie, mas este, perdido em seus pensamentos, nem se mexia.

— Dito isto — murmurou finalmente McKenzie —, se os senhores forem morar juntos, minha encomenda está resolvida.

— Até esta noite, queridinho! — soltou Mathias, afastando-se às gargalhadas.

Antoine o alcançou na mesma hora.

— Pare com isto imediatamente. Nós somos vizinhos, já não está de bom tamanho?

— Mas vamos morar cada um em sua casa, não tem nada a ver! — respondeu Mathias.

— O que deu em você? — perguntou Antoine, preocupado.

— O problema não é estar solteiro, é morar sozinho.

— De certa forma, é essa a ideia do celibato. E também não estamos sozinhos, moramos com nossos filhos.

— Sozinhos!

— Vai repetir a mesma coisa a cada frase?

— Eu quero uma casa com crianças rindo, quero vida quando entrar no fim do dia, não quero mais aqueles domingos sinistros, quero fins de semana com crianças rindo.

— Você disse isso duas vezes!

— E daí? Qual é o problema, se as crianças rirem duas vezes seguidas?

— Você chegou tanto assim ao fundo da solidão? — perguntou Antoine.

— Ora, vá trabalhar. McKenzie está quase dormindo no seu carro — disse Mathias, entrando na livraria.

Antoine o seguiu até o interior e lhe barrou a passagem.

— E o que eu ganharia, se nós morássemos sob o mesmo teto?

Mathias se abaixou para apanhar a correspondência que o carteiro havia metido por baixo da porta.

— Não sei, você poderia finalmente me ensinar a cozinhar.

— É bem o que eu dizia: você não vai mudar nunca! — disse Antoine, saindo.

— Podemos arrumar uma baby-sitter, qual é o problema?

— Sou contra baby-sitters! — resmungou Antoine, afastando-se para seu carro. — Eu já perdi minha mulher, não quero que um dia meu filho também me deixe porque eu não cuidei dele.

Instalou-se ao volante e ligou o motor. Ao seu lado McKenzie roncava, com o nariz mergulhado numa folha de papel. Braços cruzados, na soleira de sua porta, Mathias chamou Antoine.

— Seu escritório é bem aqui em frente!

Antoine cutucou McKenzie e abriu a porta do carro para ele.

— O que o senhor ainda está fazendo aí? Não disse que havia um trabalho de louco à sua espera?

De sua loja, Sophie contemplava a cena. Balançou a cabeça e voltou lá para os fundos.

IV

Mathias estava feliz com a frequência do dia. Embora, ao entrarem, os clientes se espantassem por não ver Mr. Glover, todos o haviam acolhido calorosamente. As vendas até o surpreenderam. Tendo ido jantar cedo no balcão de Yvonne, Mathias vislumbrava doravante a possibilidade de estar gerindo um bom negocinho, que talvez lhe permitisse, no futuro, realizar seu sonho de oferecer à filha os estudos em Oxford. Voltou para casa a pé, ao anoitecer. Frédéric Delahaye lhe devolveu as chaves e o caminhão desapareceu no final da rua.

Delahaye havia mantido a palavra. Os rapazes da mudança tinham instalado o sofá e a mesa de centro no térreo, os criados-mudos e as camas, já feitas, nos dois quartinhos de cima. As roupas estavam penduradas, a louça havia encontrado espaço na quitinete disposta sob a escada. Tinha sido necessário muito talento, o local realmente não era grande, e cada centímetro estava agora ocupado. Antes de desabar na cama, Mathias arrumou o quarto da filha de maneira quase idêntica à do que ela ocupava em Paris durante as férias escolares.

*

Do outro lado da parede, Antoine fechou a porta do quarto de Louis. A história da noite predominara sobre as mil perguntas que seu menininho nunca deixava de lhe fazer, antes de ir se deitar. Se o pai se alegrava por ver o filho adormecer, o narrador se perguntava, ao descer a escada na ponta dos pés, em que momento o garoto se desligara do relato. A questão era importante, pois era a partir daí que ele deveria retomar a história. Sentado à mesa da sala de jantar, Antoine desdobrou a planta do antigo barracão e modificou o traçado. Tarde da noite, depois de arrumar a cozinha, enviou uma mensagem a McKenzie, marcando encontro na obra para as 10 horas da manhã seguinte.

*

O arquiteto-chefe estava no horário. Antoine mostrou a nova planta a McKenzie.

— Vamos esquecer por dois segundos seus problemas com os fornecedores e me diga o que acha realmente disto — pediu Antoine.

O veredicto de seu colaborador foi imediato. Transformar aquele local em um único grande espaço habitável atrasaria a obra em três meses. Seria preciso pedir de novo as licenças necessárias, revisar todo o orçamento, e o aluguel para amortizar o custo da reforma de uma tal superfície ficaria horrivelmente caro.

— O que o senhor entende por horrivelmente? — perguntou Antoine.

McKenzie murmurou uma cifra que o fez sobressaltar-se.

Antoine arrancou o papel-manteiga sobre o qual havia modificado o projeto original e jogou-o numa lixeira da obra.

— O senhor vai comigo para o escritório? — perguntou a McKenzie.

— Tenho muito o que fazer aqui, irei ao seu encontro no final da manhã. E então, dois ou quatro apartamentos?

— Quatro! — respondeu Antoine, deixando o local.

O Austin Healey desapareceu pelo portão do beco. O tempo estava clemente e Antoine decidiu atravessar o Hyde Park. Na saída do parque, deixou pela terceira vez que o sinal fechasse. A fila de automóveis que se estendia atrás do Austin não parava de crescer. Um policial montado percorria a passo a pista para cavalos que margeava o caminho. Deteve-se à altura da baratinha e observou Antoine, que permanecia absorto em seus pensamentos.

— Dia bonito, não? — perguntou o policial.

— Magnífico! — respondeu Antoine, olhando para o céu.

O policial apontou o sinal, que passava do vermelho para o laranja, e perguntou:

— Será que, por um feliz acaso, uma dessas cores inspiraria alguma coisa ao senhor?

Antoine deu uma olhada pelo retrovisor e descobriu, assustado, o engarrafamento que acabara de provocar. Desculpou-se, engrenou logo uma marcha e arrancou sob o olhar divertido do cavaleiro, que precisou desmontar para regularizar o fluxo do trânsito.

"Mas que ideia foi essa minha, de pedir a ele que viesse se instalar aqui?", resmungou Antoine com seus botões, enquanto subia a Queen's Gate.

Estacionou diante da loja de Sophie. Em seu jaleco branco, a jovem florista parecia uma bióloga. Estava aproveitando o bom tempo para arrumar sua fachada. Os ramalhetes de lírios, peônias, rosas brancas e vermelhas dispostos em baldes estavam alinhados na calçada, rivalizando em beleza.

— Está contrariado? — perguntou ela, ao vê-lo.

— Teve muito movimento esta manhã?

— Eu lhe fiz uma pergunta!

— Não, não estou contrariado nem um pouco! — grunhiu ele.

Sophie lhe deu as costas e entrou na loja, seguida por Antoine.

— Escute — disse ela, passando para trás do balcão —, se você estiver farto de escrever aquelas cartas, eu me arranjo de outro modo.

— De jeito algum, não tem nada a ver com isso. É Mathias que me preocupa, ele não aguenta mais viver sozinho!

— Já não vai estar sozinho, pois vai morar com Emily.

— Ele quer que moremos juntos.

— Está brincando?

— Disse que seria ótimo para as crianças.

Sophie se voltou para furtar-se ao olhar de Antoine e escapuliu para o fundo da loja. Sua risada era uma das mais belas do mundo, e uma das mais comunicativas.

— Ah, sim, é muito normal para os filhos de vocês, isso de terem dois pais — comentou ela, enxugando as lágrimas.

— Não venha me fazer a apologia da normalidade, três meses atrás você me falava de engravidar de um desconhecido!

A expressão de Sophie mudou instantaneamente.

— Obrigada por me lembrar esse intenso momento de solidão.

Antoine se aproximou e lhe segurou a mão.

— O que não é normal é que, numa cidade de 7,5 milhões de habitantes, pessoas como Mathias e você continuem solteiras.

— Mathias acaba de chegar aqui... e você, por acaso não está solteiro também?

— Comigo, não tem importância — murmurou Antoine.

— Mas, quanto a Mathias, eu não tinha percebido que ele estava a tal ponto só.

— A gente está sempre só, Antoine. Aqui, em Paris ou seja lá onde for. Pode-se tentar fugir da solidão, mudar de residência, fazer tudo para conhecer pessoas, mas isso não altera nada. No fim do dia, cada um volta sozinho para casa. Os que vivem com alguém não se dão conta de sua sorte. Esqueceram as noites diante de um bandejão, a angústia do fim de semana que se aproxima, o domingo esperando que o telefone toque. Somos milhões assim, em todas as capitais do mundo. A única notícia boa é que não há motivo para a gente se sentir diferente dos outros.

Antoine passou a mão nos cabelos de sua melhor amiga. Ela se esquivou.

— Vá trabalhar, eu tenho muito o que fazer.

— Você vai lá em casa esta noite?

— Não estou com vontade — respondeu Sophie.

— Estou organizando esse jantar para Mathias. Valentine vai embora no fim de semana, você tem de ir, não quero ficar sozinho com eles dois. Além disso, farei para você seu prato predileto.

Sophie sorriu para Antoine.

— Massa-conchinha ao molho de presunto?

— Oito e meia!

— As crianças jantam conosco?
— Conto com você — respondeu Antoine, afastando-se.

*

Sentado atrás do balcão de sua livraria, Mathias lia a correspondência do dia. Umas faturas, um prospecto e uma carta da escola informando a data da próxima reunião de pais. Um envelope era endereçado a Mr. Glover. Mathias pegou o papelzinho no fundo da gaveta da caixa registradora e transcreveu no envelope o endereço do proprietário em Kent. Prometeu a si mesmo levá-lo ao correio na hora do almoço.

Telefonou a Yvonne para reservar lugar. "Não me perturbe só para isso", respondeu ela, "a partir de agora o terceiro banquinho do balcão passa a ser o seu."

A sineta da porta soou. Uma moça encantadora acabava de entrar na livraria. Mathias abandonou a correspondência.

— O senhor tem periódicos franceses? — perguntou ela.

Mathias apontou o mostruário perto da entrada. A jovem pegou um exemplar de cada jornal e se adiantou para a caixa.

— Saudade da terrinha? — perguntou Mathias.

— Não, ainda não — respondeu a moça, divertida.

Procurou uns trocados no bolso e o cumprimentou pela livraria, que lhe parecia adorável. Mathias agradeceu e tirou-lhe os jornais da mão para embalá-los. Audrey olhava ao redor. No alto de uma estante, um livro chamou sua atenção. Ela se ergueu na ponta dos pés.

— É o *Lagarde et Michard*, literatura do século XVIII, que estou vendo ali em cima?

Mathias se aproximou das prateleiras e aquiesceu com um aceno de cabeça.

— Posso comprá-lo?

— Tenho um exemplar em muito melhor estado, bem na frente da senhorita — afirmou Mathias, tirando um livro da estante.

Audrey examinou o volume que Mathias lhe estendia e logo o devolveu.

— Mas este é sobre o século XX!

— É verdade, mas está quase novo. Três séculos de diferença, é normal que o outro se ressinta. Veja a senhorita mesma, nem uma dobra, nem uma manchinha sequer.

Ela riu com vontade e apontou o livro no alto da estante.

— O senhor quer me dar meu livro, por favor?

— Se a senhorita quiser, posso mandar entregá-lo, é muito pesado — respondeu Mathias.

Audrey o encarou, embaraçada.

— Vou para o Liceu Francês, logo ali no final da rua, prefiro levá-lo.

— Como queira — respondeu Mathias, resignado.

Pegou a velha escadinha de madeira e deslizou-a pelo trilho de cobre até alinhá-la abaixo da prateleira que continha o *Lagarde et Michard*.

Inspirou profundamente, pousou o pé no primeiro degrau, fechou os olhos e subiu, encadeando os gestos o melhor que podia. Chegando à altura certa, procurou às apalpadelas. Não encontrando nada, entreabriu os olhos, identificou a capa, apoderou-se do livro e viu-se incapaz de descer. Seu coração batia disparado. Totalmente paralisado, ele se agarrou à escada com todas as suas forças.

— Tudo bem aí?

A voz de Audrey chegava abafada aos seus ouvidos.

— Não — murmurou Mathias.

— Precisa de ajuda?

O "sim" dele foi tão fraco que era quase inaudível. Audrey subiu e o alcançou. Recuperou delicadamente o livro e o jogou no piso. Depois, pousando as mãos sobre as de Mathias, guiou-o, reconfortando-o. Com muita paciência, conseguiu fazê-lo descer três degraus. Protegendo-o com seu corpo, acabou por convencê-lo de que o solo já não estava tão longe. Ele cochichou que ainda precisava de um tempinho. Quando Antoine entrou na livraria, Mathias, enlaçado por Audrey, já estava a um só degrau do chão.

Ela relaxou o abraço. Em busca de um simulacro de dignidade, Mathias recolheu o livro, colocou-o numa sacola de papel e o entregou à moça. Não permitiu que ela pagasse, era um prazer oferecê-lo de presente. Audrey agradeceu e deixou a livraria sob o olhar intrigado de Antoine.

— Posso saber o que você estava fazendo exatamente?

— Meu trabalho!

Antoine o esquadrinhou, perplexo.

— Posso ajudá-lo em alguma coisa? — perguntou Mathias.

— Nós tínhamos combinado almoçar juntos.

Mathias notou os jornais ao lado da caixa. Juntou-os às pressas, pediu que Antoine o aguardasse um instante e se precipitou para a calçada. Correndo até ficar sem fôlego, seguiu pela Bute Street, dobrou na Harrington Road e conseguiu alcançar Audrey na rotunda que margeava o complexo escolar. Ofegante, estendeu-lhe os periódicos que ela havia esquecido.

— Não precisava — disse Audrey, agradecendo.

— Fiz um papel ridículo, não foi?

— Não, de jeito nenhum. Vertigem tem tratamento — acrescentou ela, transpondo o portão do liceu.

Mathias ficou olhando enquanto ela atravessava o pátio; a caminho da livraria, virou-se e viu-a se afastar em direção à área coberta. Segundos depois, Audrey, por sua vez, virou-se e o viu desaparecer na esquina.

— Você tem um agudo senso comercial — acolheu-o Antoine.

— Ela me pediu um *Lagarde et Michard*, estava indo para o liceu, portanto é professora, então não me censure por me empenhar a fundo na educação dos nossos filhos.

— Professora ou não, ela não pagou nem os jornais!

— Vamos almoçar? — cortou Mathias, abrindo a porta para Antoine.

*

Sophie entrou no restaurante e foi ao encontro dos dois. Sem perguntar nada, Yvonne lhes trouxe um gratinado.

— A casa está lotada, hein? — disse Mathias. — Os negócios devem ir de vento em popa.

Antoine lhe assestou um pontapé por baixo da mesa. Yvonne se afastou sem dizer palavra.

— O que foi? Eu falei alguma coisa inconveniente?

— Ela está tendo muitas dificuldades. À noite, não aparece quase ninguém — disse Sophie, servindo Antoine.

— O ambiente ficou um pouquinho antiquado, ela devia fazer uma reforma.

— Agora virou especialista em decoração? — perguntou Antoine.

— Só falei para ajudar. Confesse que o cenário não data de ontem!

— E você, data de quando? — retrucou Antoine, dando de ombros.

— Esses dois não têm mesmo jeito — comentou Sophie.

— Você podia cuidar da modernização, afinal é seu ofício, não? — recomeçou Mathias.

— Yvonne não tem recursos para isso e é da escola antiga, detesta empréstimos — interveio Sophie. — E está certa, quem me dera me livrar dos meus!

— Mas e então, não se faz nada? — insistiu Mathias.

— Que tal você comer e calar a boca por cinco minutos? — disse Antoine.

*

De volta à agência, Antoine se dedicou a recuperar o atraso acumulado na semana. A chegada de Mathias havia perturbado um pouco o curso dos seus dias. A tarde passou, o sol já declinava por trás dos janelões. Antoine consultou seu relógio. Foi só o tempo de pegar o filho na escola, fazer umas compras, e ele já estava em casa preparando o jantar.

Louis botou a mesa e se instalou no cantinho-escritório para fazer seus deveres, enquanto Antoine se agitava na cozinha, escutando distraidamente, vinda do aparelho da sala, a reportagem transmitida pela TV5 Europe. Se tivesse erguido os olhos, provavelmente reconheceria a moça encontrada horas antes na livraria de Mathias.

Valentine foi a primeira a chegar, em companhia da filha. Sophie tocou poucos minutos mais tarde e Mathias, como bom vizinho, apareceu por último. Todos se instalaram ao redor da mesa, exceto Antoine, que não largava suas panelas. Vestido num avental, ele tirou do forno uma travessa superquente e pousou-a sobre a bancada. Sophie se levantou para ajudá-lo e Antoine lhe entregou dois pratos.

— Costeletas com vagem para Emily, purê para Louis. Sua massa fica pronta daqui a dois minutos, e o picadinho à Parmentier para Valentine está saindo.

— E para a mesa 7, o que vai ser? — perguntou ela, divertida.

— O mesmo que para Louis — respondeu Antoine, concentrado.

— Afinal você pretende jantar conosco? — reclamou Sophie, a caminho da mesa.

— Sim, sim — prometeu Antoine.

Sophie o encarou por uns instantes mas Antoine a chamou à ordem, o purê de Louis ia esfriar. Ele se resignou a abandonar suas tarefas, só pelo tempo de trazer os pratos de Mathias e Valentine. Colocou-os diante dos dois e esperou a reação. Valentine se extasiou.

— Você não vai ter nada tão bom, quando retornar a Paris — disse ele, voltando para a cozinha.

Logo depois Antoine trouxe a massa de Sophie e esperou que ela a experimentasse para se entregar de novo às suas panelas.

— Venha se sentar, Antoine — suplicou Sophie.

— Já vou — respondeu ele, segurando uma esponja.

As iguarias de Antoine encantavam o grupo, mas seu prato continuava intacto. Sempre ocupado no serviço da mesa, ele mal participava das conversas que animavam a noite. Como as crianças bocejavam de quebrar o queixo, Sophie se levantou e foi colocá-las na cama. Louis adormeceu nos braços de sua madrinha, antes mesmo que ela pudesse cobri-lo. Sophie foi se retirando na ponta dos pés mas refez o caminho, incapaz de refrear a vontade de novos beijos. Em seu sono, o menino entreabriu os olhos e balbuciou uma palavra que se assemelhava a "Darfur". Sophie respondeu: "Durma, meu amor", e saiu, deixando a porta entreaberta.

De volta à sala, deu uma olhada discreta para Antoine, que enxugava a louça, deixando Valentine e Mathias à vontade para conversar.

Sophie hesitou em retomar seu lugar, mas Antoine veio até a mesa e colocou em cima um tigelão de musse de chocolate.

— Um dia você me dá sua receita? — pediu Valentine.

— Um dia! — respondeu Antoine, afastando-se logo.

A noitada terminou e Antoine propôs que Emily ficasse para dormir lá. No dia seguinte, ele levaria as duas crianças à escola. Valentine aceitou de bom grado, era desnecessário acordar sua filha. Como já era meia-noite, muito tarde para Yvonne lhes fazer a surpresa de uma visita, foram todos embora.

Antoine abriu a geladeira, serviu-se de um pedaço de queijo num prato, pegou o pão e se instalou à mesa para finalmente comer. Passos ressoaram na escada externa.

— Acho que esqueci meu celular aqui — disse Sophie, entrando de volta.

— Deixei em cima da bancada da cozinha — informou Antoine.

Sophie achou seu telefone e guardou-o no bolso. Olhou atentamente a esponja no escorredor da pia, hesitou um instante e tomou-a nas mãos.

— O que você tem? — perguntou Antoine. — Está esquisita.

— Sabe quanto tempo você passou com isto aqui, esta noite? — interpelou Sophie com voz desanimada, agitando a esponja.

Antoine franziu as sobrancelhas.

— Você se preocupa com a solidão de Mathias — continuou ela —, mas e a sua? Não pensa nisso às vezes?

Lançou na direção de Antoine a esponja, que aterrissou bem no meio da mesa, e saiu da casa.

*

Sophie tinha ido embora havia mais de uma hora. Antoine continuava a circular pela sala. Aproximou-se da parede, do outro lado da qual Mathias morava. Deu umas pancadinhas ali, mas nenhum ruído retornou como eco. Seu melhor amigo devia estar dormindo há muito tempo.

*

Um dia, Emily confidenciaria ao seu diário íntimo que a influência de Sophie sobre seu pai tinha sido determinante. Louis acrescentaria, à margem, que estava totalmente de acordo com ela.

V

Valentine enrolou o lençol em torno da cintura e sentou-se a cavalo sobre Mathias.
— Tem cigarro?
— Não fumo mais.
— Pois eu, sim — disse ela, remexendo na bolsa largada ao pé da cama.
Valentine avançou até a janela, a chama do isqueiro iluminou seu rosto. Mathias não lhe tirava os olhos de cima. Gostava do movimento de lábios que ela fazia ao fumar, do turbilhão das volutas de fumaça.
— Está olhando o quê? — perguntou ela, com o rosto colado à vidraça.
— Você.
— Eu mudei?
— Não.
— Vou morrer de saudades de Emily.
Ele se levantou para ir-lhe ao encontro. Ela pousou a mão na face dele, acariciando sua barba nascente.
— Fique! — murmurou Mathias.
Valentine deu uma tragada no cigarro, o tabaco incandescente faiscou.

— Você ainda tem raiva de mim?
— Pare!
— Esqueça o que eu acabei de dizer.
— Esqueça o que eu acabei de dizer, apague o que eu fiz... Afinal, a vida para você é o quê? Um desenho a lápis?
— Com lápis de cor, até que não seria tão ruim!
— Cresça, meu amigo!
— Se eu tivesse crescido, você nunca se apaixonaria por mim.
— Se você tivesse crescido depois, nós continuaríamos juntos.
— Fique, Valentine. Vamos nos dar uma segunda chance.
— A punição caiu sobre nós dois. Eu posso às vezes ainda ser sua amante, mas nunca mais sua mulher.

Mathias pegou o maço de cigarros, hesitou e largou-o.

— Não acenda a luz — pediu Valentine, baixinho.

Abriu a janela e inspirou o ar fresco da noite.

— Pego o trem amanhã — murmurou.
— Você tinha dito que seria no domingo. Alguém está à sua espera em Paris?
— Em quê isso muda as coisas?
— Eu o conheço?
— Pare de nos magoar, Mathias.
— É você quem está me magoando.
— Então, agora você compreende o que eu senti; e, pior, na época nós não estávamos separados.
— O que ele faz na vida?
— O que isso tem a ver?
— E quando você transa com ele, também é bom?

Valentine não respondeu. Jogou o cigarro na rua e fechou a janela.

— Me perdoe — murmurou Mathias.
— Vou me vestir e voltar para casa.
Bateram à porta, os dois se sobressaltaram.
— Quem será? — perguntou Valentine.
Mathias olhou a hora no despertador em cima da mesa de cabeceira.
— Não faço ideia. Fique aí, eu vou descer para ver, na volta subo com suas coisas.
Enrolou uma toalha na cintura e saiu do quarto. As batidas na porta redobravam de intensidade.
— Já vai! — berrou Mathias, descendo a escada.

Antoine, braços cruzados, fitava seu amigo com ar decidido.
— Preste atenção, tem uma coisa de que eu nunca vou abrir mão: nada de baby-sitter em casa! Nós mesmos cuidamos das crianças.
— De que você está falando?
— Você continua querendo que compartilhemos o mesmo teto?
— Sim, mas talvez não a esta hora!
— O que significa "não a esta hora"? Por acaso você prefere tempo parcial?
— Quero dizer que nós poderíamos falar disso mais tarde!
— Não, não, vamos falar já! Precisaremos estabelecer regras e mantê-las.
— A gente fala já, mas amanhã!
— Não comece!
— Bom, Antoine, concordo com todas as regras que você quiser.

— Concorda com todas as regras que eu quiser, como assim? Quer dizer que, se eu disser que é você quem passeia com o cachorro todas as noites, tudo certo?

— Ah, bem, todas as noites, não!

— Então, você não concorda com tudo!

— Antoine... a gente não tem cachorro!

— Não comece a me enrolar!

Valentine, embrulhada no lençol, debruçou-se no corrimão da escada.

— Tudo bem aí? — perguntou, inquieta.

Antoine ergueu os olhos e tranquilizou-a com um aceno de cabeça. Ela voltou para o quarto.

— Ah, sim, você realmente está muito só, pelo que vejo — resmungou Antoine, de saída.

Mathias fechou a porta da casa. Mal deu um passo rumo à sala, Antoine bateu de novo. Mathias abriu.

— Ela vai ficar?

— Não. Vai embora amanhã.

— Então, agora que você teve de novo uma pequena dose, não me venha choramingar durante seis meses porque está sentindo falta dela.

Antoine desceu os degraus da escada externa e subiu-os mais uma vez para entrar em casa. A luz do pórtico se apagou.

Mathias pegou as coisas de Valentine e foi ao seu encontro no quarto.

— O que ele queria? — perguntou ela.

— Nada, depois eu explico.

*

De manhã, a chuva havia renovado a primavera londrina. Mathias já estava sentado no balcão do bar de Yvonne. Valentine acabava de entrar, tinha os cabelos molhados.

— Vou levar Emily para almoçar, meu trem parte esta noite.

— Você já me disse isso ontem.

— Você vai se safar direitinho?

— Na segunda ela tem inglês, na terça judô, na quarta eu a levo ao cinema, na quinta é violão e na sexta...

Valentine já não escutava. Pela vitrine, havia percebido Antoine, na calçada em frente, entrando na agência.

— O que ele queria no meio da noite?

— Quer um café?

Mathias lhe explicou seu projeto de moradia em comum, detalhando todas as vantagens que via. Louis e Emily se entendiam como irmão e irmã, a vida sob um mesmo teto seria mais fácil de organizar, sobretudo para ele. Yvonne, embasbacada, preferiu deixá-los sozinhos. Valentine riu várias vezes e desceu do banquinho.

— Não vai dizer nada?

— O que você quer que eu diga? Se os dois estiverem certos de que serão felizes...

Valentine foi atrás de Yvonne na cozinha e abraçou-a.

— Não demoro a voltar para ver você.

— É o que a gente diz quando parte — respondeu Yvonne.

De volta à sala, Valentine beijou Mathias e saiu do restaurante.

*

Antoine esperou que Valentine dobrasse a esquina. Então deixou seu posto de observação na janela da agência, desceu rapidamente a escada, atravessou a rua e despencou no restaurante de Yvonne. Uma xícara de café já o esperava sobre o balcão.

— Como foram as coisas? — perguntou ele a Mathias.

— Muito bem.

— Ontem à noite mandei um e-mail para a mãe de Louis.

— Já recebeu a resposta?

— Agora de manhã, quando cheguei ao trabalho.

— E então?

— Karine me pergunta se, na próxima volta às aulas, Louis deverá preencher sua ficha escolar colocando "Mathias" no espaço reservado a "cônjuge".

Yvonne pegou as duas xícaras no balcão.

— E com as crianças, vocês já falaram?

*

A transformação do *mews* era economicamente impossível, mas Antoine explicou a Mathias, com desenho e tudo, a ideia que tivera durante a noite.

A parede que dividia a casa deles não incluía nenhuma estrutura de sustentação. Bastaria derrubá-la para devolver à residência o aspecto original e criar um grande espaço comum no térreo. Alguns ajustes nos pisos e nos forros seriam necessários, mas as obras não levariam mais que uma semana.

Duas escadas dariam acesso aos quartos, o que, afinal, ofereceria a cada um a sensação de ter "sua própria casa" no primeiro andar. McKenzie iria ao local a fim de validar o projeto. Antoine voltou para a agência e Mathias partiu para a livraria.

*

Valentine foi pegar Emily na escola. Tinha decidido levar a filha para almoçar no Mediterraneo, uma das melhores mesas italianas da cidade. Um ônibus de dois andares conduziu-as até Kensington Park Road.

As ruas de Notting Hill estavam banhadas de sol. Mãe e filha se instalaram do lado de fora e Valentine pediu duas pizzas. Prometeram-se telefonar uma à outra todas as noites, para contar seus respectivos dias, e trocar toneladas de e-mails.

Como ia começar um novo trabalho, Valentine não poderia tirar férias na Páscoa, mas no verão as duas fariam uma grande viagem, só entre mulheres. Emily tranquilizou a mãe: daria tudo certo, ela tomaria conta do pai, verificaria antes de dormir se a porta da entrada estava bem fechada e se tudo estava desligado dentro de casa. Prometeu colocar o cinto de segurança em todas as circunstâncias, mesmo nos táxis, agasalhar-se nas manhãs em que a temperatura estivesse baixa, não passar seu tempo na livraria, sem fazer nada, não abandonar o violão, pelo menos não antes da próxima volta às aulas, e finalmente... finalmente a própria Valentine, quando a levou de volta à escola, manteve sua promessa. Não chorou, pelo menos até que Emily entrasse na sala. Na mesma noite, um Eurostar a levou a Paris. Chegada à Gare do Nord, um táxi a deixou no apartamentinho funcional que ela ocupava no IX distrito.

*

McKenzie abriu dois furos na parede divisória e ficou feliz por confirmar a Mathias e Antoine que ela não era de sustentação.

— Ele me irrita quando faz isso! — chiou Antoine, indo buscar um copo d'água na cozinha.

— O que foi que ele fez? — perguntou Mathias, perplexo, seguindo o amigo.

— O habitual número com a furadeira, para verificar o que eu tinha dito! Ainda sei reconhecer uma parede de sustentação, que merda! Sou tão arquiteto quanto ele, não?

— Sem dúvida — respondeu Mathias, em voz baixa.

— Não está convencido?

— Estou menos convencido é pela sua idade mental. Por que diz isso a mim? Diga diretamente a ele!

Antoine aproximou-se de seu arquiteto-chefe com passos determinados. McKenzie guardou os óculos no bolso alto do paletó e não deu chance a Antoine de falar primeiro.

— Creio que tudo poderia ficar pronto em três meses, e prometo que a casa recuperará seu aspecto original. Podemos até fazer uma moldagem das cornijas... para as junções.

— Três meses? O senhor pretende demolir esta divisória com uma colherinha de café? — perguntou Mathias, cujo interesse pela conversa acabava de aumentar.

McKenzie explicou que, naquele bairro, qualquer obra estava sujeita a licenças prévias. Os trâmites levariam oito semanas, ao fim das quais a agência poderia pedir autorização ao serviço de trânsito para estacionar uma caçamba na qual seria descartado o entulho. A demolição, em si, levaria apenas dois ou três dias.

— E se a gente dispensar as licenças? — sugeriu Mathias no ouvido de McKenzie.

O arquiteto-chefe sequer se deu o trabalho de responder. Pegou seu paletó e prometeu a Antoine que prepararia os pedidos de licença naquela mesma tarde.

Antoine consultou o relógio. Sophie concordara em fechar sua loja para ir buscar as crianças na escola, e era preciso liberá-la dessa guarda. Os dois amigos chegaram ao local com meia hora de atraso. Sentada à turca no chão, Emily ajudava Sophie a desfolhar rosas, enquanto Louis, atrás do balcão, separava os cordões de ráfia por ordem de tamanho. Como pedido de desculpas, os dois pais convidaram Sophie para jantar. Ela aceitou, sob a condição de irem ao bistrô de Yvonne. Assim, talvez Antoine jantasse ao mesmo tempo que os outros. Ele não fez nenhum comentário.

No meio da refeição, Yvonne foi ao encontro do grupo na mesa.

— Amanhã, isto aqui vai ficar fechado — disse, servindo-se um copo de vinho.

— Um sábado? — questionou Antoine.

— Preciso descansar...

Mathias roía as unhas e Antoine lhe deu um piparote na mão.

— Pare com isso!

— Com isso o quê? — perguntou Antoine inocentemente.

— Você sabe muito bem do que estou falando!

— E pensar que vocês vão morar juntos! — comentou Yvonne, com um sorriso no canto dos lábios.

— Vamos apenas derrubar uma divisória, não há motivo para criar todo um enredo.

*

No sábado de manhã, Antoine levou as crianças ao Chelsea Farmers Market. Passeando pelos corredores entre as barracas, Emily escolheu duas mudas de roseira para plantá-las com Sophie no jardim. Como o tempo estava fechando, tomou-se a decisão de ir à Torre de Londres. Louis os guiou durante toda a visita ao Museu dos Horrores, empenhando-se em tranquilizar o pai na entrada de cada sala. Ele não teria realmente nenhum motivo para se assustar, os personagens eram de cera.

Mathias, por sua vez, aproveitou a manhã para preparar suas encomendas. Consultou a lista de livros vendidos ao longo dessa primeira semana e ficou satisfeito com o resultado. Enquanto ticava à margem do caderno os títulos das obras a repor, a ponta do lápis se deteve diante da linha onde figurava um exemplar de um *Lagarde et Michard*, século XVIII. Seus olhos se desviaram do caderno e pousaram sobre a velha escada presa ao trilho de cobre.

*

Sophie sufocou um grito. O corte se estendia por todo o comprimento de sua falange. A podadeira havia resvalado na haste. Ela foi se refugiar no fundo da loja. A ardência provocada pelo álcool a 90 graus foi braba. Sophie inspirou profundamente, aspergiu de novo o ferimento e esperou alguns instantes para se recuperar. A porta da loja se abriu. Ela pegou um estojo de curativos no armário de remédios, correu a portinhola de vidro e voltou a se ocupar de sua clientela.

*

Yvonne fechou a porta do armário do banheiro acima da pia. Passou um pouco de blush nas faces, deu um jeito nos cabelos e decidiu que se impunha um *foulard*. Atravessou o quarto, pegou a bolsa, colocou os óculos escuros e desceu a escada que conduzia ao restaurante. A grade de ferro estava abaixada. Ela entreabriu a porta que dava para o pátio, verificou que o caminho estava livre e seguiu ao longo das vitrines da Bute Street, tomando o cuidado de evitar demorar-se diante da de Sophie. Entrou no ônibus que passava por Old Brompton Road, comprou um tíquete ao trocador e subiu para se instalar no andar. Se o trânsito fluísse, ela chegaria no horário.

O ônibus deixou-a diante das grades do cemitério de Old Brompton. O local era impregnado de magia. Nos fins de semana, as crianças percorriam de bicicleta os espaços verdejantes, cruzando com praticantes de corrida. Sobre as pedras tumulares, velhas de vários séculos, esquilos esperavam sem temer os passantes. Equilibrados nas patinhas traseiras, os pequenos roedores agarravam as avelãs oferecidas e começavam a roê-las, para grande prazer dos casais de namorados deitados sob as árvores. Yvonne percorreu a alameda central até o portão que dava para Fulham Road. Era seu caminho preferido para ir ao estádio. O Stamford Bridge Stadium ia se enchendo. Como todos os sábados, os gritos que se elevariam das arquibancadas viriam alegrar durante algumas horas a vida sossegada do cemitério. Depois de pegar seu ingresso no fundo da bolsa, Yvonne ajeitou o *foulard* e os óculos escuros.

*

Em Portobello Road, uma jovem jornalista tomava um chá no terraço da Electric Brasserie, em companhia de seu câmera. Na manhã desse mesmo dia, no apartamento alugado em Brick Lane pela rede de tevê que a empregava, havia revisado todas as gravações feitas durante a semana. O trabalho estava satisfatório. Naquele ritmo, Audrey logo concluiria sua reportagem e poderia retornar a Paris para cuidar da edição. Ela pagou a nota que o garçom lhe apresentava e abandonou o colega, decidida a aproveitar o resto da tarde para bater perna pelo comércio: no bairro, não faltavam lojas. Ao se levantar, cedeu passagem a um homem e duas crianças, esfomeados e exaustos após uma manhã bastante cheia.

*

Os torcedores do Manchester United se levantaram todos ao mesmo tempo. A bola havia ricocheteado no gol do time do Chelsea. Yvonne se sentou de novo, dando tapas no ar.

— Como é que perdem uma oportunidade dessas! Que vexame!

O homem sentado ao seu lado sorriu.

— No tempo de Cantona isso não aconteceria, pode acreditar — emendou ela, furiosa. — Você não concorda que, com um pouco mais de concentração, eles poderiam ter marcado, esses imbecis?

— Não vou dizer nada — respondeu o homem, com voz terna.

— Você não entende nada de futebol mesmo.

— Prefiro críquete.

Yvonne pousou a cabeça no ombro dele.

— Você não entende nada de futebol... mesmo assim, eu gosto quando estamos juntos.

— Já pensou se souberem no seu bairro que você torce pelo Manchester United? — cochichou o homem no ouvido dela.

— E por que você acha que eu tomo tantas precauções, quando venho aqui?

O homem observava Yvonne, enquanto ela não tirava os olhos do gramado. Ele folheou o programa pousado em seus joelhos.

— É o fim da temporada, não?

Muito absorvida pela partida, Yvonne não respondeu.

— Ou seja, talvez eu tenha chance de você ir me visitar no próximo fim de semana — acrescentou ele.

— Vamos ver — disse ela, acompanhando o atacante do Chelsea que avançava perigosamente pelo campo.

Yvonne pousou um dedo sobre a boca do seu companheiro e aduziu:

— Não posso fazer duas coisas ao mesmo tempo, e, se ninguém resolver barrar o caminho desse babaca, minha noite está ferrada e a sua também!

John Glover segurou a mão de Yvonne e acariciou as manchas marrons que a vida havia desenhado ali. Yvonne deu de ombros.

— Eram bonitas, minhas mãos, quando eu era jovem.

De repente levantou-se num salto, rosto crispado, prendendo a respiração. A bola foi desviada na última hora e devolvida ao outro lado do campo. Ela suspirou de alívio e sentou-se de volta.

— Senti falta de você esta semana, sabia? — disse, mais calma.

— Então, venha no próximo fim de semana!

— Foi você quem se aposentou, não eu!

O árbitro acabava de apitar o intervalo. Os dois se levantaram para ir buscar refrigerantes na lanchonete. Ao subirem os degraus da arquibancada, John pediu notícias de sua livraria.

— É a primeira semana, seu Popinot está se adaptando, se é isso que você quer saber — respondeu Yvonne.

— É exatamente o que eu queria saber — repetiu John.

*

De volta ainda cedo, as crianças brincavam no quarto à espera de um lanche digno desse nome. Encostado à bancada da cozinha, Antoine, metido num avental quadriculado, lia atentamente uma nova receita de crepes. Bateram à porta. Mathias esperava lá fora no patamar, duro como um poste. Intrigado com os trajes dele, Antoine o encarou fixamente.

— Posso saber por que você está usando óculos de esqui?

Sem responder, Mathias o empurrou para afastá-lo do caminho e entrou. Cada vez mais perplexo, Antoine não lhe tirava os olhos de cima. Mathias deixou cair aos seus pés uma lona dobrada.

— Cadê seu cortador de grama? — perguntou.

— O que você vai fazer com um cortador na minha sala?

— Como você faz perguntas, que saco!

Mathias atravessou o aposento e saiu para o jardim atrás da casa. Antoine o seguiu. Mathias abriu a porta do pequeno depósito, tirou o cortador de grama e, ao preço de mil esforços, colocou-o sobre duas toras de madeira abandonadas. Verificou se as rodas não tocavam mais o solo e assegurou-se do equilíbrio do conjunto. Depois de colocar a alavanca de embreagem em ponto morto, puxou a corda do arranque.

O motor de dois tempos começou a girar, num ronco ensurdecedor.

— Vou chamar um médico! — berrou Antoine.

Mathias partiu em sentido inverso, atravessou a sala, abriu a lona e voltou à sua casa. Antoine ficou sozinho no meio do aposento, braços pendurados, perguntando-se que bicho podia ter mordido seu amigo. Uma pancada terrível fez estremecer a parede divisória. À segunda marretada, um buraco de razoáveis dimensões deixou aparecer a cara divertida de Mathias.

— *Welcome home!* — exclamou este, radiante, aumentando ainda mais a abertura na parede.

— Você é completamente doido — gritou Antoine —, os vizinhos vão nos denunciar!

— Com aquele barulho no jardim, isso me admiraria! Me ajude, em vez de reclamar. Juntos, podemos terminar antes do anoitecer!

— E depois? — urrou Antoine, olhando o entulho que se amontoava sobre o piso.

— Depois, botamos a parede nuns sacos de lixo, guardamos no seu depósito e vamos nos livrando deles em poucas semanas.

Outro pedaço da divisória acabava de desabar; e, enquanto Mathias prosseguia sua demolição, Antoine já refletia sobre os acabamentos necessários para que um dia sua sala recuperasse uma aparência de normalidade.

Lá em cima, no quarto, Emily e Louis haviam ligado a televisão, certos de que o noticiário não demoraria a relatar o terremoto que atingia o bairro de South Kensington. Caída a noite, decepcionados porque na verdade a Terra não tinha tremido, mas orgulhosos por terem sido envolvidos no segredo, e também encantados por irem dormir tão tarde, ajudaram a encher os sacos de entulho que Antoine ia carregando para o fundo do jardim. Na manhã seguinte, McKenzie foi convocado com urgência. Pelo tom de Antoine, ele compreendeu a gravidade da situação. Levado pelo dever, concordou em ir vê-los, mesmo num domingo, e chegou na caminhonete da agência.

Terminado o fim de semana, apesar de uns ajustes de pintura que deveriam ser feitos no forro, Mathias e Antoine já moravam oficialmente juntos. A turma toda foi convidada a festejar o evento, e McKenzie, quando soube que Yvonne havia aceitado sair do seu canto especialmente para a ocasião, decidiu participar.

A primeira discussão entre os amigos referiu-se à decoração da casa. Os móveis de Antoine e os de Mathias coabitavam estranhamente no mesmo aposento. Segundo Mathias, o térreo era de uma sobriedade que beirava o monástico. Muito pelo contrário, argumentava Antoine, a sala era muito acolhedora. Todo mundo ajudou a transportar os móveis. Uma mesinha redonda de canto, pertencente a Mathias, encontrou seu lugar entre duas poltronas estofadas que, por sua vez, pertenciam a Antoine. Após uma votação com resultado de cinco contra um (Mathias foi o único a votar a favor, e Antoine teve a elegância de abster-se), um tapete de origem persa segundo Mathias, ou de origem duvidosa segundo Antoine, foi enrolado, amarrado e guardado no telheiro do jardim.

Para assegurar a paz doméstica, McKenzie assumiu o comando da continuação das operações. Somente Yvonne tinha direito de veto sobre as injunções dele. Não que ela tivesse decidido assim, mas bastava-lhe emitir um palpite e as faces do arquiteto-chefe revelavam uma certa tendência a colorir-se de púrpura, e seu vocabulário se reduzia a: "Tem toda a razão, senhora Yvonne."

No final da noite, o térreo havia sido inteiramente reorganizado. Agora só faltava resolver a questão do primeiro andar. Mathias achava seu quarto menos bonito que o do seu melhor amigo. Antoine não via em quê, mas prometeu cuidar disso o mais depressa possível.

VI

À euforia do domingo seguiu-se a primeira semana de vida em comum. Naturalmente, começou por um desjejum à inglesa produzido por Antoine. Antes que toda a família descesse, este colocou discretamente um bilhetinho sob a xícara de Mathias, enxugou as mãos no avental e berrou a quem quisesse ouvir que os ovos iam esfriar.

— Por que essa gritaria toda?

Antoine sobressaltou-se, não tinha escutado Mathias chegar.

— Nunca vi alguém tão concentrado no preparo de duas torradas.

— Na próxima vez, você mesmo faz! — respondeu Antoine, estendendo o prato a ele.

Mathias se levantou para se servir uma xícara de café e percebeu o bilhete deixado por Antoine.

— O que é isto?

— Depois você lê. Sente-se e coma, enquanto está quente.

As crianças chegaram em tropel e interromperam a conversa. Emily apontou o relógio de pêndulo com um dedo autoritário: iam chegar atrasados à escola.

De boca cheia, Mathias deu um salto, vestiu o sobretudo, pegou a filha pela mão e puxou-a para a porta. Emily mal teve tempo de pegar a barra de cereais que Antoine lhe lançava da cozinha e logo se viu, pasta às costas, correndo pela calçada de Clareville Grove.

Quando atravessavam Old Brompton Road, Mathias leu o bilhete que havia levado consigo e parou de caminhar. De imediato, puxou o celular e teclou o número de casa.

— O que é exatamente essa história de voltar o mais tardar à meia-noite?

— Bem, recapitulando: regra número 1, nada de babysitter; regra número 2, nada de mulher em casa; e regra número 3, podemos admitir meia-noite e meia, se você preferir, mas esse é o limite máximo!

— Eu tenho cara de Cinderela?

— A escada range, e não quero que você nos acorde todas as noites.

— Posso tirar os sapatos.

— De todo modo, prefiro que você os tire logo na entrada.

E Antoine desligou.

— O que ele queria? — perguntou Emily, puxando-o vigorosamente pelo braço.

— Nada — grunhiu Mathias. — E você, como acha que vai ser a vida de casal? — perguntou à filha, enquanto atravessavam a rua.

*

Na segunda-feira, Mathias foi buscar as crianças na escola. Na terça, foi a vez de Antoine. Na quarta, na hora do almoço, Mathias fechou a livraria para se juntar, na condição de pai acompanhante, à turma de Emily, que visitava o Museu de História Natural. A menina precisou da ajuda de duas amigas para tirá-lo da sala onde estavam expostas as reproduções, em tamanho real, dos animais da era jurássica. Seu pai se recusava a se mover enquanto o tiranossauro mecanizado não largasse o tracodonte que ele sacudia entre os dentes. Apesar da firme oposição da professora, Mathias insistiu, até obter ganho de causa, em que cada criança pudesse experimentar com ele, pelo menos uma vez, o simulador de terremoto. Pouco mais tarde, sabendo que Mrs. Wallace também se negaria a deixá-los assistir ao nascimento do universo, que seria projetado na abóbada do planetário às 12h15, ele deu um jeito de despistá-la por volta de 12h11, no momento em que ela se ausentara para ir ao toalete. Quando o chefe da segurança lhe perguntou de que jeito ela podia ter perdido 24 crianças de uma vez só, Mrs. Wallace compreendeu de imediato onde estavam seus alunos. Ao saírem do museu, Mathias ofereceu uma rodada geral de waffles, para se fazer perdoar. A professora de sua filha aceitou experimentar um, e Mathias insistiu em que ela comesse um segundo, desta vez coberto de creme de castanhas.

Na quinta-feira, Antoine estava encarregado das compras. Na sexta, foi a vez de Mathias. No supermercado, por mais que se esforçasse, ele não conseguia que os vendedores compreendessem suas perguntas. Então foi pedir socorro a uma caixa que acabou por se revelar espanhola; uma cliente quis ajudar, mas devia ser sueca ou dinamarquesa, Mathias nunca soube, e de nada adiantou. No corredor de congelados, já em desespero de causa, ele puxou o celular e ligou para Sophie diante das prateleiras pares e para Yvonne diante das ímpares. Por fim, decidiu que o termo "costeletas" rabiscado na lista podia muito bem significar "frango", afinal Antoine devia aprender a escrever melhor.

O sábado foi chuvoso e todo mundo ficou em casa, estudando. No domingo à tardinha, uma imensa gargalhada explodiu na sala, onde Mathias e as crianças brincavam. Antoine ergueu a cabeça dos seus esboços e viu o rosto exultante do seu melhor amigo. Nesse momento, ocorreu-lhe que a felicidade se instalara na vida deles.

*

Segunda-feira de manhã, Audrey se apresentou diante do portão do Liceu Francês. Enquanto ela entrevistava o diretor, seu câmera filmava o pátio de recreio.

— Foi atrás desta janela que o general de Gaulle lançou o Chamado de 18 de Junho — disse o Sr. Bécherand, apontando a fachada branca do prédio principal.

O Liceu Francês Charles de Gaulle dispensava a mais de 2 mil alunos um ensino renomado, desde a escola primária até o *baccalauréat*, o exame final do secundário. O diretor mostrou a Audrey umas salas de aula e perguntou se ela queria assistir à reunião de professores que ocorreria naquela mesma tarde. No contexto da reportagem, o depoimento dos mestres seria dos mais preciosos. Ao pedido de Audrey para entrevistar alguns deles, o Sr. Bécherand respondeu ser suficiente que ela se entendesse diretamente com cada um.

*

Como todas as manhãs, a Bute Street estava em plena agitação. As caminhonetes de entrega se sucediam, abastecendo as numerosas lojas da rua. No terraço da Coffee Shop, vizinho à livraria, Mathias bebericava um *cappuccino* e lia seu jornal, destoando um pouco de todas as mães que se encontravam ali, depois de deixarem os filhos na escola. Já Antoine estava em seu escritório, do outro lado da rua. Não lhe restavam mais que algumas horas para completar um estudo a ser apresentado no final da tarde a um dos maiores clientes da agência, e ainda por cima ele tinha prometido a Sophie redigir uma nova carta.

Depois de uma manhã sem descanso, e já no início da tarde, Antoine convidou seu arquiteto-chefe a fazer uma pausa para um almoço bem merecido. Atravessaram a rua e se dirigiram ao restaurante de Yvonne.

O intervalo foi de curta duração. Os clientes eram aguardados no horário e as plantas ainda não estavam impressas. Após a última garfada, McKenzie se retirou.

Da soleira da porta, ele sussurrou um "Até logo, Yvonne" ao qual ela, com os olhos mergulhados no livro de contas, respondeu por um "Sim, sim, tudo bem, até logo, McKenzie".

— Você não poderia pedir ao seu funcionário que me deixe em paz?

— Ele está apaixonado por você. O que eu posso fazer?

— Você já viu a minha idade?

— Sim, mas ele é britânico.

Yvonne fechou o livro de registros e suspirou.

— Vou abrir um bom Bordeaux, quer um copo?

— Não, mas gostaria muito que você viesse beber aqui na minha mesa.

— Prefiro ficar aqui, é mais adequado para os clientes.

O olhar de Antoine percorreu a sala deserta; vencida, Yvonne destampou a garrafa e foi ao encontro dele, com o copo na mão.

— O que houve? — perguntou ele.

— Não vou poder continuar assim por muito tempo, estou cansada demais.

— Arrume alguém para ajudar.

— Eu não faturo o suficiente. Se contratar uma pessoa, é o mesmo que fechar de vez, e posso lhe garantir que isso não está longe de acontecer.

— Devíamos rejuvenescer sua sala.

— Quem precisaria ser rejuvenescida é a proprietária — suspirou Yvonne. — E também, com que dinheiro?

Antoine puxou uma lapiseira do bolso do paletó e começou a riscar um esboço na toalha de papel.

— Veja, venho pensando nisso há tempos. Acho que a gente pode encontrar uma solução.

Yvonne deslizou os óculos até a ponta do nariz e sua expressão se iluminou com um sorriso cheio de ternura.

— Você pensa há muito tempo na sala do meu restaurante?

Antoine pegou o telefone no balcão e ligou para McKenzie, pedindo-lhe que começasse a reunião sem ele. Desligou e voltou até Yvonne.

— Bom, posso lhe explicar agora?

*

Aproveitando um momento de calma durante a tarde, Sophie tinha ido ver Mathias para lhe levar um buquê de rosas de jardim.

— Um toquezinho de feminilidade não vai fazer mal — disse, instalando o vaso perto da caixa.

— Por quê? Acha isto aqui muito masculino?

O telefone tocou. Mathias pediu licença a Sophie e atendeu.

— Claro que eu posso ir à reunião de pais. Sim, só vou dormir depois do seu retorno. Então, é você quem vai pegar as crianças? Sim, um beijo para você também!

Mathias devolveu o fone à base. Sophie o encarou atentamente e foi saindo.

— Esqueça tudo o que eu acabei de dizer! — disse, rindo.

E fechou a porta da livraria.

*

Mathias chegou atrasado. Verdade seja dita, o movimento na livraria tinha sido grande. Quando ele entrou na escola, o pátio de recreio estava deserto. Três professoras que se entretinham na área coberta acabavam de voltar às respectivas salas. Mathias andou ao longo da parede e se esticou na ponta dos pés a fim de olhar por uma janela. O espetáculo era bastante estranho. Atrás das carteiras, adultos haviam substituído os alunos. Na primeira fila, uma mãe levantava a mão para fazer uma pergunta, um pai agitava a dele para que a professora o visse. Decididamente, os primeiros da classe assim permaneceriam pelo resto da vida.

Mathias não fazia a menor ideia do local aonde devia ir; se ele faltasse à sua promessa de substituir Antoine na reunião de pais da turma de Louis, o assunto iria render durante meses. Para seu grande alívio, uma jovem atravessava o pátio. Mathias correu até ela.

— Senhorita, o CM2 A, por favor? — perguntou, apressado.

— O senhor chegou tarde demais, a reunião acabou agora, estou saindo de lá.

Tendo reconhecido de repente sua interlocutora, Mathias se congratulou pela oportunidade que se oferecia. Apanhada de surpresa, Audrey apertou a mão que ele lhe estendia.

— Gostou do livro?

— O *Lagarde et Michard?*

— Preciso que a senhorita me faça um favor imenso. Eu sou CM2 B, mas o pai de Louis ficou retido no trabalho, então me pediu para...

Audrey tinha um charme indiscutível e Mathias, uma certa dificuldade de expressar o que desejava.

— E então, a CM2 A, tudo bem com a turma? — murmurou ele.

— Acho que sim...

Mas a conversa foi interrompida pela sineta do recreio, que acabava de tocar. As crianças já tinham invadido o pátio. Audrey disse a Mathias que tivera prazer em revê-lo. Já ia se afastando quando se formou uma confusão ao pé de um plátano. Os dois ergueram a cabeça: uma criança tinha subido numa árvore e agora estava empacada num dos galhos mais altos. O menino se encontrava em equilíbrio precário. Mathias se precipitou e, sem hesitar, agarrou-se ao tronco e desapareceu em meio à folhagem.

Audrey escutou a voz do livreiro, que se pretendia tranquilizadora.

— Tudo certo, já o alcancei!

Pregado no alto da árvore, pálido, Mathias fitava o garoto sentado num galho diante dele.

— Bom, pois é, agora estamos os dois como uns idiotas — disse ele ao menino.

— Eu vou levar bronca? — perguntou este.

— E bem merecida, na minha opinião.

Segundos depois, as folhas começaram a farfalhar e apareceu um bedel no alto de uma escada.

— Como você se chama? — perguntou o homem.

— Mathias!

— Eu estava falando com o garoto...

O nome do menino era Victor. O bedel tomou-o nos braços.

— Agora preste atenção, Victor. São 47 degraus. Nós dois vamos contá-los juntos, e você não olha para baixo, certo?

Mathias viu os dois desaparecerem em meio aos galhos. As vozes ficaram distantes. Sozinho, paralisado, ele fitou o horizonte.

Quando o bedel o convidou a descer, Mathias agradeceu sinceramente. Já que havia subido tão alto, ia curtir um pouco a vista. Fosse como fosse, pediu ao homem que, se não houvesse inconveniente, lhe deixasse a escada.

*

A reunião com os clientes tinha terminado. McKenzie acompanhou-os até o saguão. Antoine atravessou a agência e abriu a porta de sua sala. Ali encontrou Emily e Louis, que o esperavam no sofá do vestíbulo: o calvário deles finalmente se encerrava. Chegara a hora de voltar para casa. Nesta noite, o jogo Detetive e batatas fritas compensariam o tempo perdido. Emily aceitou a proposta e arrumou suas coisas na pasta. Louis já corria rumo aos elevadores, deslizando entre as pranchetas. O menino apertou todos os botões da cabine e, após uma visita inopinada ao subsolo, os três finalmente desembocaram no hall do prédio.

Atrás de sua vitrine, Sophie os viu passar pela Bute Street. As duas crianças puxavam as abas do paletó de Antoine. Da calçada fronteira, este jogou um beijo para ela.

— Cadê papai? — perguntou Emily, ao ver a livraria fechada.

— Foi à minha reunião de pais — respondeu Louis, erguendo os ombros.

*

O rosto de Audrey apareceu entre a folhagem.

— Tudo de novo, como da outra vez? — perguntou ela a Mathias, com voz tranquilizadora.

— Aqui é bem mais alto, não?

— O método é o mesmo: um pé depois do outro, e o senhor não olha para baixo de jeito nenhum, combinado?

Nesse momento de sua vida, Mathias seria capaz de prometer a lua a quem a pedisse. E Audrey acrescentou:

— Na próxima vez que o senhor quiser que a gente se encontre, não precisa ter tanto trabalho.

Fizeram uma pausa no vigésimo degrau e outra no décimo. Quando seus pés finalmente tocaram o chão, o pátio estava deserto. Eram quase 20 horas.

Audrey se ofereceu para acompanhar Mathias até a rotunda. O vigia fechou o portão atrás deles.

— Desta vez, eu realmente fiz um papel ridículo, não foi?
— De jeito nenhum, o senhor foi corajoso...
— Quando eu tinha 5 anos, escorreguei de um telhado.
— Verdade? — perguntou Audrey.
— Não... não é verdade.

As faces dele recuperavam a cor. Ela o fitou longamente, sem falar nada.

— Nem sei como lhe agradecer.
— O senhor acaba de fazer isso — respondeu ela.

O vento a fazia tiritar.

— Volte para casa, a senhorita vai pegar um resfriado — murmurou Mathias.
— O senhor também vai pegar um resfriado.

Enquanto ela se afastava, Mathias desejou que o tempo parasse. No meio daquela calçada deserta, e sem saber por quê, já sentia falta daquela jovem. Quando ele a chamou, ela tinha dado 12 passos: não confessaria nunca, mas havia contado cada um deles.

— Acho que eu tenho uma edição do *Lagarde et Michard* século XIX!

Audrey se voltou.

— E eu acho que estou com fome — respondeu.

Tinham afirmado estar esfomeados, mas Yvonne, quando tirou a mesa deles, preocupou-se ao ver os pratos quase intactos. Ao perscrutar, de seu balcão, o olhar que Mathias pousava sobre os lábios de Audrey, ela compreendeu que sua culinária não estava em questão. Ao longo de toda a noitada, os dois se confidenciaram as respectivas paixões, a de Audrey pela fotografia, a de Mathias pelos manuscritos antigos. No ano anterior, ele havia adquirido uma carta redigida por Saint-Exupéry. Era apenas um bilhete rabiscado pelo piloto na partida de um voo, mas, para o colecionador que ele era, tê-lo nas mãos proporcionava um prazer indescritível. Mathias confessou que às vezes, à noite, em sua solidão parisiense, tirava o papel do envelope, desdobrava-o com infinita precaução, fechava os olhos e a imaginação o transportava até a pista de um campo de pouso na África. Ouvia o mecânico gritar "Contact", pendurando-se à pá da hélice para acionar o motor. Os êmbolos começavam a vibrar. Bastava-lhe inclinar a cabeça para trás, e ele sentia o vento de areia arranhar sua face. Audrey compreendeu essa emoção de Mathias. Quando se aprofundava em velhas fotografias, ela se via nos anos 1920, caminhando pelas ruelas de Chicago. No fundo de um bar, tomava uma bebida em companhia de um jovem trompetista, músico genial, que os colegas apelidavam de Satchmo.

E, quando a noite era calma, escutava um disco e Satchmo a levava a passear sobre as linhas de algumas partituras. Em outras noites, outras fotografias arrastavam-na para a febre dos clubes de jazz; ela dançava ao som de ragtimes endiabrados e se escondia quando a polícia fazia batidas.

Debruçada durante horas sobre uma foto tirada por William Claxton, Audrey havia descoberto a história de um músico tão belo, tão apaixonado, que ela se enamorara dele. Sentindo um pouco de ciúme na voz de Mathias, acrescentou que Chet Baker morrera ao cair do segundo andar de seu quarto de hotel em Amsterdã, em 1988, com a idade de 59 anos.

Yvonne pigarreou lá do balcão, o restaurante já ia fechar. A sala estava vazia. Mathias pagou a conta e os dois se viram na Bute Street. A vitrine atrás deles acabava de se apagar.

Mathias quis caminhar ao longo do rio. Era tarde, Audrey devia deixá-lo. Amanhã, um dia pesado de trabalho a esperava. Ambos perceberam que ao longo da noite não tinham falado nem de sua vida, nem de seu passado, e tampouco de sua profissão. Mas haviam compartilhado alguns sonhos e momentos de imaginário; afinal, para uma primeira vez, era uma bela conversa. Trocaram telefones. Enquanto a acompanhava até South Kensington, Mathias elogiou o ofício de professora, dedicar a vida às crianças revelava uma generosidade incrível; quanto à reunião de pais, ele daria um jeito. Bastaria inventar, quando Antoine o interrogasse. Audrey não entendia em absoluto de que ele falava, mas o momento era doce, e ela aquiesceu. Ele lhe estendeu uma mão desajeitada, ela o beijou de leve na boca; um táxi já a conduzia ao bairro de Brick Lane. De coração leve, Mathias seguiu por Old Brompton.

Quando entrou em Clareville Grove, seria capaz de jurar que as árvores que se inclinavam ao vento o saudavam. Por mais bobo que pudesse parecer, frágil e feliz ao mesmo tempo, respondeu com um aceno de cabeça. Subiu a escada externa pé ante pé, a chave girou lentamente na fechadura, a porta quase não rangeu, e ele entrou na sala.

A tela do computador iluminava a escrivaninha onde Antoine trabalhava. Mathias tirou sua gabardina com mil precauções. Sapatos nas mãos, dirigia-se para a escada quando a voz do seu co-locatário lhe deu um sobressalto.

— Você viu a hora?

Antoine o repreendia com o olhar. Mathias deu meia-volta e se adiantou até a escrivaninha. Pegou a garrafa de água mineral que estava ali, bebeu-a de uma só vez e devolveu-a, forçando um bocejo.

— Bom, já vou indo — disse, espreguiçando-se. — Estou morto de cansaço.

— Vai para onde, exatamente? — perguntou Antoine.

— Bem, para minha casa — respondeu Mathias, apontando o andar de cima.

Vestiu de novo a gabardina e se adiantou para a escada. De novo, Antoine o interpelou.

— Como é que foi lá?

— Bem. Enfim, eu acho — respondeu Mathias, com cara de quem não sabia de jeito nenhum de que assunto estavam falando.

— Esteve com a Sra. Morel?

Rosto tenso, Mathias fechou a gola da gabardina.

— Como é que você sabe?

— Afinal, você compareceu ou não à reunião de pais?

— Evidentemente! — respondeu Mathias, com segurança.

— Portanto, esteve com a Sra. Morel?

— Mas é claro que eu estive com a Sra... Morel!

— Perfeito! E, como você ficou em dúvida, aviso que sei disso porque fui eu quem lhe pediu para falar com ela — prosseguiu Antoine, com voz deliberadamente comedida.

— Pois é! Foi exatamente isso, foi você quem me pediu! — exclamou Mathias, aliviado por perceber um indício de luz no fim de um longo túnel escuro.

Antoine se levantou e começou a caminhar para lá e para cá no seu cantinho-escritório; as mãos cruzadas atrás das costas lhe davam um ar professoral que não deixava de intimidar seu amigo.

— Então, você conversou com a professora do meu filho, o que é ótimo; agora, vamos nos concentrar. Tente fazer um último esforcinho... poderia me dar um resumo da reunião de pais?

— Ah... Era por isso que você estava me esperando? — perguntou Mathias, com ar inocente.

Pelo olhar que Antoine lhe lançou, Mathias compreendeu que sua margem de improvisação se reduzia a cada segundo, Antoine não manteria a calma por muito tempo mais. O ataque era a única defesa possível.

— Era só o que faltava! Eu fui a seu pedido, não vá subindo nos tamancos desse jeito! O que você quer que eu lhe diga?

— O que a professora lhe relatou seria um bom começo, ou até mesmo um bom fim... considerando a hora tardia.

— Ele está perfeito! Seu filho está absolutamente perfeito, em todas as matérias. No início do ano, a professora até chegou a temer que ele fosse superdotado, porque isso é algo lisonjeiro para os pais, mas muito difícil de administrar. Mas posso lhe garantir, Louis é apenas um excelente aluno. Pronto, contei tudo, agora você sabe tanto quanto eu. Fiquei tão orgulhoso que até a deixei pensar que eu sou tio dele. Está contente?

— No sétimo céu! — disse Antoine sentando-se, furioso.

— Você é inacreditável! Eu lhe digo que seu filho está no topo da carreira de estudante e você faz cara feia. Admita, você não é fácil de satisfazer, meu chapa.

Antoine abriu uma gaveta, tirou uma folha de papel e agitou-a, segurando-a com a ponta dos dedos.

— Estou louco de felicidade! Enquanto pai de um menino que não alcançou a média em história e geografia, mal conseguiu um 11 em francês e apenas um 10 em cálculo, fico realmente surpreso e orgulhoso com o comentário da professora dele.

Antoine pousou o boletim escolar de Louis sobre a escrivaninha e empurrou-o na direção de Mathias, que se aproximou, dubitativo, leu aquilo e logo o devolveu.

— Bem, foi um erro administrativo, acontece demais com os adultos, não vejo por que as crianças estariam livres disso! — comentou, com uma má-fé que beirava a indecência. — Enfim, vou me deitar, vejo que você está tenso, e eu detesto quando você está tenso. Durma bem!

Desta vez, Mathias rumou para a escada com passo decidido. Antoine o chamou de volta pela terceira vez. Mathias ergueu os olhos para o céu e virou-se de má vontade.

— O que é, agora?
— Como é que ela se chama?
— Ela quem?
— É você quem vai me dizer... Essa que o fez faltar à reunião de pais, por exemplo. É bonita, pelo menos?
— Muito! — confessou finalmente Mathias, encabulado.
— Já é alguma coisa! Como é o nome dela? — insistiu Antoine.
— Audrey.
— Bonitinho também... Audrey de quê?
— Morel... — exalou Mathias, com uma voz quase inaudível.

Antoine aguçou o ouvido, com a ínfima esperança de não ter escutado bem o sobrenome que Mathias acabava de pronunciar. Em seu rosto já se lia a inquietação.

— Morel? Um pouco como em Sra. Morel?
— Só um pouquinho... — disse Mathias, desta vez terrivelmente embaraçado.

Antoine se levantou e encarou o amigo, saudando sarcasticamente a proeza.

— Quando eu lhe peço que vá a uma reunião de pais, você realmente leva a coisa muito a sério!

— Eu sabia, não devia ter lhe falado nada! — disse Mathias, afastando-se.

— O quê? — berrou Antoine. — Então, quer dizer que você me falou alguma coisa? Me tire uma dúvida: na lista de besteiras a não fazer nunca, você acha que ainda vai encontrar uma, ou será que já esgotou todas?

— Escute aqui, Antoine, não exageremos. Eu voltei sozinho, e antes da meia-noite!

— E, para culminar, ainda se felicita por não ter trazido a professora do meu filho para casa? Formidável! Obrigado, assim ele não vai vê-la meio pelada na hora do desjejum.

Não encontrando outra saída além da fuga, Mathias subiu. A cada degrau, seus passos pareciam escandir as reprimendas de Antoine, que ainda lhe gritou pelas costas:

— Você é patético!

Mathias ergueu a mão em sinal de rendição.

— Agora pare, tudo bem, eu vou achar uma solução!

Quando ele entrou no quarto, escutou Antoine, lá no térreo, acusando-o de, para piorar, ter muito mau gosto. Fechou a porta, estirou-se na cama e suspirou, desabotoando a gola da gabardina.

Em sua escrivaninha, Antoine apertou uma tecla no computador. Na tela, um Fórmula 1 se chocou em cheio contra o *guard-rail*.

Às 3 horas da manhã, Mathias continuava a perambular pelo quarto. Às 4, de cueca, sentou-se diante da pequena escrivaninha instalada perto da janela e começou a mascar o lápis. Um pouco mais tarde, redigiu as primeiras palavras de uma carta endereçada à Sra. Morel. Às 6 horas, a cesta de papéis acolhia o décimo primeiro rascunho que Mathias descartava. Às 7, cabelos desgrenhados, ele releu o texto pela última vez e meteu-o num envelope. Os degraus da escada estalavam, Emily e Louis estavam descendo para a cozinha. Ouvido colado à porta, ele vigiou os ruídos do desjejum, e, quando escutou Antoine chamar as crianças a fim de partirem para a escola, vestiu às pressas um roupão e correu ao térreo. Alcançou Louis já no patamar externo. Entregou-lhe a missiva mas, antes que tivesse tempo de explicar do que se tratava, Antoine se apoderou da carta e pediu a Emily e Louis que fossem aguardá-lo um pouco mais longe, na calçada.

— O que é isto? — perguntou Antoine a Mathias, agitando o envelope.

— Uma palavrinha de rompimento, não é o que você queria?

— Ou seja, você não consegue resolver seus assuntos pessoalmente? Precisa envolver nossos filhos? — cochichou Antoine, puxando-o um pouco de lado.

— Achei que seria melhor assim — balbuciou Mathias.

— E covarde, ainda por cima! — explodiu Antoine, antes de ir ao encontro das crianças.

Mesmo assim, ao entrar no carro, guardou o envelope na pasta do filho. A baratinha se afastou, Mathias fechou a porta da casa e subiu para se arrumar. Ao entrar no banho, exibia um sorriso intrigante.

*

A porta da loja se abriu. Lá do fundo, Sophie reconheceu os passos de Antoine.

— Vamos tomar um café? — convidou ele.

— Ih, você está com aquela cara dos dias ruins — respondeu ela, enxugando as costas das mãos no jaleco.

— O que foi isso daí? — perguntou Antoine, olhando a gaze manchada de sangue escuro no dedo de Sophie.

— Nada, um cortezinho, mas não cicatriza. Impossível, com toda essa água.

Antoine pegou-lhe a mão, tirou o esparadrapo e fez uma careta. Sem dar tempo a Sophie para discutir, puxou-a para o armário de remédios, limpou o ferimento e refez o curativo.

— Se isto não tiver sarado dentro de dois dias, levo você ao médico — resmungou.

— Bom, vamos tomar esse café — respondeu Sophie, agitando a boneca que agora ornava a ponta do seu indicador. — Depois, você me conta o que o está azucrinando?

Trancou a porta, botou a chave no bolso e puxou seu amigo pelo braço.

*

Um cliente aguardava, impaciente, diante da livraria. Mathias, que subia a Bute Street a pé, passou por Antoine e Sophie, que vinham em sentido contrário. Seu melhor amigo não lhe dirigiu sequer um olhar e entrou com a florista no bistrô de Yvonne.

*

— O que houve entre vocês dois? — perguntou Sophie, pousando a xícara de café com creme.

— Você está com bigode!

— Que gentileza, obrigada!

Antoine pegou seu guardanapo e limpou os lábios de Sophie.

— Tivemos um pequeno desentendimento agora de manhã.

— A vida de casal, meu amigo, não pode ser perfeita todos os dias!

— Está debochando de mim? — perguntou Antoine fitando Sophie, que continha o riso com dificuldade.

— Qual foi o assunto da discussão?

— Nada, deixe para lá.

— Você é quem devia deixar para lá, se visse sua própria cara... Não quer mesmo me dizer do que se trata? Um conselho de mulher sempre pode ajudar, não?

Antoine olhou sua amiga e se deixou vencer pelo sorriso que ela agora exibia sem constrangimento. Remexeu os bolsos do paletó e lhe estendeu um envelope.

— Tome, espero que você goste desta.

— Eu sempre gosto.

— Eu apenas transcrevo o que você me pede para escrever — continuou Antoine, relendo seu texto.

— Sim, mas faz isso com suas palavras e, graças a você, as minhas ganham um sentido que eu não consigo dar.

— Tem certeza de que esse sujeito realmente a merece? Porque eu vou lhe dizer uma coisa, e não é porque as escrevo: se eu recebesse cartas assim, fossem quais fossem minhas obrigações pessoais ou profissionais, juro que já teria vindo raptar você.

O olhar de Sophie se desviou.

— Não era bem isso que eu queria dizer — prosseguiu Antoine, desolado, abraçando-a.

— Viu? De vez em quando você devia prestar atenção ao que diz. Não sei qual foi o assunto de sua rusga com Mathias, mas de qualquer jeito é uma perda de tempo. Pegue seu celular e ligue pra ele.

Antoine pousou sua xícara de café.

— Por que devo ser eu a dar o primeiro passo? — resmungou.

— Porque, se vocês dois ficarem se fazendo a mesma pergunta, vão estragar seu dia a troco de nada.

— Talvez, mas neste caso é ele quem está errado.

— O que ele pode ter feito de tão grave?

— Posso lhe garantir que ele fez uma besteira, mas não é por isso que vou dispensá-lo.

— Dois guris!... Cada um pior do que o outro! Ele se desculpou?

— De certo modo, sim... — respondeu Antoine, lembrando-se da cartinha que Mathias havia confiado a Louis.

Sophie pegou o telefone do balcão, puxou-o para perto e levantou o fone.

— Ligue para ele!

Antoine devolveu o fone ao gancho.

— É melhor ir vê-lo pessoalmente — disse, levantando-se.

Pagou os cafés e os dois saíram para a Bute Street. Sophie se recusou a entrar em sua loja enquanto não viu Antoine transpor a porta da livraria.

— Em que posso ajudá-lo? — perguntou Mathias, erguendo os olhos de sua leitura.

— Nada, eu ia passando, então vim ver se está tudo bem.

— Tudo bem, obrigado — disse Mathias, virando a página do livro.

— Muito movimento?

— Nada, ninguém, por quê?

— Estou entediado — murmurou Antoine. Em seguida, virou a plaquinha pendurada à porta envidraçada, para exibir o lado "Fechado".

— Venha, vamos dar uma volta.

— Você não diz que anda soterrado em trabalho?

— Pare de discutir o tempo todo!

Antoine saiu da livraria, instalou-se a bordo do seu carro, estacionado diante da vitrine, e buzinou duas vezes. Mathias largou o livro, resmungando, e foi ao encontro dele na rua.

— Aonde vamos? — perguntou, entrando na baratinha.

— Fazer gazeta!

O Austin Healey percorreu a Queen's Gate, atravessou o Hyde Park e seguiu para Notting Hill. Mathias descobriu uma vaga na entrada do mercado de Portobello. As calçadas estavam invadidas pelas barracas dos brechós. Eles desceram a rua, parando em cada uma. Num vendedor de roupas usadas, Mathias experimentou um paletó de listras largas e um boné de variados desenhos e virou-se para pedir a opinião de Antoine. Este já se afastara, constrangido demais para ficar ao lado dele. Mathias devolveu a roupa ao respectivo cabide e declarou à vendedora que Antoine não tinha o mínimo gosto. Os dois se instalaram na calçada da Electric Brasserie. Duas bonitas moças em trajes de verão desciam a rua. Os olhares dos quatro se cruzaram, elas sorriram para eles ao passar.

— Eu esqueci — disse Antoine.

— Se for a carteira, não se preocupe, eu convido — disse Mathias, pegando a conta na bandejinha.

— Faz seis anos que eu vivo o papel de pai solteiro, e me dou conta de que já nem sei como se aborda uma mulher. Um dia, meu filho vai me perguntar como é que a gente paquera e eu não saberei responder. Preciso de você, você tem de me ensinar tudo de novo, desde o começo.

Mathias bebeu seu suco de tomate de uma vez e devolveu o copo à mesa.

— Seria bom saber o que você quer, se nem admite que uma mulher entre em nossa casa!

— Isso não tem nada a ver, eu estava falando de sedução. Bom, esqueça!

— Quer saber a verdade? Também esqueci, meu camarada.

— No fundo, eu acho que nunca soube! — suspirou Antoine.

— Com Karine, até que você soube, não?

— Karine me deu um filho e depois partiu para cuidar dos filhos dos outros. Como sucesso sentimental, não é grande coisa, não acha? Bem, levante-se, vamos trabalhar.

Deixaram a mesa da calçada e subiram a rua, caminhando lado a lado.

— Não se chateie se eu experimentar de novo aquele paletó, e desta vez quero realmente sua opinião!

— Se você jurar que vai usá-lo na frente dos nossos filhos, eu mesmo lhe dou de presente!

De volta a South Kensington, Antoine estacionou o Austin Healey diante do seu escritório. Desligou o motor e esperou uns instantes para sair do carro.

— Desculpe por ontem à noite, acho que exagerei um pouco.

— Não, não, tudo bem, eu compreendo sua reação — disse Mathias, com uma voz ligeiramente agastada.

— Agora você não está sendo sincero!

— É verdade, não estou!

— Como eu pensava. Ainda está com raiva de mim!

— Escute, Antoine, se você tiver algo a declarar sobre esse assunto, diga logo, eu realmente tenho trabalho!

— Eu também — retrucou Antoine, saindo do automóvel.

E, quando entrava na agência, escutou a voz de Mathias às suas costas.

— Obrigado por ter vindo aqui, isso me toca muito.

— Não gosto quando a gente briga, você sabe — respondeu Antoine, virando-se.

— Eu também não.

— Então, não se fala mais nisso, já passou.

— Sim, já passou.

— Você volta tarde hoje?

— Por quê?

— Prometi a McKenzie levá-lo para jantar na Yvonne... para agradecer a ajuda dele lá em casa. Então, se você pudesse ficar com as crianças, seria ótimo.

De volta à livraria, Mathias pegou o telefone e ligou para Sophie.

*

O telefone tocava. Sophie pediu licença à cliente.

— Claro que posso — disse ela a Mathias.

— Não vai ser um incômodo? — insistiu ele, do outro lado da linha.

— Não vou lhe esconder que não me agrada a ideia de mentir a Antoine.

—Não lhe peço para mentir, mas só para não dizer nada a ele.

Para Sophie, a fronteira entre mentira e omissão era bem delgada. Ainda assim, ela aceitou prestar a Mathias o serviço que ele pedia. Fecharia a loja um pouco mais cedo e iria encontrá-lo, conforme combinaram, por volta das 19 horas. Mathias desligou.

VII

Yvonne aproveitava a calma da tarde para dar uma arrumada na adega, no subsolo. Olhou a caixa à sua frente: o Château Labegorce-Zédé era seu vinho preferido e ela conservava ciumentamente, para ocasiões especiais, as raríssimas garrafas que possuía. Mas fazia longos anos que não tinha ocasiões especiais a comemorar. Passou a mão sobre a fina camada de pó que recobria a madeira, rememorando com emoção aquela tarde de maio em que o Manchester United havia ganhado a taça da Inglaterra. A dor pegou-a na base do seio, sem aviso prévio. Yvonne dobrou-se ao meio, em busca do ar que de repente lhe faltava. Apoiou-se na escada que levava à sala e procurou seus medicamentos no bolso do avental. Seus dedos dormentes quase não tinham força para segurar o frasco. Com dificuldade, conseguiu tirar a tampa, jogou três comprimidos na palma da mão e lançou-os no fundo da garganta, inclinando a cabeça para trás a fim de deglutir melhor.

Esgotada pelo sofrimento, sentou-se ali mesmo, no chão, e esperou que a química agisse. Se Deus não a chamasse hoje, pensou, seu coração se acalmaria dentro de alguns minutos e tudo iria bem; ela ainda tinha muitas coisas a fazer. Prometeu-se aceitar o próximo convite de John para ir a Kent; enfim, isso se ele o renovasse, ela se negara tantas vezes... Apesar do seu pudor, apesar de suas recusas, aquele homem lhe fazia falta. Aliás, era uma loucura o quanto ele lhe fazia falta. Seria preciso que as pessoas se afastassem, para nos darmos conta do lugar que elas ocupam em nossas vidas? Diariamente, ao meio-dia, John costumava se instalar na sala do restaurante: teria notado que seu prato era diferente do dos outros clientes?

Certamente, havia adivinhado; John era um homem discreto, tão pudico quanto ela, mas também era intuitivo. Yvonne se alegrava por Mathias ter assumido a livraria dele. Quando John lhe anunciara que iria se aposentar, tinha sido ela a lhe falar de um sucessor, para que o trabalho de toda uma vida não desaparecesse. E, também, havia visto ali uma oportunidade perfeita para que Mathias reencontrasse os seus; então, havia transmitido a sugestão a Antoine para que a ideia abrisse caminho, até que Antoine se apropriasse dela a ponto de acreditá-la própria. Quando Valentine lhe anunciara seu desejo de retornar a Paris, imaginara de imediato todas as consequências para Emily. Detestava intrometer-se na vida alheia, mas, desta vez, envolvera-se um pouquinho com o destino daqueles a quem amava. Só que, sem John, nada mais era como antes. Um dia, isso era certo, falaria com ele.

Levantou a cabeça. A lâmpada pendurada no teto começou a girar, arrastando cada objeto do aposento, como num balé. As paredes ondulavam, uma força terrível pesava sobre ela, impelindo-a para trás. A escada lhe fugia. Yvonne inspirou profundamente e fechou os olhos, antes de seu corpo se inclinar para o lado. Sua cabeça pousou devagarinho no chão movediço. Ela escutou as batidas de seu coração ressoando em seus tímpanos, e depois mais nada.

Usava uma sainha florida e uma blusa de algodão. Era o dia dos seus 7 anos, o pai a segurava pela mão. Para agradá-la, ele tinha comprado dois ingressos no guichê da roda-gigante de madeira e, quando o guarda-corpo descera sobre a gôndola, ela se sentira mais feliz do que nunca. Lá no alto, o pai havia apontado para longe. Suas mãos eram magníficas. Acariciando os telhados da cidade com um só gesto, ele lhe dissera palavras mágicas: *"De agora em diante a vida lhe pertence, nada lhe será impossível, se você realmente o desejar."* Ela era seu orgulho, sua razão de existir, a coisa mais bela que ele havia feito em toda a sua vida. E a fez prometer que não repetiria isso à mãe, que talvez ficasse um pouco enciumada. Ela havia rido, pois sabia que o pai amava a mãe tanto quanto ela. Na primavera seguinte, numa manhã de inverno, correra atrás dele pela rua. Dois homens em trajes sombrios tinham vindo buscá-lo em casa. Foi somente no dia dos seus 10 anos que a mãe lhe revelou a verdade. Seu pai não tinha partido em viagem de negócios, havia sido preso pela milícia francesa. Ele nunca retornara.

Durante os anos da Ocupação, na água-furtada que lhe servia de quarto, a menina imaginava que o pai tinha fugido. Numa hora em que os sujeitos maus não estavam olhando, ele desatara as amarras, quebrara a cadeira na qual era torturado. Reunindo suas forças, fugira pelos subterrâneos do comissariado e desaparecera por uma porta deixada aberta. Após ter ido ao encontro da Resistência, chegara à Inglaterra. E, enquanto ela e a mãe se arranjavam como podiam naquela França triste, ele trabalhava junto a um general que não tinha desistido. E todas as manhãs, ao acordar, ela imaginava seu pai sonhando chamá-la. Mas, no reduto onde se escondia com a mãe, não havia telefone.

Quando ela completou 20 anos, um oficial de polícia veio bater à sua porta. Nessa época, Yvonne morava num conjugado em cima da lavanderia que a empregava. Os restos mortais de seu pai tinham sido encontrados numa vala, no meio da floresta de Rambouillet. O rapaz estava sinceramente constrangido por ser portador de uma notícia tão triste, e mais ainda porque o relatório da autópsia confirmava que as balas que haviam explodido o crânio do pai dela provinham do cano de uma pistola francesa. Sorridente, Yvonne o tranquilizara. O jovem se enganava, seu pai provavelmente estava morto, porque ela não recebia notícias dele desde o fim da guerra, mas fora enterrado em algum lugar da Inglaterra. Detido pela milícia, conseguira escapar e seguira para Londres. O policial armou-se de coragem. Haviam encontrado papéis no bolso do morto, e estes confirmavam sem nenhuma dúvida a identidade dele.

Yvonne pegou o porta-notas que o inspetor lhe estendia. Abriu a carteira amarelada, manchada de sangue, e acariciou a foto, sem deixar de sorrir em nenhum momento. E, ao fechar a porta, limitou-se a dizer com voz doce que seu pai devia ter abandonado aqueles documentos durante a fuga. Alguém os falsificara, simples assim.

Esperou até a noite para abrir a carta escondida sob a aba de couro. Depois de lê-la, rolou entre os dedos a chavezinha de um escaninho que o pai havia anexado.

Com a morte de seu primeiro marido, Yvonne revendeu a lavanderia, adquirida ao preço de horas de trabalho semanais que nenhum membro da seção sindical a que ela pertencia teria imaginado possíveis. Tomou em Calais uma barca que atravessava o Canal da Mancha e chegou a Londres numa tarde de verão, tendo por bagagem apenas uma mala. Compareceu diante da fachada branca de um grande edifício no bairro de South Kensington. Ajoelhada ao pé de uma árvore que sombreava a rotunda, cavou com as próprias mãos um buraco na terra. Ali depositou uma carteira de identidade amarelecida, manchada de sangue seco, e murmurou: "Chegamos."

Quando um policial lhe perguntou o que ela estava fazendo, Yvonne se levantou e respondeu, chorando:

— Vim devolver ao meu pai os documentos dele. Nós não nos víamos desde a guerra.

Yvonne voltou a si e levantou-se devagar. Seu coração havia retomado um ritmo normal. Ela subiu a escada reta e, ao chegar à sala, resolveu trocar de avental. Quando o atava às costas, uma jovem entrou e foi se instalar no balcão. Pediu uma bebida alcoólica, a mais forte que houvesse. Yvonne olhou-a atentamente, serviu-lhe um copo de água mineral e se sentou junto dela.

Enya havia emigrado no ano anterior. Conseguira um trabalho num bar do Soho. Para aguentar o alto custo da vida na cidade, havia precisado dividir um conjugado com três estudantes que, tanto quanto ela, faziam pequenos bicos aqui e ali. Enya já não estudava havia muito tempo.

Mas o *restaurateur* sul-africano que a empregava, com saudade de seu país de origem, tinha fechado o estabelecimento. Depois, o trabalho numa padaria de manhã, um lugar na caixa de um fast-food na hora do almoço e a distribuição de folhetos no final do dia haviam permitido que ela sobrevivesse. Sem documentos, seu quinhão era a precariedade. Em duas semanas, perdera todos os seus empregos. Perguntou então a Yvonne se esta não tinha nada para ela: sabia servir corretamente à mesa e não tinha medo do trabalho.

— E é pedindo álcool no balcão que você se vira para achar um emprego de garçonete? — interpelou-a a proprietária.

Yvonne não tinha condições de contratar quem quer que fosse, mas prometeu à moça que se informaria entre os comerciantes do bairro. Se aparecesse alguma coisa, ela diria. Bastava que Enya aparecesse de vez em quando para saber. Querendo completar a lista de suas qualidades, Enya acrescentou que também tinha trabalhado numa lavanderia. Yvonne se voltou para olhá-la. Ficou calada por uns segundos e anunciou que, até as coisas melhorarem, Enya podia vir fazer uma refeição, vez por outra; não haveria conta, desde que ela não dissesse a ninguém. A jovem não sabia como agradecer. Dispensando enfaticamente os agradecimentos, Yvonne retornou às suas panelas.

*

No início da noite, instalado numa mesa do bistrô em companhia de McKenzie, que não parava de devorar Yvonne com os olhos, Antoine pegou o celular e enviou uma mensagem a Mathias: *Obrigado por ficar com as crianças. Está tudo bem?*

Logo recebeu a resposta: *Tudo OK. Crianças jantaram, escovação de dentes em curso, cama dentro de 10 minutos.*

Segundos mais tarde, veio uma segunda mensagem: *Trabalhe até tarde, se precisar. Eu cuido de tudo.*

A luz acabava de se apagar na sala de cinema de Fulham e o filme ia começar. Mathias desligou o celular e mergulhou a mão no saquinho de pipocas que Audrey lhe estendia.

*

Sophie abriu a porta da geladeira para examinar o que havia dentro. Na prateleira de cima, encontrou uns tomates bem vermelhos, alinhados em tão perfeita ordem que pareciam um batalhão de soldados de um exército do Império. Fatias de frios empilhadas perfeitamente numa folha de celofane ladeavam uma bandeja de queijos, um pote de pepinos em conserva e uma tigelinha de maionese.

Lá em cima, as crianças dormiam. Cada uma tivera direito à sua história e ao seu dengo.

Às 23 horas, a chave virou na fechadura. Sophie se voltou e viu Mathias na soleira, com um sorriso beatífico no meio da cara.

— Você se safou, Antoine ainda não chegou — disse Sophie, acolhendo-o.

Depois de deixar a carteira na cestinha à entrada da casa, Mathias sentou-se ao lado dela, beijou-a na face e perguntou como tinha sido a noite.

— Luzes apagadas com meia hora de atraso em relação ao horário habitual, mas esse é um direito das baby-sitters incógnitas. Louis estava muito chateado, com algum grilo na cabeça, mas não consegui saber nada.

— Deixe comigo — disse Mathias.

Sophie pegou sua echarpe, pendurada no cabide. Enrolou-a no pescoço e apontou a cozinha.

— Fiz um prato para Antoine. Eu o conheço, ele vai voltar de barriga vazia.

Mathias foi ver o prato e filou um pepino. Sophie lhe deu um tapa na mão.

— É para Antoine, eu disse! Você não jantou?

— Não tive tempo — respondeu Mathias. — Voltei correndo, logo depois do cinema, não sabia que o filme demorava tanto.

— Espero que tenha valido a pena — disse Sophie, em tom malicioso.

Mathias olhou o prato de frios.

— Sujeitinho de sorte!

— Está com fome?

— Não, pode ir. Prefiro que você vá antes de Antoine chegar, senão ele vai desconfiar de alguma coisa.

Mathias destampou a queijeira, pegou um pedaço de queijo gruyère e comeu-o sem grande apetite.

— Você olhou lá em cima? Antoine refez tudo, do meu lado. O que achou da nova decoração? — perguntou ele, de boca cheia.

— Simétrica! — respondeu Sophie.

— Como assim, simétrica?

— Os quartos de vocês se parecem, até as lâmpadas de cabeceira são idênticas. Ridículo.

— Não vejo o que isso tem de ridículo! — retrucou Mathias, encabulado.

— Seria bom que em algum lugar, nesta residência, "sua casa" significasse "sua casa", e não "eu moro na casa de um amigo"!

Sophie vestiu o casaco e saiu para a rua. O frescor da noite atingiu-a de imediato. Ela sentiu um arrepio e começou a caminhar. O vento soprava na Old Brompton Road. Uma raposa — a cidade tem muitas — acompanhou-a por alguns metros, margeando as grades do parque de Onslow Gardens. Na Bute Street, Sophie viu o Austin Healey de Antoine, estacionado em frente à agência. Sua mão alisou a carroceria. Ela levantou a cabeça e, por alguns instantes, observou as janelas iluminadas. Apertou um pouco mais a echarpe e continuou seu caminho.

Ao entrar no conjugado que ocupava a poucas ruas dali, não acendeu a luz. Seus jeans deslizaram ao longo das pernas. Ela o deixou embolado no chão, jogou longe o suéter e se meteu imediatamente sob os lençóis; as folhas do plátano, vistas através da pequena claraboia acima da cama, tinham assumido uma cor prateada, à luz da lua. Virou-se de lado, abraçando o travesseiro, e esperou que o sono chegasse.

*

Mathias galgou os degraus e colou o ouvido à porta do quarto de Louis.

— Está dormindo? — cochichou.

— Sim! — respondeu Louis.

Mathias girou a maçaneta e uma fresta de luz se prolongou até a cama. Entrou na ponta dos pés e se deitou ao lado do menino.

— Quer conversar? — perguntou.

Louis não respondeu. Mathias tentou levantar uma borda do edredom, mas o garoto, metido embaixo, segurava-o com força.

— Você não é legal o tempo todo, sabia? É até barra-pesada, às vezes!

— Me conte um pouco mais o que houve, cara — disse Mathias com voz suave.
— Ganhei um castigo por sua causa.
— O que foi que eu fiz?
— O que você acha?
— Foi por causa do bilhetinho para a Sra. Morel?
— Você costuma escrever a muitas professoras? Posso saber por que disse à minha que ela tem uma boca muito gostosa?
— Ela lhe contou? Que coisa feia!
— É ela que é feia!
— Ah, não, não diga isso! — insurgiu-se Mathias.
— Ah, é? Ela não é feia, Severina a mofina?
— Mas quem é essa Severina? — perguntou Mathias, inquieto.
— Você sofre de amnésia ou o quê? — prosseguiu Louis, furioso, tirando a cabeça de sob os lençóis. — É a *minha professora*! — berrou.
— Mas não... ela se chama Audrey — replicou Mathias, convicto.
— Não acha que eu sei o nome da minha professora um pouquinho melhor do que você?

Mathias estava mortificado. Quanto a Louis, este se interrogava sobre a identidade dessa tal Audrey.

Seu padrinho descreveu então, com muitos detalhes, a jovem de voz tão encantadoramente rouca. Louis o encarou, pasmado.

— Você pirou. Essa daí é a jornalista que está fazendo uma reportagem sobre a escola.

E, como Louis não dizia mais nada, Mathias resumiu:
— Que merda!

— Pois é, e você foi quem nos botou na merda, não se esqueça! — acrescentou Louis.

Mathias se dispôs a escrever ele mesmo as cem linhas de "Nunca mais entregarei palavras ofensivas à minha professora". Falsificaria a assinatura de Antoine no pé da página do castigo, e Louis, em troca, manteria em segredo o incidente. Depois de refletir um pouco, o garotinho achou que o negócio não estava suficientemente vantajoso. Mas, se seu padrinho acrescentasse os dois últimos livros de "Calvin e Haroldo", ele eventualmente se disporia a reconsiderar a oferta. O acordo se concluiu às 23h35, e Mathias saiu do quarto.

Mal teve tempo de se meter embaixo dos lençóis. Antoine acabava de voltar e vinha subindo a escada. Percebendo a luz que se filtrava sob a porta, bateu e foi entrando.

— Obrigado pelo prato já feito — disse, visivelmente grato.

— Não há de quê — respondeu Mathias, bocejando.

— Não precisava ter esse trabalho, eu lhe disse que ia jantar com McKenzie.

— Eu tinha esquecido.

— Tudo bem? — perguntou Antoine, perscrutando o amigo.

— Tudo ótimo!

— Que cara esquisita é essa?

— Esgotado, só isso. Estava à sua espera lutando contra o sono.

Antoine quis saber se as coisas tinham sido tranquilas com as crianças.

Mathias disse que Sophie viera visitá-lo, e os dois haviam passado a noite conversando.

— Ah, foi? — perguntou Antoine.

— Isso não o chateia?

— Não, por que me chatearia?

— Não sei, sua cara está estranha.

— Em suma, correu tudo bem? — insistiu Antoine.

Mathias lhe sugeriu falar mais baixo, as crianças estavam dormindo. Antoine lhe desejou boa noite e saiu. Trinta segundos depois, abriu a porta e aconselhou o amigo a tirar o impermeável antes de dormir, a chuva havia parado. Ao ver a cara espantada de Mathias, acrescentou que a gola dele estava ultrapassando o lençol. E fechou a porta, sem mais comentários.

VIII

Antoine entrou no restaurante levando embaixo do braço um enorme bloco de desenhos. McKenzie o seguia, arrastando um cavalete de madeira que ele instalou no meio da sala.

Yvonne foi convidada a sentar-se a uma mesa para ver o projeto de modernização da sala e do bar. O arquiteto-chefe instalou os esboços sobre o cavalete e Antoine começou a detalhá-los.

Feliz por ter descoberto afinal um modo de captar a atenção de Yvonne, McKenzie ia passando as folhas, correndo a se sentar ao lado dela assim que surgia a ocasião, para lhe apresentar ora os catálogos de luminárias, ora os mostruários de cores.

Yvonne estava maravilhada e, embora Antoine evitasse lhe falar de qualquer orçamento, já adivinhava que o empreendimento ficaria bem acima dos seus recursos. Terminada a apresentação, agradeceu o trabalho e pediu ao inefável McKenzie que a deixasse a sós com Antoine. Precisava falar com ele em particular. McKenzie, cujo senso de realidade frequentemente escapava aos seus próximos, concluiu daí que Yvonne, encantada pela criatividade dele, certamente queria conversar com o amigo sobre a perturbação íntima que sentia ao vê-lo.

Sabedor de que ela mantinha com Antoine uma cumplicidade indefectível e desprovida de qualquer ambiguidade, pegou o cavalete, o bloco de desenhos e foi saindo, não sem antes trombar com a quina do balcão uma primeira vez e com a ombreira da porta uma segunda. Tendo a calma voltado à sala, Yvonne pousou as mãos sobre as de Antoine. McKenzie espiava a cena do outro lado da vitrine, erguido na ponta dos pés. Bruscamente, ajoelhou-se, ao notar a emoção no olhar de Yvonne... A coisa estava no rumo certo!

— É maravilhoso o que vocês fizeram, nem sei o que dizer.

— Basta me indicar o fim de semana que lhe for mais conveniente — respondeu Antoine. — Já me programei para você não precisar fechar o restaurante durante a semana. Os operários ocuparão o local num sábado de manhã, e tudo estará pronto no domingo à noite.

— Antoine, querido, não tenho nem o primeiro centavo para pagar sequer a pintura de uma parede — disse ela, com voz frágil.

Antoine mudou de cadeira para se sentar mais perto de Yvonne. Explicou que o subsolo de sua agência estava atulhado de latas de tinta e acessórios recuperados nos canteiros de obra. McKenzie havia concebido o projeto de reforma do restaurante com base nesse estoque que os atravancava. Aliás, era isso que daria ao estabelecimento um aspecto levemente barroco, mas terrivelmente moderno. E, quando ele acrescentou que ela nem imaginava o serviço que lhe prestaria, livrando-o de toda aquela tralha, os olhos de Yvonne se encheram de lágrimas. Antoine abraçou-a.

— Pare com isso, Yvonne, você vai me fazer chorar também. O dinheiro não tem nada a ver, trata-se apenas de felicidade, para você e sobretudo para nós todos. Os primeiros a se beneficiarem de sua nova decoração seremos nós, que almoçamos todos os dias aqui.

Ela enxugou as faces e o repreendeu por fazê-la chorar como uma mocinha.

— Não vá me dizer que os apliques rutilantes que McKenzie me mostrou no catálogo novinho em folha também constituem sobra de material.

— São amostras oferecidas pelos fornecedores! — respondeu Antoine.

— Como você mente mal!

Yvonne prometeu pensar no assunto, Antoine insistiu: já tinha pensado por ela. Começaria a obra dentro de algumas semanas.

— Por que você faz tudo isso, Antoine?

— Porque gosto.

Yvonne o fitou no fundo dos olhos e suspirou.

— Você não se cansa de cuidar de todo mundo? Quando, afinal, vai decidir se livrar do barril que carrega nas costas?

— Quando acabar de bebê-lo.

Yvonne se debruçou e segurou as mãos dele.

— Realmente acha, Antoine, que as pessoas o apreciam porque você lhes presta serviço? Eu não vou gostar menos de você, se tiver de lhe pagar essa obra.

— Conheço gente que vai até o fim do mundo para fazer o bem; já eu tento fazer o que posso pelas pessoas que amo.

— Você é uma boa pessoa, Antoine, pare de se punir porque Karine partiu.

Yvonne se levantou.

— Bom, se eu concordar com seu projeto, quero um orçamento! Entendeu?

Ao sair até a calçada para esvaziar um balde d'água na sarjeta, Sophie se espantou por ver McKenzie ajoelhado diante da vitrine do restaurante de Yvonne e perguntou se ele precisava de ajuda. O arquiteto-chefe teve um sobressalto e logo a tranquilizou: o cadarço de seu sapato se desatara mas ele acabava de amarrá-lo direito. Sophie viu o par de velhos mocassins que ele usava, deu de ombros e fez meia-volta.

McKenzie entrou no bistrô. Tinha uma duvidazinha quanto aos apliques que havia apresentado a Yvonne e isso o preocupava muito. Ela ergueu os olhos para o céu e voltou à cozinha.

*

O homem tinha as unhas encardidas e seu hálito fedia ao óleo rançoso dos *fish and chips* com que ele se cevava ao longo do dia. Atrás do balcão daquele hotel sórdido, devorava com olhar libidinoso a segunda página do *Sun*. Como sempre, expunha-se ali uma vedete anônima, quase nua, em posição inequívoca.

Enya empurrou a porta e se aproximou. Sem erguer os olhos da leitura, ele se limitou a perguntar, com voz vulgar, por quantas horas ela queria dispor de um quarto. A jovem perguntou o preço por semana; não tinha muito dinheiro, mas prometia pagar diariamente. O homem pousou o jornal e a encarou. Ela era bonita. Com um meio sorriso, ele explicou que podia lhe quebrar o galho, embora o estabelecimento não oferecesse esse tipo de serviço... de um modo ou de outro, sempre se podia dar um jeito. Quando ele pousou a mão no pescoço da jovem, ela o esbofeteou.

Enya caminhava, ombros caídos, odiando essa cidade onde tudo lhe faltava. Naquela manhã, seu locador a expulsara, porque ela estava devendo o aluguel de um mês.

Em suas noites de solidão, e eram muitas, Enya rememorava a textura de uma areia quente e fina que deslizava entre seus dedos quando ela era criança.

Curioso destino, o seu: durante toda a adolescência, ela, a quem tudo faltava, havia sonhado conhecer, nem que fosse por um só dia, uma só vez, o sentido da palavra "demais". E, hoje, tudo era demais.

Enya avançou até a beira da calçada e olhou o ônibus de dois andares que vinha pela avenida em grande velocidade; a pista estava úmida, bastava dar um passo, um passinho de nada. Inspirou profundamente e se jogou para diante.

Uma mão sólida agarrou-a pelo ombro e arrastou-a para trás. O homem que a segurava entre os braços tinha o porte de um gentleman. Enya tremia dos pés à cabeça, como no tempo da febre tifoide. O homem tirou o casaco e cobriu os ombros da moça. O ônibus parou no ponto, o motorista não tinha visto nada. O homem subiu a bordo com Enya. Atravessaram a cidade, sem dizer uma palavra. Ele a convidou para um chá e uma refeição. Sentado junto à lareira de um velho pub inglês, escutou pacientemente a história dela.

Quando se separaram, não a deixou agradecer: era de uso, nesta cidade, atentar para os pedestres que atravessavam a rua. O sentido do trânsito diferia do resto da Europa, e muitos acidentes eram evitados apenas com um pouco de cidadania. Enya havia recuperado o sorriso. Perguntou-lhe o nome, e ele respondeu que ela encontraria seu cartão no bolso do casaco, que lhe dava de todo o coração. Ela recusou, mas ele garantiu que, na verdade, aceitar seria lhe prestar um grande favor. Era sua vez de fazer uma confidência. Detestava aquele sobretudo. Sua companheira, que o adorava, certamente o perdoaria por ter distraidamente esquecido o agasalho num cabide qualquer... Depois de pedir que Enya guardasse segredo, o homem partiu tão discretamente quanto havia aparecido. Pouco mais tarde, quando afundou as mãos nos bolsos do casaco, ela não encontrou nenhum cartão de visita, mas algumas cédulas que lhe permitiriam dormir no quentinho, enquanto não encontrasse uma solução mais permanente.

*

Depois de acompanhar um cliente até a porta, Mathias correu até o balcão para atender ao telefone.

— French Bookshop, pois não?

Em seguida pediu que seu interlocutor fizesse a gentileza de falar mais devagar, estava difícil entendê-lo. O homem se irritou um pouquinho e repetiu o pedido, articulando as palavras o melhor que podia. Queria encomendar 17 coleções completas da enciclopédia *Larousse*. Seu desejo era oferecer o mesmo presente a cada um dos seus netinhos, para que eles aprendessem francês.

Mathias o parabenizou. Era uma bela e generosa ideia. O cliente perguntou se podia formalizar o pedido, remeteria o pagamento naquela mesma tarde. Louco de alegria, Mathias pegou uma caneta e um bloco e começou a anotar as coordenadas daquele que, sem dúvida alguma, seria seu principal cliente do ano. E aquela venda devia mesmo ser importante, para que ele se empenhasse a tal ponto em decifrar uma algaravia tão incompreensível. Incapaz de identificar tão estranho sotaque, Mathias compreendia no máximo uma frase em duas pronunciadas por seu interlocutor.

— E onde o senhor deseja que sejam entregues as coleções? — perguntou, com uma voz empostada que homenageava um cliente de tanta importância.

— No seu rabo! — respondeu Antoine, às gargalhadas.

Dobrado em dois à janela de seu escritório, Antoine tinha muita dificuldade para esconder de seus colaboradores os espasmos de riso que o sacudiam e as lágrimas que corriam por suas faces. Toda a sua equipe o olhava. Do outro lado da rua, encolhido atrás do balcão, Mathias, atacado pela mesma risada, tentava recuperar o fôlego.

— Vamos levar as crianças ao restaurante esta noite? — perguntou Antoine, soluçando.

Mathias se reergueu e enxugou os olhos.

— Estou com um trabalho de louco, pretendia voltar tarde.

— Mentira, estou vendo você daqui. Não tem ninguém na livraria. Bom, eu vou buscar as crianças na escola. Faço uns bolinhos, e depois vemos um filme.

A porta da livraria se abriu e Mathias logo reconheceu Mr. Glover. Pousou o fone e foi recebê-lo. O proprietário olhou ao redor. As prateleiras estavam perfeitamente cuidadas, a madeira da velha escada estava encerada.

— Parabéns, Popinot — cumprimentou ele. — Eu ia só passando, não quero incomodar, agora esta casa é sua. Vim à cidade para resolver uns negócios. Mas fui invadido por uma onda de nostalgia, então vim visitá-lo.

— Senhor Glover — pediu Mathias —, pare de me chamar Popinot!

O velho livreiro olhou o suporte para guarda-chuvas perto da entrada, desesperadoramente vazio. Com um gesto de grande precisão, jogou o dele lá.

— Dou ao senhor de presente. Vai ser um belo dia, Popinot.

Mr. Glover deixou a livraria. Tinha visto certo, o sol acabava de penetrar as nuvens, e as calçadas da Bute Street luziam sob seus raios: era um belo dia.

Mathias escutou a voz de Antoine aos berros no telefone. Retomou o aparelho.

— Tudo bem quanto aos bolinhos, para mim está bom. Você vai buscar as crianças e eu chego depois.

Mathias desligou, olhou o relógio e pegou de novo o telefone para teclar o número de uma jornalista que já devia estar esperando.

*

Audrey aguardava pacientemente diante da porta principal do Royal Albert Hall. Esta noite, haveria um concerto de gospel. Ela conseguira dois ingressos, os lugares se situavam na arena, o ponto mais apreciado do grande semicírculo. Por baixo de seu impermeável ajustado na cintura, usava um vestido preto, decotado, simples e elegante.

*

Antoine vinha passando diante da vitrine, acompanhado pelas crianças. Mathias fingiu mergulhar no livro-caixa, esperou que eles subissem a rua, avançou até a soleira para verificar se o caminho estava livre e virou a plaquinha pendurada na porta. Fechou com chave e correu na direção oposta. Pulou dentro de um táxi parado diante da entrada do metrô de South Kensington e estendeu ao motorista o papel no qual havia rabiscado o endereço do seu encontro. Ligou em vão para Audrey, o celular dela não atendia.

O trânsito estava tão intenso em Kensington High Street que os carros vinham devagarinho desde Queen's Gate. Educadamente, o taxista informou ao passageiro que ia haver um concerto no Royal Albert Hall, certamente essa era a causa de um tal engarrafamento. Mathias respondeu que já imaginava, pois era precisamente para onde ele estava indo. Não se aguentando mais, pagou a corrida até ali e resolver fazer o resto do trajeto a pé. Correu tão depressa quanto podia e chegou sem fôlego à entrada principal. O saguão do grande teatro estava deserto. Somente alguns vigilantes ainda se demoravam por ali. Um deles informou que o espetáculo tinha começado. Com profusão de gestos, Mathias tentou lhe explicar que a pessoa com quem se encontraria estava no auditório. Em vão. Não podiam deixá-lo entrar sem ingresso.

Uma vendedora de programas que falava francês veio socorrê-lo. Era Enya, que substituía alguém. Ela disse que, em princípio, a cortina desceria por volta de meia-noite. Ele comprou um programa e agradeceu.

Sem poder fazer nada, Mathias resolveu voltar. Na rua, reconheceu o táxi no qual viera, acenou, mas o carro prosseguiu seu caminho. Então deixou um recado no celular de Audrey, balbuciando palavras desajeitadas de desculpa, e, quando a chuva começou a cair, perdeu o pouco de calma que lhe restava. Chegou em casa ensopado e atrasado para o jantar.

Emily se levantou do sofá para ir beijar o pai.

— Vá tirando seu impermeável, está pingando no parquê! — disse Antoine, da cozinha.

— Boa noite — respondeu Mathias, mal-humorado.

Pegou uma toalha e enxugou os cabelos. Antoine ergueu os olhos para o céu. Pouco disposto a uma cena doméstica, Mathias se aproximou das crianças.

— Vamos para a mesa! — disse Antoine.

Todos se instalaram ao redor do jantar. Mathias olhou a panela de arroz branco.

— Alguém não tinha falado de bolinhos?

— Sim, às 20h15 teríamos bolinhos, mas às 21h15 eles já queimaram.

Cochichando ao ouvido de Mathias, Louis perguntou se ele não podia chegar atrasado mais vezes quando seu pai fazia bolinhos, pois os detestava. Mathias mordeu a língua para não rir.

— O que mais temos na geladeira?

— Um salmão inteiro, mas ainda precisa cozinhar.

Mathias abriu a geladeira assoviando.

— Você tem aquelas bolsas para congelar?

Perplexo, Antoine apontou a prateleira acima dele. Mathias colocou o salmão sobre a bancada, temperou-o, meteu-o no saco plástico e fez deslizar o fecho hermético. Abriu o lava-louças, colocou o peixe assim embalado no meio do cesto para copos e bateu a porta. Girou o botão da máquina e foi lavar as mãos na pia.

— Ciclo curto, dentro de dez minutos está pronto!

E dez minutos mais tarde, sob o olhar embasbacado de Antoine, abriu o lava-louças e, em meio a uma nuvem de vapor, tirou lá de dentro um salmão perfeitamente cozido.

A TV5 Europe transmitia *A grande escapada*. Mathias virou sua cadeira para melhorar seu ângulo de visão. Antoine pegou o controle remoto e desligou o aparelho.

— Não se pode assistir à televisão quando se está à mesa, senão ninguém conversa mais!

Mathias cruzou os braços e fitou o amigo.

— Estou ouvindo!

Um silêncio se instalou durante alguns minutos. Com um ar de contentamento que ele não tentou dissimular, Mathias recuperou o controle remoto e ligou de novo a tevê. Terminado o jantar, todo mundo se instalou no sofá, todo mundo menos Antoine... que arrumava a cozinha.

— Você coloca as crianças na cama? — perguntou este, enxugando uma travessa.

— Vamos esperar o final e depois subimos — respondeu Mathias.

— Eu já vi esse filme centenas de vezes. Ainda falta bem uma hora para acabar, está tarde, você devia ter voltado mais cedo. Faça como preferir, mas Louis vai dormir.

Emily, que frequentemente dava provas de uma maturidade mais perceptível que a dos dois adultos, os quais implicavam um com o outro desde o início da noite, decidiu que o clima reinante justificava plenamente que ela fosse dormir ao mesmo tempo que Louis. Solidária, pegou o amiguinho pela mão e subiu a escada.

— Você é realmente um saco! — disse Mathias, vendo as crianças desaparecerem em seus quartos.

E subiu por sua vez, deixando Antoine plantado.

Dez minutos depois, desceu.

— Dentes escovados, mãos lavadas, não verifiquei os ouvidos, mas aguardaremos a revisão dos 15 mil!

Antoine se aproximou.

— É importante que a gente não discorde diante das crianças — disse, em tom conciliador.

Mathias não respondeu. Pegou um charuto no bolso do paletó e acendeu um isqueiro.

— O que você está fazendo? — perguntou Antoine.

— Monte Cristo Especial número 2. Lamento, mas só tenho um.

Antoine lhe arrancou dos lábios o charuto.

— Regra número 4: não se fuma dentro de casa! — disse, cheirando a capa.

Mathias recuperou o charuto das mãos de Antoine e, exasperado, saiu para o jardim. Tomando a direção oposta, Antoine sentou-se à sua escrivaninha, ligou o computador, suspirou e acabou indo ao encontro de Mathias. Quando ele se sentou no banquinho ao seu lado, Mathias quase lhe disse que compreendia por que a mãe de Louis tinha ido viver num lugar tão distante quanto a África, mas a amizade que ligava os dois homens protegia-os reciprocamente dos golpes baixos.

— Tem razão, acho que eu sou um chato — disse Antoine. — Mas é algo mais forte do que eu.

— Você me pediu que o ensinasse de novo a viver, lembra? Então, comece por se soltar. Você dá importância demais a coisas insignificantes. Qual seria o problema, se Louis dormisse tarde hoje?

— Amanhã, na escola, ele estaria morto de sono!

— E daí? Não acha que, de vez em quando, a lembrança de uma bela noite na infância vale todas as aulas de história do mundo?

Antoine encarou Mathias, com expressão concordante. Tirou-lhe das mãos o charuto, acendeu-o e deu uma grande baforada.

— Está com a chave do seu carro aí? — perguntou Mathias.

— Por quê?

— Ficou mal estacionado, você vai receber uma multa.

— Amanhã eu saio cedo.

— Me dê a chave — disse Mathias, estendendo a mão —, vou procurar uma vaga melhor.

— Mas estou lhe dizendo, à noite não existe esse risco...

— Pois eu digo que você já ultrapassou sua cota de "nãos" por hoje.

Antoine entregou o chaveiro ao amigo. Mathias lhe deu um tapinha nas costas e saiu.

Sozinho, Antoine deu mais uma baforada, a ponta em brasa se apagou. Um aguaceiro tão violento quanto repentino começava a cair.

*

As fileiras de poltronas já se esvaziavam. Audrey percorreu o corredor principal, aproximou-se do vigilante que guardava o acesso aos camarins e apresentou sua credencial de imprensa. O homem verificou a identidade numa lista e liberou a passagem: ela estava sendo aguardada.

*

Os limpadores de parabrisa do Austin Healey espalhavam a chuva fina. Recapitulando o percurso feito pelo táxi,

Mathias enveredou por Queen's Gate, seguindo os outros automóveis para não errar o sentido do trânsito. Parou ao longo da calçada do Royal Albert Hall e subiu correndo os degraus.

*

Antoine se debruçou à janela. Na rua, havia duas vagas livres, uma diante da casa, a outra um pouco adiante. Incrédulo, apagou a luz e foi se deitar.

*

Os arredores do teatro estavam desertos, a multidão se dispersara. Um casal confirmou a Mathias que o espetáculo tinha terminado havia meia hora. Ele retornou ao Austin Healey e descobriu uma multa colada no vidro. Escutou a voz de Audrey e se voltou.

Ela estava sublime em seu vestido de noite. O homem de belo aspecto que a escoltava era um cinquentão. Audrey apresentou Alfred a Mathias e disse que ambos ficariam encantados se ele os acompanhasse à ceia. Iriam à Aubaine Brasserie, que servia até tarde da noite. E, como queria caminhar, Audrey sugeriu a Mathias que fosse na frente, de carro: as mesas para o último horário eram muito disputadas, era preciso entrar na fila. Cada um devia fazer sua parte! Ela já enfrentara a fila diante do guichê, para pegar os ingressos...

No fim da noitada, Mathias provavelmente sabia mais sobre os gospels e sobre a carreira de Alfred do que o empresário deste. O cantor agradeceu a Mathias por bancar o jantar. Era o mínimo, respondeu Audrey por ele, Mathias se encantara com o concerto... Alfred se despediu, precisava deixá-los, amanhã cantaria em Dublin.

Mathias esperou que o táxi dobrasse a esquina e olhou para Audrey, que disse apenas:

— Estou cansada, Mathias, ainda tenho de atravessar Londres inteira. Obrigada pelo jantar.

— Posso pelo menos ir deixar você?

— Em Brick Lane... de carro?

E, durante todo o trajeto, a conversa se limitou às indicações dadas por Audrey. A bordo do velho cupê, os silêncios eram pontuados por "direita", "esquerda", "em frente" e às vezes por "você está na contramão". Mathias a deixou diante de um prediozinho todo em tijolos vermelhos.

—Estou realmente arrasado pelo meu atraso de hoje, fiquei preso num engarrafamento — disse, desligando o motor.

— Eu não lhe fiz nenhuma crítica — respondeu Audrey.

— Seja como for, uma a mais, uma a menos... — sorriu Mathias. — Você mal me dirigiu a palavra durante toda a refeição, parecia que a vida daquele tenor narcísico era a de Moisés, você ficou superempolgada pelo que ele contava, bebia as palavras. Quanto a mim, me senti com 14 anos e de castigo a noite toda.

— Não diga, está com ciúme? — comentou Audrey, divertida.

Os dois se olharam fixamente, seus rostos se aproximaram pouco a pouco e, quando um esboço de beijo lhes veio aos lábios, ela inclinou a cabeça e pousou-a no ombro de Mathias. Ele lhe acariciou a face e abraçou-a.

— Vai achar o caminho de volta? — perguntou ela, com voz aveludada.

— Prometa que vai me procurar no depósito de automóveis antes que eles me mandem para o ferro-velho.

— Vá embora, amanhã eu telefono.

— Não posso ir, você ainda está no carro — respondeu Mathias, segurando nas suas a mão de Audrey.

Ela abriu a porta e se afastou sorridente. Sua silhueta desapareceu no jardim que contornava o prédio. Mathias retomou o caminho do centro. A chuva voltara a cair. Depois de atravessar Londres de leste a oeste, de norte a sul, viu-se por duas vezes diante de Piccadilly Circus, fez meia-volta diante de Marble Arch, e se perguntou pouco depois por que estava de novo margeando o Tâmisa. Transcorridas duas horas e meia, acabou prometendo 20 libras esterlinas a um motorista de táxi se este aceitasse lhe mostrar o trajeto até South Kensington. Sob boa escolta, chegou finalmente ao seu destino, por volta das 3 horas da manhã.

IX

A mesa do desjejum já estava abastecida de cereais e potes de geleia. Imitando as atitudes do pai, Louis lia o jornal, enquanto Emily revisava sua lição de história. Esta manhã haveria um teste na escola. Ela ergueu os olhos do livro e viu que Louis havia colocado os óculos às vezes utilizados por Mathias. Com um piparote, atirou uma bolinha de pão no amigo. Lá em cima, uma porta se abriu. Emily saltou da cadeira, abriu a geladeira e tirou a garrafa de suco de laranja. Serviu um grande copo, pousando-o diante do prato de Antoine, e em seguida pegou a cafeteira e encheu a xícara. Louis abandonou o jornal para dar uma ajuda a ela: meteu duas fatias de pão na torradeira, apertou o botão e os dois voltaram a se sentar como se nada estivesse acontecendo.

Antoine vinha descendo a escada, ainda com cara de sono; olhou ao redor e agradeceu às crianças por terem preparado o desjejum.

— Não fomos nós — disse Emily —, foi papai. Ele subiu para tomar um banho.

Espantado, Antoine pegou as torradas e se instalou em seu lugar. Mathias desceu dez minutos depois, aconselhando

Emily a se apressar. A menina beijou Antoine e pegou sua pasta na entrada.

— Quer que eu leve Louis? — perguntou Mathias.

— Sim, se puder. Não faço a menor ideia de onde foi parar meu carro!

Mathias remexeu no bolso do paletó e colocou em cima da mesa a chave e o auto de infração.

— Lamento, ontem eu cheguei muito tarde, e você já tinha recebido este presentinho aqui!

Acenou a Louis que se apressasse e saiu em companhia das crianças. Antoine pegou a multa e examinou-a atentamente. A infração por estacionamento numa zona de acesso aos bombeiros tinha sido cometida na Kensington High Street à 0h25.

Levantou-se para repetir a xícara de café, olhou a hora no relógio do forno e subiu correndo para se arrumar.

*

— Muito medo do teste? — perguntou Mathias à filha, ao entrar no pátio.

— Ela ou você? — interveio Louis, com ar malicioso.

Emily tranquilizou o pai com um aceno de cabeça e parou na linha que delimitava, no solo, a quadra de basquete. O traço vermelho já não representava a zona da cesta, mas a fronteira a partir da qual seu pai devia lhe devolver a liberdade. Seus colegas de turma a esperavam na área coberta. Mathias percebeu a verdadeira Sra. Morel encostada a uma árvore.

— Foi bom ter revisado tudo no fim de semana, veja se ganha a *pole position* — disse Mathias, pretendendo-se encorajador.

Emily se plantou diante dele.

— Não é uma corrida de Fórmula 1, papai!

— Eu sei... mas pelo vamos tentar um pequeno pódio, não?

A menina se afastou em companhia de Louis, deixando o pai sozinho no meio do pátio. Ele a viu desaparecer pela porta da sala de aula e foi embora, inquieto.

Quando entrou na Bute Street, viu Antoine instalado no terraço do Coffee Shop e foi se sentar ao lado dele.

— Acha que ela deve se candidatar às eleições para representante da turma? — perguntou Mathias, bicando o *cappuccino* de Antoine.

— Depende. Se você pretende inscrevê-la na lista do conselho municipal... não sei, eu sou contra o acúmulo de cargos.

— Vocês não preferem esperar as férias para bater boca? — disse Sophie com bom humor, vindo ao encontro dos dois.

— Mas ninguém está batendo boca — negou Antoine de imediato.

A vida acordava na Bute Street. Os três curtiam isso plenamente, temperando seu desjejum com comentários zombeteiros sobre os transeuntes, e o veneno corria solto.

Sophie tinha de deixá-los, duas clientes esperavam diante da porta da loja.

— Eu também preciso ir, é hora de abrir a livraria — disse Mathias, levantando-se. — Não toque nesta conta, sou eu que convido.

— Você está com alguém? — perguntou Antoine.

— Dá para esclarecer o que significa exatamente "estar com alguém"? Porque essa pergunta me preocupa, juro!

Antoine tirou a conta das mãos de Mathias e a substituiu pela multa que este lhe entregara na cozinha.

— Nada, esqueça, isso tudo é ridículo — disse, com voz triste.

— Ontem à noite eu precisava de ar puro, o clima em casa andava meio pesado. O que houve, Antoine? Desde ontem, você está com uma cara de finados.

— Recebi um e-mail de Karine. Ela não pode pegar o filho nas férias de Páscoa. Pior ainda, quer que eu explique a Louis que ela não tem escolha, e eu nem sei como dar a notícia a ele.

— A ela, o que você disse?

— Karine está salvando o mundo, o que eu posso dizer? Louis vai ficar arrasado, e eu é que tenho de me virar com isso — prosseguiu Antoine, com voz trêmula.

Mathias voltou a se sentar junto de Antoine. Pousou o braço no ombro do amigo e puxou-o para si.

— Tive uma ideia — disse. — E se, durante as férias de Páscoa, a gente levasse as crianças para caçar fantasmas na Escócia? Li uma matéria inteira sobre uma excursão organizada, com visita aos velhos castelos mal-assombrados.

— Não acha que eles são muito novinhos para isso? Podem ficar com medo, não?

— Você é quem vai sentir o maior cagaço da sua vida.

— E você poderia se liberar da livraria?

— A clientela some um pouco, durante os feriadões escolares. E eu fecharia só por cinco dias, não chega a ser o fim do mundo.

— O que você sabe de sua clientela, se nunca esteve aqui nesta época do ano?

— Eu sei, e pronto. Vou providenciar as passagens e as reservas de hotel. E, hoje à noite, você é quem vai contar a novidade às crianças.

Mathias olhou para Antoine, só para se garantir de que seu amigo havia recuperado o sorriso.

— Ah! Quase esqueci um detalhe importante. Se realmente nós toparmos com um fantasma, você é quem vai se entender com ele, meu inglês ainda não está no ponto! Até mais tarde!

Mathias devolveu à mesa o auto de infração e partiu, agora para valer, rumo à sua livraria.

*

Quando Antoine revelou durante o jantar, sob o olhar cúmplice de Mathias, a destinação que eles haviam escolhido para as férias de Páscoa, Emily e Louis ficaram tão contentes que logo começaram a estabelecer o inventário dos equipamentos a levar, a fim de enfrentar todos os perigos possíveis. O apogeu desse momento de felicidade ocorreu quando Antoine colocou diante deles duas máquinas fotográficas descartáveis, cada uma equipada com um *flash* especial para iluminar sudários.

Com as crianças já recolhidas, Antoine entrou no quarto do filho e foi se deitar na cama ao lado dele.

Antoine estava muito aborrecido, precisava compartilhar com Louis um problema que o preocupava: a mãe do menino não poderia ir com eles à Escócia. Ele tinha jurado não contar nada, mas tanto pior: a verdade é que ela morria de medo de fantasmas. Não seria muito gentil lhe impor uma tal viagem. Louis refletiu um instante sobre a questão e concordou: de fato, não seria muito gentil. Então, juntos, os dois combinaram que, para se fazer perdoar por abandoná-la desta vez, Louis passaria todo o mês de agosto com ela, à beira-mar. Antoine contou a história da noite e, quando a respiração serena do garotinho lhe deu certeza de que ele havia adormecido, o pai saiu na ponta dos pés.

Quando já ia fechando suavemente a porta, ouviu o filho perguntar, com voz quase inaudível, se em agosto sua mãe realmente voltaria da África.

*

A semana de Mathias e Antoine passou rapidamente, mas a das crianças, que contavam os dias que ainda as separavam dos castelos escoceses, bem mais devagar. A vida na casa tinha agora criado sua rotina. E, embora frequentemente Mathias saísse à noite para tomar ar no jardim, com o celular colado ao ouvido, Antoine se precavinha de lhe fazer a menor pergunta.

O sábado foi um verdadeiro dia de primavera, e todos decidiram ir passear em torno do lago do Hyde Park. Sophie, que fora encontrá-los, tentou sem sucesso apanhar uma garça-real. Para grande felicidade das crianças, a ave se afastava assim que ela se aproximava, e voltava assim que ela se afastava.

Enquanto Emily distribuía generosamente aos gansos-do-canadá seu pacote de biscoitos, esmigalhados por uma boa causa, Louis tinha por missão salvar os marrecos-mandarins de uma indigestão certa, correndo atrás deles. E, ao longo de todo o passeio, Sophie e Antoine caminhavam lado a lado, enquanto Mathias os seguia, poucos passos atrás.

— Então, e o homem das cartas, como andam os sentimentos dele? — perguntou Antoine.
— É complicado — respondeu Sophie.
— E você conhece alguma história de amor que seja simples?... Pode confessar, você sabe, você é minha melhor amiga, não vou julgá-la. Ele é casado?
— Divorciado!
— Então, o que o prende?
— As lembranças, imagino.
— É uma grande covardia. Um passo atrás, um passo à frente, a gente confunde desculpas e pretextos e arranja boas razões para se proibir de viver o presente.
— Vinda de você — retrucou Sophie —, essa opinião é um tanto severa, não acha?
— Não seja injusta. Eu exerço uma profissão que amo, crio meu filho, a partida da mãe dele já foi há cinco anos, creio ter feito o que era preciso para dar as costas ao passado.
— Vivendo com seu melhor amigo ou se apaixonando por uma esponja de louça? — insistiu Sophie, rindo.
— Pare com isso, não faça drama.
— Você também é meu melhor amigo, então tenho o direito de lhe dizer tudo. Me olhe bem nos olhos e atreva-se a me dizer que consegue dormir tranquilo, se sua cozinha não estiver arrumada. Hein?
Antoine despenteou os cabelos de Sophie.
— Você é uma malvada!
— E você, um verdadeiro maníaco!
Mathias diminuiu o passo. Acreditando estar a uma boa distância, escondeu o celular na palma da mão, teclou uma mensagem e enviou-a de imediato.
Sophie deu o braço a Antoine.

— Não dou trinta segundos para Mathias pegar no nosso pé.

— Que história é essa? Ele tem ciúme?

— De nossa amizade? Claro — disse Sophie —, você não notou? Quando ele ainda morava em Paris, e me ligava à noite para saber minhas notícias...

— Ele lhe telefonava à noite para pedir notícias suas? — interrompeu Antoine.

— Sim, duas ou três vezes por semana. Bem, eu ia dizendo que quando ele me telefonava para saber de mim...

— Realmente ele ligava a cada dois dias? — cortou Antoine de novo.

— Posso terminar minha frase?

Antoine aquiesceu com um aceno de cabeça. Sophie prosseguiu.

— Se eu dissesse que não podia conversar porque já estava no telefone com você, ele voltava a chamar de dez em dez minutos para saber se nós tínhamos desligado.

— Mas que absurdo, você tem certeza do que está dizendo?

— Não acredita? Se eu botar a cabeça no seu ombro, aposto como ele vem ao nosso encontro em menos de dois segundos.

— Que coisa mais ridícula — cochichou Antoine. — Por que ele teria ciúme da nossa amizade?

— Porque em amizade também se pode ser exclusivo. E você tem razão, é completamente ridículo.

Antoine raspou a terra com o bico do sapato.

— Acha que ele está vendo alguém em Londres? — perguntou.

— Você quer dizer um desses psi?

— Não... uma mulher!

— Ele não me disse nada!

— Não disse nada, ou você não quer me confessar que ele lhe disse alguma coisa?

— Seja como for, se ele tiver conhecido alguém, seria uma boa notícia, não?

— Claro! Eu ficaria muito feliz por ele — concluiu Antoine.

Sophie o encarou, consternada. O grupo parou diante de uma carrocinha. Louis e Emily escolheram sorvetes, Antoine um crepe e Sophie pediu um waffle. Antoine procurou Mathias, que, um pouco atrás, caminhava com os olhos grudados no visor do celular.

— Ponha a cabeça no meu ombro para a gente ver — disse ele a Sophie, voltando-se.

Ela sorriu e fez o que Antoine pedia.

Mathias surgiu diante deles.

— Bom, muito bem, como vejo que todo mundo está se lixando para saber se eu estou aqui ou não, vou deixar vocês dois sozinhos! Se as crianças atrapalharem, não hesitem em jogá-las no lago. Vou trabalhar, pelo menos isso me dará a impressão de que existo!

— Vai trabalhar num sábado à tarde? Sua livraria está fechada — retrucou Antoine.

— Tem um leilão de livros antigos, li no jornal hoje de manhã.

— Vai entrar no comércio de livros antigos, agora?

— Bem, Antoine, se um dia a Christie's colocar à venda uns esquadros velhos ou compassos velhos, eu lhe faço um desenho! E se, por acaso, hoje à noite vocês perceberem que eu não estava à mesa, é que sem dúvida terei feito plantão noturno.

Mathias beijou sua filha, acenou para Louis e desapareceu, sem sequer cumprimentar Sophie.

— Não tínhamos apostado alguma coisa? — perguntou ela, triunfante.

*

Mathias atravessou o parque correndo. Saiu por Hyde Park Corner, parou um táxi e pronunciou o endereço aonde ia num inglês que comprovava seus esforços. A troca da guarda estava acontecendo no pátio do palácio de Buckingham. Como todos os fins de semana, o trânsito nos arredores do palácio era perturbado pelos numerosos transeuntes que observavam o desfile dos soldados da rainha.

Uma coluna de cavaleiros percorria Birdcage Walk a passo. Impaciente, Mathias botou o braço para fora da janela e bateu na porta do carro.

— Isto é um táxi, senhor, não um cavalo — disse o motorista, olhando feio pelo retrovisor.

Ao longe, os altos-relevos do Parlamento se recortavam no céu. A julgar pelo comprimento da fila de automóveis que se estendia até a ponte de Westminster, ele nunca chegaria a tempo. Quando respondera à sua mensagem, convidando-o para encontrá-la ao pé do Big Ben, Audrey havia dito que esperaria meia hora, não mais.

— Este caminho é o único? — suplicou Mathias.

— É, de longe, o mais bonito — respondeu o taxista, apontando as alamedas floridas de St. James Park.

Já que falavam de flores, Mathias confidenciou ao homem que ia ter um encontro amoroso, que cada segundo contava, tudo estaria perdido se ele chegasse atrasado.

O motorista logo fez meia-volta. Enveredando pelas ruelas do bairro dos ministérios, o táxi chegou a bom porto. O Big Ben soava 15 horas, Mathias estava atrasado apenas cinco minutos. Agradeceu ao chofer com uma generosa gorjeta e desceu quatro a quatro os degraus que conduziam ao cais. Audrey, que o aguardava num banco, levantou-se e pulou nos braços dele. Um casal de transeuntes sorriu, ao vê-los se enlaçarem.

— Você não ia passar o dia com seus amigos?

— Sim, mas não aguentava mais, queria vê-la, a tarde inteira me senti com 15 anos.

— Uma idade que lhe cai bem — disse ela, beijando-o.

— E você? Não ia trabalhar hoje?

— Sim, infelizmente... Só temos meia hora para nós.

Já que ela estava em Londres, a emissora de tevê que a empregava lhe pedira que fizesse uma segunda reportagem sobre os principais pontos de interesse turístico da cidade.

— Meu câmera partiu às pressas para o futuro local dos Jogos Olímpicos e eu tenho de me arranjar sozinha. Tenho pelo menos dez planos para filmar, nem sei por onde começar, e tudo deve ser enviado a Paris na segunda-feira de manhã.

Mathias lhe cochichou no ouvido a ideia genial que acabava de ter. Apanhou a câmera aos pés de Audrey e tomou a moça pela mão.

— Você jura que realmente sabe enquadrar?

— Se você visse os filmes que eu faço nas férias, ficaria boquiaberta.

— E conhece suficientemente a cidade?

— Desde que vim morar aqui!

Convencido de que poderia contar em parte com a competência dos *black cabs* londrinos, Mathias não temia encarnar, pelo resto da tarde, o papel de guia-repórter-câmera.

Já que estavam por ali, convinha começar filmando as majestosas curvas do Tâmisa e as perspectivas coloridas das pontes que o cruzavam. Era fascinante ver como, ao longo do rio, os imensos edifícios, frutos da arquitetura moderna, tinham sabido integrar perfeitamente a paisagem urbana. Bem mais do que todas as suas irmãs caçulas europeias, Londres havia recuperado uma indiscutível juventude em menos de duas décadas. Audrey queria fazer umas tomadas do palácio da rainha, mas Mathias insistiu em que ela confiasse em sua experiência: aos sábados, os arredores de Buckingham eram impraticáveis. Não longe deles, uns turistas franceses hesitavam entre ir à nova Tate Gallery ou visitar as vizinhanças da central elétrica de Battersea, cujas quatro chaminés figuravam na capa emblemática de um álbum do Pink Floyd.

O mais velho deles abriu seu guia para detalhar em voz alta todas as atrações que o local oferecia. Mathias aguçou o ouvido e se aproximou discretamente do grupo. Enquanto Audrey se mantinha um pouco à parte, para falar ao telefone com seu produtor, os turistas se preocuparam seriamente com a presença daquele homem estranho que se colava a eles. O medo dos batedores de carteira fez com que se afastassem bem na hora em que Audrey guardava o celular no bolso.

— Quero lhe fazer uma pergunta importante para o nosso futuro — anunciou Mathias. — Você gosta do Pink Floyd?

— Sim — respondeu Audrey. — Mas qual a importância disso para o nosso futuro?

Mathias retomou a câmera e informou que a próxima etapa situava-se um pouco a montante do rio.

Chegados junto ao edifício, Mathias, repetindo palavra por palavra o que havia escutado, disse a Audrey que Sir Gilbert Scot, o arquiteto que havia concebido aquele prédio, era também o designer das famosas cabines telefônicas vermelhas.

Câmera no ombro, prosseguiu explicando que a construção da Battersea Power Station havia começado em 1929 e terminado dez anos depois. Audrey estava impressionada com os conhecimentos de Mathias. Ele prometeu que ela gostaria ainda mais da próxima destinação que escolhera.

Atravessando a esplanada, cumprimentou o grupo de turistas franceses que vinham em sua direção e piscou expressivamente o olho para o mais velho deles. Instantes mais tarde, um táxi os levava à Tate Modern.

Mathias havia feito uma excelente escolha; Audrey, já em sua quinta visita ao museu que abrigava a maior coleção de arte moderna da Grã-Bretanha, nunca se cansaria daquele lugar. Conhecia quase todos os recantos. Na entrada, o guarda pediu que eles deixassem o equipamento de filmagem no guarda-volumes. Renunciando por instantes à sua reportagem, Audrey segurou Mathias pela mão e o levou para os andares. Uma escada rolante os conduziu ao espaço onde estava exposta uma retrospectiva da obra do fotógrafo canadense Jeff Wall. Audrey foi diretamente à sala número 7 e se deteve diante de um painel de quase 3x4m.

— Veja — disse ela a Mathias, maravilhada.

Na fotografia monumental, um homem via redemoinharem acima de sua cabeça umas folhas de papel arrancadas pelo vento às mãos de um caminhante. As páginas de um manuscrito perdido desenhavam a curva de uma revoada de pássaros.

Ao perceber a emoção nos olhos de Mathias, Audrey se sentiu feliz por compartilhar esse instante com ele. No entanto, o que o tocava não era a fotografia, mas a jovem, que ele observava.

Ela prometera a si mesma não se demorar, mas, quando os dois saíram do museu, o dia chegava quase ao fim. Prosseguiram seu caminho, andando de mãos dadas ao longo do rio, rumo à torre Oxo.

*

— Quer ficar para jantar? — perguntou Antoine, na porta da casa.

— Estou cansada, já é tarde — respondeu Sophie.

— Quem sabe você não vai também vai a um leilão de flores secas...

— Se for para não ter de suportar seu mau humor, eu posso até abrir a loja e dar plantão noturno.

Antoine baixou os olhos e entrou na sala.

— O que você tem? Não abriu a boca, desde que saímos do parque.

— Posso lhe pedir um favor? — murmurou Antoine. — Você pode não me deixar sozinho com as crianças, esta noite?

Sophie se surpreendeu com a tristeza que lia nos olhos dele.

— Fico, sob uma condição — disse. — Você não põe os pés na cozinha e me deixa levar todos ao restaurante.

— O de Yvonne?

— Claro que não! Você vai sair um pouquinho de sua rotina. Conheço um lugar em Chinatown, um boteco de decoração infame, mas que prepara o melhor pato laqueado do mundo.

— E é limpo, esse seu boteco?

Sophie nem respondeu. Chamou as crianças e informou que o programa chato da noite acabava de mudar radicalmente, por sua iniciativa. Ela ainda não tinha terminado a frase, e Louis e Emily já haviam voltado aos seus lugares na traseira do Austin Healey.

Ao descer de novo a escada externa, Sophie murmurou, imitando Antoine: "E é limpo, esse seu boteco?"

O carro seguia por Old Brompton quando Antoine pisou bruscamente no freio.

— Devíamos ter deixado um bilhete para Mathias dizendo aonde fomos, ele não deu certeza de que ia virar a noite.

— Engraçado — cochichou Sophie. — Quando me falou de seu projeto de chamá-lo para Londres, você sentia medo de que ele grudasse no seu calcanhar. Acha que vai conseguir passar uma noite inteira sem ele?

— Quanto a isso, temos dúvidas — responderam em coro Louis e Emily.

*

A esplanada que rodeava o complexo Oxo se estendia até o rio. De um lado e de outro da grande torre de vidro, lojinhas e ateliês enfileirados apresentavam nas vitrines suas últimas coleções de tecidos, cerâmicas, móveis e objetos de decoração. Virando as costas a Audrey, Mathias pegou seu celular entre os dedos e tamborilou maquinalmente sobre o teclado.

— Mathias, por favor, pegue esta câmera e me filme, já vai anoitecer.

Ele guardou o telefone no bolso e virou-se para ela, sorrindo o melhor que podia.

— Tudo bem? — disse Audrey.

— Sim, sim, tudo bem. E então, onde estávamos?

— Você enquadra a margem oposta e, assim que eu começar a falar, feche na minha imagem. Atenção para me pegar de corpo inteiro, antes de focalizar meu rosto.

Mathias pressionou o botão de gravação. O motor da câmera já estava rodando. Audrey recitava seu texto. Sua voz tinha mudado, e suas frases adotavam aquele ritmo sincopado que a televisão parecia impor aos apresentadores e repórteres. Ela se interrompeu subitamente.

— Tem certeza de que sabe filmar?

— Claro que sei! — respondeu Mathias, afastando de seu olho o visor. — Por que essa pergunta?

— Porque você está fazendo um zum acionando a rodinha do para-sol.

Mathias olhou a objetiva e repôs a câmera no ombro.

— Bom, enquadre em mim, vamos recomeçar da última frase.

Mas, desta vez, foi Mathias quem interrompeu a tomada.

— Essa sua echarpe me incomoda. Com o vento, ela cobre seu rosto.

Aproximou-se de Audrey, enrolou de novo o tecido no pescoço dela, beijou-a e voltou ao seu lugar. Audrey levantou a cabeça. A luz do entardecer havia assumido uma cor alaranjada, e mais a oeste o céu se avermelhava.

— Esqueça, está muito tarde — disse ela, com voz desolada.

— Mas eu ainda a vejo muito bem pela objetiva!

Audrey se aproximou dele e desembaraçou-o dos equipamentos que o sobrecarregavam.

— Talvez, mas na tela da tevê você só verá uma enorme mancha escura.

Puxou-o para um banco, perto da margem. Depois de arrumar seu material, reergueu-se e se desculpou com Mathias.

— Você foi um guia perfeito.

— Obrigado pela parte que me toca — foi a lacônica resposta.

— Tudo bem?

— Sim — disse Mathias entredentes.

Ela apoiou a cabeça no ombro dele e os dois observaram, silenciosos, a passagem de um barco que subia lentamente o rio.

— Também fico pensando, sabia? — murmurou ele.

— Em que você fica pensando?

Estavam de mãos dadas, seus dedos brincavam juntos.

— E eu também tenho medo — continuou Mathias —, mas isso não é grave. Esta noite, dormiremos juntos e vai ser um fiasco; pelo menos, agora cada um sabe que o outro sabe; aliás, agora que eu sei que você sabe...

Para lhe calar a boca, Audrey pousou seus lábios nos dele.

— Acho que estou com fome — disse, levantando-se.

Deu-lhe o braço e guiou-o em direção à torre. No último andar, os amplos vãos envidraçados de um restaurante ofereciam uma vista lindíssima sobre a cidade...

Audrey apertou um botão e a cabine subiu. O elevador de vidro ascendia dentro de uma gaiola transparente. Ela mostrou a Mathias a roda-gigante ao longe; àquela distância, tinha-se quase a impressão de estar mais alto do que o brinquedo. E, quando se voltou, Audrey descobriu o rosto de Mathias, mais pálido do que uma mortalha.

— Tudo bem? — perguntou, inquieta.

— Nem um pouco! — respondeu Mathias, com voz quase inaudível.

Apavorado, pousou a câmera e se deixou deslizar ao longo da parede. Antes que Mathias desmaiasse, Audrey colou-se a ele, apertando-lhe a cabeça em seu ombro para impedi-lo de ver o vazio, e protegeu-o num abraço.

A sineta soou e as portas se abriram para o último andar, diante da recepção do restaurante. Um mordomo elegante observou, espantadíssimo, aquele casal absorto num beijo tão apaixonado e ao mesmo tempo tão terno que, por si só, prometia um lindo prosseguimento. O maître ergueu as sobrancelhas, o sininho tocou e a cabine desceu. Alguns instantes mais tarde, um táxi seguia rumo a Brick Lane, levando a bordo dois namorados, ainda abraçados.

*

O lençol a cobria até os quadris. Mathias brincava com os cabelos dela. Audrey havia apoiado a cabeça no seu torso.

— Você tem cigarros? — perguntou.

— Eu não fumo.

Ela se debruçou, beijou-o na nuca e abriu a gaveta da mesa de cabeceira. Meteu a mão lá dentro e, com a ponta dos dedos, pegou um velho maço amassado e um isqueiro.

— Eu sabia que ele dava umas baforadas, aquele mentiroso.

— Quem é o mentiroso?

— Um colega fotógrafo a quem a emissora aluga este apartamento. Ele foi passar seis meses na Ásia, fazendo uma reportagem.

— E, quando esse colega não está na Ásia, você o vê com frequência?

— É só um colega, Mathias! — disse ela, deixando a cama.

Audrey se levantou. Sua longa silhueta avançou até a janela. Ela levou o cigarro aos lábios e a chama do isqueiro vacilou.

— O que está olhando? — perguntou Audrey, colando o rosto à vidraça.

— As volutas de fumaça.

— Por quê?

— Por nada.

Audrey voltou para a cama, deitou-se grudada a Mathias e, com o polegar, acariciou-lhe o contorno dos lábios.

— Tem uma lágrima na borda de sua pálpebra — disse ela, colhendo-a com a ponta da língua.

— Você é tão bonita... — murmurou Mathias.

*

Morrendo de frio, Antoine puxou a manta para cima, descobrindo os pés. Abriu os olhos, tiritando. A sala estava na penumbra; Sophie já não estava ali. Ele tirou a coberta; ao chegar ao patamar, entreabriu a porta de Mathias e viu que a cama não estava desfeita. Entrou no quarto do filho, meteu-se embaixo do edredom e pousou a cabeça no travesseiro. Louis se voltou e, sem abrir os olhos, abraçou o pai. A noite passou.

*

O dia iluminava o quarto. Mathias apertou os olhos e se espreguiçou. Tateando, procurou Audrey na cama. Achou um bilhetinho, deixado sobre o travesseiro. Soergueu-se e desdobrou a folha de papel.

Fui comprar umas fitas novas, você dormia como um anjo. Volto assim que puder. Carinhosamente, Audrey.

P.S.: A cama fica a apenas 50 centímetros do chão, não tem perigo!

Deixou o bilhete sobre a mesa de cabeceira e bocejou longamente. Depois de pegar seus jeans largados ao pé da cama, achou a camisa na entrada, a cueca numa cadeira não longe dali, e começou a procurar o resto de suas coisas. No banheiro, olhou desconfiado o verdadeiro pega-varetas formado por várias escovas de dentes que se entrecruzavam num copo. Pegou o dentifrício, jogou na pia a primeira camada de pasta que saía do tubo e espalhou a seguinte na ponta do indicador.

Remexeu por toda parte na cozinha, mas só achou duas caixas de chá meio vazias num armário, um velho pacote de torradas num canto de prateleira, uma barra de manteiga salgada na geladeira e suas meias em cima da mesa.

Aflito por ir a algum lugar onde lhe servissem um desjejum digno desse nome, acabou de se vestir às pressas.

Audrey havia deixado um molho de chaves em evidência sobre a mesinha de canto.

A julgar pelo tamanho, nem todas entravam na fechadura do apartamento. Elas deviam abrir o estúdio que Audrey habitava em Paris, e que ela lhe descrevera nessa noite.

Mathias fez deslizar entre seus dedos o cordãozinho do pompom pendurado à argola. E, ao observá-lo, pensou na sorte daquele objeto. Imaginou-o na mão de Audrey, sempre perto dela na bolsa, todas as vezes em que ela brincava com ele enquanto conversava ao telefone, trocando confidências com uma amiga. Quando percebeu que estava quase invejando o pompom de um chaveiro, voltou a si. Realmente, era hora de ir comer alguma coisa.

*

As calçadas eram ladeadas por prediozinhos de tijolos vermelhos. Mãos nos bolsos, assoviando, Mathias se dirigiu ao cruzamento que ficava um pouco acima. Algumas bifurcações adiante, alegrou-se por finalmente encontrar o que queria.

Como todas as manhãs de domingo, o mercado de Spitalfields estava em plena atividade; as bancas abundavam de frutos secos e especiarias vindos de todas as províncias da Índia. Um pouco adiante, comerciantes de tecidos expunham suas peças importadas de Madras, da Caxemira ou de Pashmina. Mathias sentou-se no terraço do primeiro café que encontrou e acolheu de braços abertos o garçom que se apresentava.

Este, originário da região de Calcutá, logo identificou o sotaque de Mathias e lhe disse o quanto amava a França. Ao longo de todos os seus estudos, havia escolhido o francês como primeira língua estrangeira, antes mesmo do inglês. Frequentava um ciclo universitário de economia internacional na British School Academy. Gostaria de estudar em Paris, mas nem sempre a vida oferecia todas as opções. Mathias o cumprimentou por seu vocabulário, que lhe parecia notável. Aproveitando a oportunidade de finalmente poder se expressar sem dificuldade, pediu um desjejum completo e um jornal, se, por acaso, houvesse algum sobrando ao lado da caixa.

    O garçom se curvou para agradecer uma tal comanda, que o honrava, e foi providenciá-la. Com o apetite aguçado, Mathias esfregou as mãos, feliz por todos aqueles momentos inesperados que a vida lhe proporcionava, feliz por estar sentado naquele terraço ensolarado, feliz pela perspectiva de reencontrar Audrey dali a pouco, e por fim, embora não tivesse consciência disso, feliz por estar feliz.

    Convinha avisar a Antoine que ele não retornaria antes do final da tarde. Enquanto refletia sobre a desculpa que justificaria sua ausência, remexeu no bolso à procura do celular. Devia tê-lo deixado no paletó, que ele, aliás, visualizava perfeitamente bem, todo embolado no sofá do apartamento de Audrey. Enviaria mais tarde uma mensagem para ele, o garçom já estava de volta, trazendo sobre o ombro uma imensa bandeja. Colocou na mesa toda uma série de iguarias, assim como um exemplar do *Calcutta Express* datado da véspera e outro do *Times of India* com data da antevéspera; os jornais estavam impressos em bengali e híndi.

    — O que é isto? — perguntou Mathias, assustado, apontando a sopa de lentilhas que fumegava diante dele.

    — *Dhal* — respondeu o rapaz — e *halwa suri*, uma delícia! O copo de iogurte salgado é *lassi*. Um desjejum completo... indiano. O senhor vai se regalar.

    E o garçom retornou lá para dentro, encantado por ter satisfeito seu cliente.

*

Elas tinham tido a mesma ideia sem se consultar. O dia, radioso, atrairia muitos turistas até a Bute Street. Enquanto uma abria o terraço do seu restaurante, a outra arrumava a fachada da loja.

— Também vai trabalhar no domingo? — perguntou Yvonne a Sophie.

— Gosto mais de estar aqui do que em casa, sem fazer nada!

— Eu pensei exatamente a mesma coisa.

Yvonne se aproximou.

— Que carinha amassada é esta? — disse, passando a mão na face de Sophie.

— Noite ruim, deve ter sido a lua cheia.

— A não ser que essa sua lua tenha decidido ficar cheia duas vezes seguidas em uma semana, é melhor você achar outra explicação.

— Então, digamos que eu dormi mal.

— Não vai ver os rapazes hoje?

— Eles estão em família.

Sophie levantou um vaso grande e Yvonne ajudou-a a levá-lo para dentro da loja. Instalado o recipiente num lugar adequado, puxou-a pelo braço lá para fora.

— Vamos, deixe suas flores aí por um instante, elas não vão murchar. Venha tomar um café no meu terraço, tenho a impressão de que temos coisas a nos dizer.

— Vou podar esta roseira e depois vou até lá — respondeu Sophie, que havia recuperado o sorriso.

*

A tesoura seccionou a haste. John Glover olhou atentamente a flor. A corola tinha quase o tamanho de uma peônia, as pétalas que a compunham eram deliciosamente amarrotadas, dando à sua rosa o aspecto selvagem que ele tinha sonhado. Convinha reconhecer, o resultado do enxerto realizado em sua estufa no ano anterior ultrapassava todas as suas expectativas. Quando, na próxima temporada, apresentasse esta rosa na grande exposição floral de Chelsea, ele provavelmente ganharia o prêmio de excelência. Para John Glover, aquela flor não era apenas uma simples rosa, tornara-se o mais estranho paradoxo ao qual ele já fora confrontado. Nesse homem, oriundo de uma grande família inglesa, a humildade era quase uma religião. Enriquecido pela herança de um pai honrosamente morto durante a guerra, havia delegado a gestão de seu patrimônio. E jamais um dos clientes da pequena livraria onde ele trabalhara durante anos, nem qualquer um dos seus vizinhos, teria podido imaginar que esse homem solitário, que vivia então na parte menor de uma casa da qual era o proprietário, tinha tanto dinheiro.

Quantos pavilhões de hospitais poderiam ter o nome dele gravado em seus frontispícios, quantas fundações poderiam homenageá-lo, se ele não tivesse imposto, como única condição, que sua generosidade permanecesse para sempre anônima. E no entanto, com a idade de 70 anos, diante de uma simples flor ele não conseguia resistir à tentação de batizá-la com seu nome.

A rosa de coloração pálida se chamaria Glover. A única desculpa que ele dava a si mesmo era que não tinha descendentes. Afinal, era a única maneira de eternizar seu sobrenome.

John colocou a flor numa jarrinha individual e levou-a para a estufa. Olhou a fachada branca de sua casa de campo, feliz por viver ali um merecido retiro, após anos de trabalho. O grande jardim acolhia a primavera em todo o seu esplendor. Mas, no meio de tanta beleza, faltava-lhe a única mulher a quem ele tinha amado, tão pudicamente quanto havia vivido. Um dia, Yvonne viria ao encontro dele em Kent.

*

Antoine foi despertado pelas crianças. Debruçado no corrimão da escada, olhou para a sala, embaixo. Louis e Emily tinham preparado um desjejum e o devoravam com muito apetite, sentados ao pé do sofá. O programa de desenhos animados estava começando e proporcionaria a Antoine alguns minutos de sossego. Evitando fazer-se notar, ele deu um passo para trás, já curtindo o suplemento de sono que se lhe oferecia. Antes de abandonar-se de novo à cama, entrou no quarto de Mathias e viu a cama intacta. Da sala, vinham as risadas de Emily. Antoine desarrumou os lençóis, pegou o pijama pendurado no cabide do banheiro e deixou-o em evidência sobre a cadeira. Fechou a porta discretamente e voltou ao seu quarto.

*

Sem seu paletó, Mathias não tinha consigo nem carteira nem celular; inquieto, remexeu nos bolsos da calça, em busca de algum trocado para pagar a conta que o garçom lhe apresentava. Finalmente, sentiu uma cédula na ponta dos dedos. Aliviado, estendeu as 20 libras esterlinas ao rapaz e esperou o troco.

O garçom lhe devolveu 15 libras e levou o jornal, perguntando a Mathias se as notícias eram boas. Mathias, levantando-se, respondeu que só lia tâmil, o híndi ainda lhe era de acesso um tanto difícil.

Passava da hora de voltar, Audrey devia estar esperando por ele em casa. Refez o caminho pelo qual viera, até compreender, no primeiro cruzamento, que estava totalmente perdido. Girando sobre si mesmo em busca de uma placa de rua ou de um prédio reconhecível, compreendeu que, tendo chegado ali à noite, uma vez guiado por Audrey e outra de táxi, não tinha como encontrar o endereço.

Sentiu-se invadido pelo pânico e pediu ajuda a um transeunte. O homem, elegante, usava uma barba branca e um turbante caprichadamente enrolado sobre a testa. Se o Peter Sellers de *Um convidado bem trapalhão* tivesse um irmão, seria aquele à sua frente.

Mathias procurava um prédio de três andares, com fachada em tijolos vermelhos; o homem convidou-o a olhar ao redor. As ruas próximas eram todas margeadas por prédios de tijolos vermelhos e, como em muitas cidades inglesas, todos perfeitamente idênticos.

— *I am so lost* — anunciou Mathias, desamparado.

— *Oh, yes, sir* — respondeu o homem, engolindo os erres —, *don't worry too much, we are all lost in this big world...*

Deu um tapa amigável no ombro de Mathias e prosseguiu seu caminho.

*

Antoine dormia tranquilamente, ao menos até que duas balas de canhão aterrissaram em sua cama. Louis o puxava pelo braço esquerdo, Emily pelo direito.

— Papai não está? — perguntou a menina.

— Não — respondeu Antoine, levantando-se —, ele saiu bem cedo para ir trabalhar, hoje quem vai cuidar dos monstrinhos sou eu.

— Eu sei — comentou Emily —, fui ver lá no quarto, ele nem fez a cama.

Emily e Louis pediram autorização para ir andar de bicicleta na calçada, jurando não descer para a pista e tomar muito cuidado. Como raramente passavam carros naquela ruazinha, Antoine deixou. E, enquanto eles desciam a escada correndo, vestiu o pijama e foi preparar seu desjejum. Poderia vigiá-los pela janela da cozinha.

*

Sozinho em pleno bairro de Brick Lane, com o pouco dinheiro que lhe restava no fundo do bolso, Mathias se sentia verdadeiramente perdido. Na esquina, uma cabine telefônica lhe estendia os braços. Ele correu para lá e colocou as moedas no alto do aparelho, antes de, febrilmente, introduzir uma na fenda. Em desespero de causa, discou o único número londrino que sabia de cor.

*

— Só um instantinho, desculpe, mas você pode me explicar exatamente o que foi fazer em Brick Lane? — perguntou Antoine, servindo-se uma xícara de café.

— Escute aqui, cara, não é o momento de me fazer esse tipo de pergunta. Estou ligando só para lhe dizer bom dia, de uma cabine que não é alimentada há seis meses e que acaba de engolir três moedas de uma vez, e não me restam muitas.

— Só que não me disse bom dia, e sim: "Preciso de você" — prosseguiu Antoine, passando calmamente manteiga na torrada. — Então, estou ouvindo...

Sem saber o que dizer, Mathias perguntou, resignado, se ele podia lhe passar sua filha.

— Não, não posso, ela está lá fora, andando de bicicleta com Louis. Você sabe onde foi parar a geleia de cereja?

— Estou numa merda, Antoine — confessou Mathias.

— O que eu posso fazer por você?

Mathias se voltou na cabine, o suficiente para constatar que uma verdadeira fila indiana se formara diante da porta.

— Nada, não pode fazer nada — murmurou, dando-se conta da situação em que se encontrava.

— Então, por que me ligou?

— Por nada, um reflexo... Diga a Emily que eu estou retido no trabalho e mando um beijo para ela.

Mathias repôs o fone no gancho.

*

Sentada na calçada, Emily segurava o joelho esfolado e grossas lágrimas já perolavam suas faces. Uma mulher atravessou a rua para socorrê-la. Louis correu para casa. Lançou-se sobre o pai e puxou-o com toda a força pela calça do pijama.

— Depressa, venha, Emily levou um tombo!

Antoine se precipitou atrás do filho e saiu correndo pela rua.

Um pouco adiante, a mulher, junto de Emily, agitava os braços, clamando escandalizada para quem quisesse ouvir:

— Afinal, onde está a mãe?

— Está aqui, a mãe! — disse Antoine, chegando à altura dela.

Perplexa, a mulher olhou o pijama escocês de Antoine, ergueu os olhos para o céu e foi embora sem dizer mais nada.

— Dentro de 15 dias, partiremos para caçar fantásmas! — berrou Antoine enquanto ela se afastava. — Eu também tenho o direito de usar um traje de circunstância, não?

*

Mathias estava sentado num banco, tamborilando no encosto. Uma mão pousou em sua nuca.

— O que você está fazendo aqui? — perguntou Audrey. — Esperou muito tempo?

— Não, estava passeando — respondeu Mathias.

— Sozinho?

— Sim, sozinho, por quê?

— Voltei ao apartamento, você não atendia ao celular e eu estava sem a chave para entrar, então me preocupei.

— Realmente, não vejo motivo. Se seu colega repórter parte sozinho para o Tadjiquistão, afinal eu posso bater perna em Brick Lane sem que seja preciso chamar a Europe Assistance.

Audrey o encarou, sorrindo.

— Estava perdido há quanto tempo?

X

Curativo feito no joelho de Emily, lágrimas esquecidas em troca da promessa de um almoço no qual todas as sobremesas seriam permitidas, Antoine subiu para tomar banho e se vestir. Do outro lado da escada, o quarto estava silencioso. Ele entrou no toalete e sentou-se na borda da banheira, olhando o próprio reflexo no espelho. A porta rangeu nas dobradiças e o rostinho de Louis apareceu pela fresta.

— Que cara é essa? — quis saber Antoine.

— Eu ia lhe perguntar a mesma coisa — respondeu Louis.

— Não me diga que veio tomar um banho espontaneamente!

— Vim lhe dizer que, se você estiver triste, pode conversar comigo, seu melhor amigo não é Mathias, sou eu.

— Eu não estou triste, meu anjo, mas só um pouquinho cansado.

— Mamãe também diz que está cansada, quando sai para viajar.

Antoine olhou o filho, que o esquadrinhava da soleira da porta.

— Entre, venha cá — murmurou Antoine.

Louis se aproximou e o pai o tomou nos braços.

— Quer fazer um favorzão ao seu pai?

E, como Louis dizia que sim com a cabeça, Antoine lhe cochichou ao ouvido:

— Não cresça muito depressa.

*

Para completar a reportagem de Audrey, era preciso atravessar a cidade e ir até Portobello. Por iniciativa de Mathias, que não tinha achado sua carteira no bolso do paletó, os dois decidiram pegar o ônibus. Aos domingos, o mercado fechava, e somente os antiquários do alto da rua tinham aberto suas tendas; Audrey não largava a câmera e Mathias a seguia, sem perder nenhuma oportunidade de fotografá-la com a maquininha digital que havia encontrado na mochila do equipamento de vídeo. No início da tarde, instalaram-se no terraço do restaurante Mediterraneo.

*

Antoine percorreu a Bute Street a pé. Entrou na loja de Sophie e perguntou se ela queria passar a tarde com eles. A jovem florista declinou do convite: a rua estava muito animada e ela ainda devia preparar muitos buquês.

Yvonne corria da cozinha às mesas do terraço, que já estavam quase todas ocupadas; alguns clientes se impacientavam por fazer seus pedidos.

— Tudo bem? — perguntou Antoine.

— Não, tudo mal — respondeu Yvonne. — Você viu quanta gente lá fora, daqui a meia hora vai lotar. Eu me levantei às 6 horas da manhã para ir comprar uns salmões frescos que pretendia servir como prato do dia mas não posso cozinhá-los, meu forno acabou de pifar.

— Seu lava-louças funciona? — quis saber Antoine.

Yvonne o encarou, com ar espantado.

— Confie em mim — prosseguiu ele. — Dentro de dez minutos, você poderá servir seu prato do dia.

E, quando ele perguntou se Yvonne tinha saquinhos Ziploc, ela não fez mais perguntas. Abriu uma gaveta e entregou o que ele pedia.

Antoine foi ao encontro das crianças, que o esperavam diante do balcão, e se abaixou para consultá-los. Emily aceitou de imediato a proposta, Louis exigiu uma recompensa em trocados. Antoine observou que ele era jovem demais para fazer chantagem, mas o filho respondeu que aquilo era um negócio como outro qualquer. A promessa de uma palmada resolveu o acordo entre os dois. As crianças se instalaram numa mesa. Antoine entrou na cozinha, vestiu um avental e logo voltou, trazendo um bloquinho para ir anotar os pedidos no terraço. Quando Yvonne lhe perguntou o que estava fazendo exatamente, ele sugeriu, em tom que não admitia réplicas, que ela fosse trabalhar na cozinha enquanto ele cuidava do resto. Acrescentou que já esgotara sua cota de negociações por aquele dia. Os salmões estariam cozidos em dez minutos.

*

Mathias pousou a máquina fotográfica em cima da mesa e apertou o botão do retardador. Depois convidou Audrey a se debruçar sobre ele para que ficassem os dois enquadrados pela objetiva. Achando engraçada aquela ginástica, o garçom se ofereceu para bater a foto. Mathias aceitou de bom grado.

— Realmente, você e eu estamos parecendo dois turistas — disse Audrey, depois de agradecer ao rapaz.

— Afinal, estamos visitando a cidade, não?

— É um modo de ver as coisas — disse ela, servindo-se novamente de vinho.

Mathias tomou a garrafa e lhe encheu o copo.

— É raro, um homem galante. Você não me falou de sua filha nem uma vez — disse Audrey.

— Não falei, é verdade — respondeu Mathias, baixando a voz.

Audrey notou a expressão que acabava de alterar o rosto dele.

— É você quem tem a guarda?

— Ela mora comigo.

— Emily é um nome lindo. Onde ela está, agora?

— Com Antoine, meu melhor amigo. Você o viu na livraria, mas não deve estar lembrada. Foi um pouco graças a ele que eu a reencontrei naquele pátio de recreio.

O garçom trouxe a sobremesa que Audrey havia pedido e um simples café para Mathias. Ela espalhou o creme de castanhas sobre o waffle.

— Tem outra coisa que você não sabe — prosseguiu Mathias. — No começo, eu achei que você era a professora de Louis.

— Quem?

— O filho de Antoine!

— Que ideia maluca! Por quê?

— É meio complicado de explicar — respondeu Mathias, metendo o dedo no creme.

— E essa moça é mais bonita do que eu? — perguntou Audrey, com ar implicante.

— De jeito nenhum!

— Sua filha e Louis se entendem bem?

— Como irmão e irmã.

— Quando você vai reencontrá-la? — perguntou Audrey.

— Hoje à noite.

— Tudo bem — disse ela, procurando um cigarro na bolsa. — Esta noite eu preciso mesmo dar uma arrumada nas minhas coisas.

— Você diz isso como se pretendesse se jogar embaixo de um trem amanhã de manhã.

— Me jogar embaixo, não, mas entrar nele, sim.

Ela se voltou para pedir um café ao garçom.

— Já vai partir? — perguntou Mathias, com uma voz que havia perdido toda a segurança.

— Não vou partir, vou voltar. Enfim, imagino que seja a mesma coisa.

— E pretendia me dizer isso quando?

— Agora.

Audrey girava mecanicamente a colher dentro da xícara e Mathias interrompeu o gesto.

— Você não botou açúcar — disse, tirando-lhe a colher.

— Paris fica a duas horas e quarenta apenas. E, também, você pode ir me ver, não? Enfim, se quiser.

— Claro que quero. Mas gostaria ainda mais que você não partisse, que nós pudéssemos nos rever durante a semana. Eu não a chamaria para jantar comigo na segunda, a data seria próxima demais e eu não ia querer assustá-la ou me fazer muito presente, mas a convidaria para terça; você me responderia que nesta terça estaria muito ocupada; então resolveríamos nos rever na quarta. Na quarta, seria perfeito para nós. Claro, a primeira parte da semana nos pareceria interminável e a segunda, um pouco menos, pois iríamos nos reencontrar no sábado e no domingo. Aliás, no próximo domingo tomaríamos um *brunch* nesta mesma mesa, que a essa altura já teria passado a ser a nossa mesa.

Audrey pousou os lábios sobre os de Mathias.

— Sabe o que devíamos fazer agora? — murmurou. — Aproveitar este domingo, já que estamos sentados à nossa mesa e ainda temos uma tarde inteira só para nós.

Mas Mathias não conseguia prestar atenção ao que Audrey propunha. Sabia que sua tarde seria de uma fossa total. Fingiu se divertir com o aspecto de um transeunte. De nada adiantava ela estar sentada ao seu lado: desde o anúncio da partida, ele já sentia saudade. Olhou as nuvens lá no alto.

— Acha que vai chover? — perguntou.

— Não sei — respondeu Audrey.

Mathias se voltou e chamou o garçom.

*

— Os senhores pediram a conta? — perguntou Antoine.

— Aqui! — chamou um cliente, agitando a mão no outro lado do terraço.

Antoine, que trazia três pratos equilibrados no antebraço, recolheu o serviço usado e passou uma esponja sobre a mesa com uma destreza impressionante. Atrás dele, Sophie esperava para se instalar no lugar dos que estavam saindo.

— O senhor parece gostar do seu ofício — brincou ela, sentando-se.

— Estou nas nuvens! — exclamou um Antoine radiante, apresentando o cardápio.

— Diga às crianças que venham para cá.

— Como prato do dia, temos um excelente salmão cozido no vapor. Se a senhora me permitir uma sugestão, guarde um pouco do apetite para as sobremesas, nosso *crème caramel* é inesquecível.

E Antoine retornou à sala.

*

Mathias remexia o paletó, procurando a carteira, mas em vão. Audrey o tranquilizou, ele certamente a esquecera em casa. Aliás, ela não o vira tirar a carteira nem uma vez, ele sempre pagara as diferentes contas em espécie. Mesmo assim, Mathias estava preocupado e terrivelmente encabulado com a situação.

Desde que se haviam conhecido, em nenhum momento ele a deixara convidá-lo e Audrey se regozijou por finalmente poder fazer isso, nem que fosse por um simples waffle e alguns cafés. Tinha conhecido muitos homens que rachavam a conta.

— Conheceu tantos assim? — inquietou-se Mathias.

— Me tire uma dúvida: você não estaria meio enciumado?

— Nem um pouco. Aliás, Antoine vive dizendo: ter ciúme é não confiar no outro, é ridículo e degradante.

— É Antoine quem diz ou é você que pensa isso?

— Bom, estou com um pouquinho de ciúme — concedeu ele —, mas só o admissível. Se a gente não tiver nenhum, é porque não está muito apaixonado.

— E você tem muitas outras teorias sobre o ciúme? — perguntou ironicamente Audrey, levantando-se.

Subiram Portobello Road a pé. Audrey dava o braço a Mathias. Para ele, cada passo que os aproximava do ponto de ônibus era um passo que os afastaria um do outro.

— Tive uma ideia — disse Mathias. — Vamos ficar neste banco, o bairro é bonito, não precisamos de muita coisa, não arredaremos pé daqui.

— Você quer dizer: ficaremos aqui, imóveis?

— É exatamente o que eu quero dizer.

— Por quanto tempo? — perguntou Audrey, sentando-se.

— Tanto quanto nós quisermos.

O vento se levantara, ela estremeceu.

— E quando o inverno chegar? — perguntou.

— Eu abraço você com mais força.

Audrey se inclinou para ele a fim de cochichar uma ideia melhor. Se corressem para pegar o ônibus que aparecia ao longe, poderiam voltar ao quarto de Brick Lane em meia hora, no máximo. Mathias fitou-a, sorriu e recomeçou a caminhar.

O ônibus de dois andares parou, Audrey subiu na plataforma traseira mas Mathias permaneceu na calçada. Pelo olhar dele, ela compreendeu; então, acenou ao trocador para que ele ainda não desse o sinal de partida e colocou um pé no asfalto.

— Sabia que ontem — confidenciou no ouvido de Mathias — não houve fiasco nenhum?

Ele não respondeu nada. Audrey pousou a mão no rosto dele e acariciou seus lábios.

— Paris fica só a duas horas e quarenta — disse.
— Entre, você está tiritando.

Quando o ônibus se distanciou pela rua, Mathias acenou um adeus e esperou que Audrey desaparecesse.

Então voltou a se sentar no banco da pracinha de Westbourne Grove e viu passar o casal de namorados que caminhava à sua frente. Ao remexer no bolso, em busca das moedas que lhe restavam para voltar, achou um bilhetinho.

Também tive saudade de você a tarde inteira. Audrey.

XI

O dia terminava. Sophie acompanhou Antoine e as crianças até a porta da casa. Louis gostaria que ela o ajudasse a fazer os deveres, mas ela explicou que também tinha deveres.
— Não quer ficar? — insistiu Antoine.
— Não, já vou indo, estou cansada.
— Foi realmente útil, isso de abrir num domingo?
— Bom, adiantei um pouco o faturamento do mês, agora posso fechar por alguns dias.
— Vai sair de férias?
— Só por um fim de semana.
— Para onde?
— Ainda não sei, é surpresa.
— O homem das cartas?
— Sim, o homem das cartas, como você diz. Vou encontrá-lo em Paris, e depois ele me leva para algum lugar.
— E você não sabe para onde? — insistiu Antoine.
— Se eu soubesse, já não seria surpresa.
— Você me conta, quando voltar?
— Talvez. Estou achando você muito curioso, de repente.
— Desculpe a indiscrição — continuou Antoine. — Afinal, o que eu tenho a ver? Venho bancando o Cyrano

de Bergerac há seis meses, escrevendo palavras de amor em seu nome, não vejo por que isso me daria o direito de compartilhar as boas notícias!... Na hora de sair para um fim de semana, não venha me perguntar nada, Antoine, apenas aproveite minha ausência para encher sua caneta, porque, na volta, se eu vier a ter saudade ou um momento de fossa, ficarei muito grata se você puder retomar a pena e me parir uma nova carta, que irá deixar esse homem um pouco mais apaixonado, e então ele me convidará de novo para um fim de semana sobre o qual não lhe contarei nada!

Braços cruzados, Sophie encarava Antoine.

— Só isso? Acabou?

Antoine não respondeu. Fitava a ponta dos sapatos, e a expressão do seu rosto deixava-o parecido com o filho em todos os traços. Sophie teve dificuldade de se manter séria. Beijou-o na testa e afastou-se rua afora.

*

A noite caía sobre Westbourne Grove. Uma jovem, usando um casaco grande demais para ela, veio sentar-se no banco diante do ponto de ônibus.

— O senhor está com frio? — perguntou.

— Não, não é nada — respondeu Mathias.

— Não parece estar se sentindo bem.

— Há domingos assim.

— Já passei por muitos desses — disse a jovem, levantando-se.

— Boa noite — disse Mathias.

— Boa noite — disse ela.

Mathias cumprimentou-a com um aceno de cabeça. Ela fez o mesmo e entrou no ônibus que acabava de chegar. Mathias observou-a partir, perguntando-se onde podia tê-la visto antes.

*

Após o jantar, as crianças tinham adormecido no sofá, esgotadas pela tarde passada no parque. Antoine as carregara até a cama. De volta à sala, agora curtia um momento de calma. Notou a carteira de Mathias, esquecida na cestinha da entrada. Abriu-a e puxou devagarinho o canto de uma foto que estava aparecendo. Naquele retrato amassado pelos anos, Valentine sorria, com as mãos apoiadas no ventre redondo; testemunha de outros tempos. Antoine repôs a foto no lugar.

*

Yvonne entrou embaixo do chuveiro e abriu a torneira. A água escorreu sobre seu corpo. Antoine tinha garantido o serviço do restaurante, às vezes ela se perguntava o que faria se ele não fosse quem era. Lembrou-se dos salmões cozidos no vapor do lava-louças e começou a rir sozinha. Um acesso de tosse acalmou rapidamente o ardor de sua risada. Esgotada, mas de bom humor, ela fechou a água, vestiu um robe e foi deitar-se na cama. A porta ao fundo do corredor acabava de se fechar. A jovem a quem ela emprestara o quarto junto ao patamar devia ter voltado. Yvonne não sabia grande coisa a seu respeito, mas tinha por hábito confiar no próprio instinto. Aquela moça só precisava de um empurrãozinho para se safar. E, afinal, para ela também era vantagem. Uma presença que lhe fazia bem; desde que John se afastara da livraria, o peso da solidão se fazia sentir cada vez mais frequentemente.

*

Enya despiu o casaco e se estendeu na cama. Tirou as cédulas do bolso do jeans e contou-as. A jornada tinha sido boa, as gorjetas dos clientes do restaurante de Westbourne Grove onde havia feito um extra lhe proporcionariam a sobrevivência por alguns dias. O patrão gostara dela e a convidara para voltar a trabalhar lá no fim de semana seguinte.

Curioso destino, o de Enya. Dez anos antes, sua família não resistira à fome de um verão sem colheita. Uma jovem médica a recolhera a um acampamento de refugiados.

Uma noite, ajudada pela doutora francesa, ela se escondera num caminhão que retomava a estrada. Iniciara-se então o longo êxodo que a levaria durante meses rumo ao Norte, fugindo do Sul. Seus companheiros de trajeto não eram de infortúnio, mas de esperança: a de um dia descobrir o que era a abundância.

De Tânger, ela partira para a travessia marítima. Outro país, outros vales, os Pireneus. Um guia lhe revelara que, outrora, pagavam ao avô dele para fazer a rota inversa. A história mudava, mas não o destino dos homens.

Um amigo lhe dissera que, do outro lado do canal da Mancha, ela encontraria o que buscava desde sempre: o direito de ser livre e de ser quem era. Nas terras de Albion, os homens de todas as etnias, de todas as religiões, viviam em paz, respeitando os outros. Desta vez, ela embarcou em Calais, sob o chassi de um trem. E quando, esgotada, deixou-se deslizar sobre os dormentes de trilhos ingleses, soube que o êxodo havia terminado.

Agora, nesta noite, olhava ao seu redor. Uma cama estreita, mas lençóis limpos, uma pequena escrivaninha com um lindo buquê de centáureas que alegrava o aposento, uma lucarna através da qual, inclinando-se um pouco, ela podia ver os telhados do bairro. O quarto era aconchegante, sua hospedeira, discreta, e, de alguns dias para cá, os tempos que ela vivia tinham jeito de primavera.

*

Audrey tentou encaixar as fitas de vídeo entre dois suéteres e três camisetas que havia enrolado em bola. As compras efetuadas aqui e ali, ao longo daquele mês londrino, tinham bastante dificuldade para encontrar lugar na mala.

Ao reerguer-se, olhou ao redor para verificar pela última vez se não havia esquecido nada. Não tinha vontade de jantar, um chá bastaria. E, mesmo que sentisse uma ameaça de insônia, convinha tentar dormir. Amanhã, quando chegasse à Gare du Nord, sua jornada estaria começando. Deveria levar as gravações para a emissora, participar da reunião de pauta ao meio-dia e talvez até, se sua matéria estivesse programada para breve, rever e editar as fitas na sala de montagem. Ao entrar na cozinha, viu o cigarro esmagado no cinzeiro. Seu olhar caiu sobre a mesa e os dois copos tingidos pelo vinho tinto já seco. Havia também uma xícara na pia. Ela tomou-a nas mãos e examinou a borda, perguntando-se onde Mathias havia pousado os lábios. Levou-a consigo e retornou ao quarto para colocá-la no fundo da mala.

*

A sala estava na penumbra. Mathias fechou a porta da entrada o mais devagar possível e dirigiu-se pé ante pé para a escada. Assim que pisou no primeiro degrau, a lâmpada da mesinha de canto se acendeu. Voltou-se e descobriu Antoine, sentado na poltrona. Aproximou-se, pegou a garrafa de água colocada sobre a mesa de centro e esvaziou-a de uma só vez.

— Se um de nós dois tiver de se apaixonar de novo, o primeiro serei eu! — disse Antoine.

— Ora, faça como quiser, meu amigo — respondeu Mathias, deixando a garrafa.

Furioso, Antoine se levantou.

— Não, não faço como quiser, e não comece a me tapear. Se eu me apaixonasse já seria uma traição, imagine então você!

— Calma! Você acha que eu, depois de ter dado duro para derrubar essa parede, logo agora que finalmente compartilho o cotidiano de minha filha, que acompanho a felicidade dessas duas crianças, a quem aliás nunca vi tão contentes... acha mesmo que eu correria o risco de estragar tudo?

— Totalmente! — respondeu Antoine, convicto.

E começou a caminhar para lá e para cá, varrendo o aposento com um gesto circular.

— Veja: tudo o que está aqui em volta é exatamente como você queria. Queria crianças rindo, elas riem; queria barulho em casa, ninguém se ouve mais; até televisão durante o jantar você teve. Então, escute bem: pelo menos uma vez na vida, uma vezinha só, renuncie ao seu egoísmo e assuma suas escolhas. Portanto, se estiver se apaixonando por uma mulher, pare imediatamente!

— Acha que eu sou egoísta? — perguntou Mathias, com voz entristecida.

— Mais do que eu — respondeu Antoine.

Mathias o fitou longamente e, sem acrescentar palavra, afastou-se em direção à escada.

— Preste atenção — continuou Antoine às suas costas —, não me faça dizer o que eu não disse... Não me oponho a que você coma essa moça!

Já no patamar, Mathias parou de chofre e se voltou.

— Sim, mas eu me oponho a que você fale dela nesses termos.

Do pé da escada, Antoine apontou-lhe um dedo acusador.

— Peguei! Você está apaixonado, essa é a prova. Portanto, vai deixá-la!

A porta do quarto de Mathias bateu atrás dele, as dos quartos de Emily e Louis se fecharam bem mais discretamente.

*

O trem estava parado na estação de Ashford havia trinta minutos, e o fiscal achara necessário acordar em voz alta os passageiros que não tivessem percebido o fato, para informar-lhes que o trem... estava parado na estação de Ashford.

A mensagem era tão importante que o próprio chefe de trem acrescentou que não poderia dizer quando o comboio partiria de novo, pois havia um problema de circulação no túnel.

— Eu ensinei física durante trinta anos, e gostaria muito que me explicassem como se pode ter um problema de circulação em vias paralelas e de mão única. A não ser que o condutor do trem que vai à nossa frente tenha parado no meio do túnel para ir fazer xixi... — resmungou a velha senhora sentada diante de Audrey.

Audrey, que havia estudado literatura, conseguiu se livrar da interlocutora quando seu celular tocou. Era sua melhor amiga, alegre porque ela estava de volta. Audrey lhe contou seu périplo londrino e, principalmente, os acontecimentos que haviam modificado o curso de sua vida nestes últimos dias... Como era que Élodie tinha adivinhado?... Sim!... havia conhecido um homem... muito diferente de todos os outros. Pela primeira vez depois de muitos meses, desde sua separação daquele que a magoara profundamente ao fazer a mala numa certa manhã, ela recuperava o desejo de amar. As longas temporadas de luto amoroso tinham quase desaparecido em apenas um fim de semana. Élodie tinha razão... a vida tinha essa magia... bastava ser paciente, a primavera sempre acabava voltando. Quando as duas se revissem... infelizmente, talvez não esta noite, ela provavelmente trabalharia até bem tarde, mas no almoço de amanhã, no máximo... sim... contaria tudo... Cada um dos momentos passados em companhia de... Mathias... um belo nome, não é? Sim, ele também era bonito... Sim, Élodie ia adorá-lo, culto, cortês... Não, não era casado... Sim, divorciado... mas hoje em dia, entre os homens sozinhos, não ser mais casado já era uma grande vantagem... Como era que ela havia adivinhado?... Siiiim, eles não tinham se largado durante dois dias... ela o conhecera no pátio de uma escola, não, numa livraria, enfim, nos dois lugares ao mesmo tempo... contaria tudo, promessa é dívida, mas o trem já ia partir de novo, já se via a entrada do túnel... Alô?... Alô?

Emocionada, Audrey olhou o telefone na palma de sua mão. Acariciou o visor, sorrindo, e guardou o aparelho no bolso. A professora de física suspirou e finalmente pôde virar a página do seu livro. Acabava de reler a mesma linha 27 vezes.

*

Mathias empurrou a porta do bistrô de Yvonne e perguntou se podia sentar-se no terraço para tomar um café.

— Vou levá-lo agora mesmo — disse Yvonne, apertando o botão da cafeteira.

As cadeiras ainda estavam empilhadas umas sobre as outras. Mathias pegou uma e instalou-se confortavelmente na faixa ensolarada. Yvonne pousou a xícara sobre a mesa diante dele.

— Quer um croissant?

— Dois — disse Mathias. — Precisa de ajuda para arrumar o terraço?

— Não. Se eu instalar as cadeiras agora, os clientes vão fazer como você, e eu não terei sossego na cozinha. Antoine não veio?

Mathias tomou seu café de uma vez.

— Pode me fazer mais um?

— Está tudo bem? — perguntou Yvonne.

*

Sentado à escrivaninha, Antoine consultou seu correio eletrônico. Um envelopinho acabava de aparecer ao pé de sua tela.

Desculpe por tê-lo abandonado neste fim de semana. Vamos almoçar juntos na Yvonne, às 13 horas? Seu amigo, Mathias.

Ele respondeu teclando o seguinte texto:

Também peço desculpas por ontem à noite. Encontro você às 13 horas na Yvonne.

Após abrir a livraria, Mathias ligou seu velho Macintosh, leu a mensagem de Antoine e respondeu:

Certo, 13 horas. Mas por que você disse "também"?

E no mesmo momento, na sala de informática do Liceu Francês, Emily e Louis desligavam o computador a partir do qual acabavam de enviar a primeira dessas mensagens.

*

O litoral de Calais se afastava, o Eurostar corria a 350 quilômetros por hora nos trilhos franceses. O celular de Audrey tocou e, assim que ela atendeu, a velha senhora sentada em frente largou o livro.

A mãe de Audrey se sentia tão feliz pela volta da filha... Audrey estava com uma voz diferente... não era a que ela conhecia desde sempre... não adiantava esconder, sua filha devia ter conhecido alguém, na última vez que ela escutara aquele tom, Audrey lhe anunciava seu idílio com Romain...
— Sim, Audrey recordava muito bem como sua história com Romain havia terminado, e também daquelas noites passadas chorando ao telefone. Sim... os homens eram todos iguais...
— Quem era esse novo rapaz?... Mas evidentemente que ela sabia que existia um novo rapaz... afinal, era ela quem tinha feito Audrey... — De fato, tinha havido um encontro, mas não, ela não estava empolgada... de todo o modo, não

tinha nada a ver com Romain, e obrigada por remexer ainda mais o punhal na ferida, para o caso de não ter cicatrizado... Mas claro, a ferida estava fechada... Não era o que ela tinha querido dizer, era só no caso de... Não, não tinha voltado a falar com Romain em seis meses... exceto por uma vez, no mês passado, por causa de uma tal mala esquecida, à qual ele aparentemente dava mais valor do que à própria dignidade...

Bom, fosse como fosse, não se tratava de Romain, mas de Mathias... Sim, era um belo nome... Livreiro... Sim, também era uma profissão bonita... Não, ela não sabia se um livreiro ganhava bem, mas o dinheiro não era importante, ela tampouco ganhava bem, e "mais um motivo" não era a resposta que ela esperava da mãe...

Afinal, se não fosse para se alegrarem juntas, seria melhor mudar o assunto da conversa... Sim, ele morava em Londres, e sim, Audrey sabia que a vida era cara em Londres, acabava de passar um mês lá... Sim, um mês era suficiente, mamãe, você me deixa esgotada... Nãããão, não pretendia ir se instalar na Inglaterra, conhecia aquele rapaz havia só dois dias... cinco dias... Não, não tinha dormido com ele na primeira noite... Sim, era verdade que no caso de Romain ela quisera ir morar com ele em Madri depois de 48 horas, mas esse outro não era necessariamente o homem de sua vida... por enquanto, apenas um homem encantador... Sim, com o tempo ela veria, e não, não era o caso de se preocupar por seu trabalho, ela vinha lutando havia cinco anos para um dia ter seu próprio programa, não ia agora estragar tudo, simplesmente por ter conhecido um livreiro em Londres! Sim, ligaria assim que chegasse a Paris, um beijo para você também.

Audrey guardou de volta o celular e deu um suspiro fundo. A senhora diante dela retomou o livro e largou-o logo em seguida.

— Desculpe por me meter onde não sou chamada — disse, puxando os óculos para a ponta do nariz —, mas a senhorita estava falando do mesmo homem, nas duas conversas?

E como Audrey, pasmada, não respondia, ela resmungou:

— E ninguém venha me dizer que passar por este túnel não tem nenhum efeito sobre o organismo!

*

Desde que haviam se instalado no terraço, eles não tinham trocado uma palavra.

— Está pensando nela? — perguntou Antoine.

Mathias pegou um pedaço de pão na cesta e mergulhou-o no pote de mostarda.

— Eu a conheço?

Mathias mordeu o pão e mastigou-o lentamente.

— Onde você a conheceu?

Desta vez, Mathias pegou seu copo e bebeu-o de um gole só.

— Você sabe que pode conversar comigo — recomeçou Antoine.

Mathias devolveu o copo à mesa.

— Antes, a gente contava tudo um ao outro... — acrescentou Antoine.

— Antes, como você diz, não existiam suas regras idiotas.

— Foi você quem disse que não traríamos mulheres para casa, eu falei apenas que não queria baby-sitter.

— Era um modo de falar, Antoine! Escute, hoje eu durmo em casa, se é o que você quer saber.

— Não vamos fazer um drama porque nos impusemos algumas regras de convivência. Seja razoável, faça um esforcinho, é importante para mim.

Yvonne, que acabava de trazer à mesa duas saladas, voltou à cozinha erguendo os olhos para o céu.

— Está feliz, pelo menos? — prosseguiu Antoine.

— Vamos falar de outra coisa?

— Tudo bem, mas de quê?

Mathias procurou no bolso do paletó e tirou quatro passagens de avião.

— Ah, já foi retirá-las? — perguntou Antoine, com o rosto agora iluminado.

— Não está vendo?

Dentro de alguns dias, depois de pegarem as crianças na saída da escola, eles seguiriam para o aeroporto, e nessa mesma noite dormiriam na Escócia.

No final da refeição, os dois amigos estavam reconciliados. Se bem que... Mathias esclareceu a Antoine que fixar regras não tinha o menor interesse, se não fosse para tentar infringi-las.

Estava-se no primeiro dia da semana, portanto cabia a Antoine buscar Emily e Louis na escola. Mathias faria as compras de casa ao sair da livraria, prepararia o jantar, e Antoine colocaria as crianças na cama. Apesar de alguns trancos, a vida doméstica estava perfeitamente organizada...

*

À noite, Antoine recebeu uma ligação urgente de McKenzie. O protótipo das mesas que este havia desenhado para o restaurante acabava de chegar ao escritório. O arquiteto-chefe achava que o modelo correspondia inteiramente ao estilo de Yvonne, mas ainda assim preferia ouvir uma segunda opinião. Antoine prometeu ver a mesa no dia seguinte, logo ao chegar, mas McKenzie insistiu; o fornecedor podia fabricar as quantidades pedidas, nos prazos e nos preços esperados, mas só se a encomenda lhe fosse enviada ainda esta noite... A ida e volta tomaria de Antoine meia hora, no máximo.

Como Mathias ainda não tinha retornado, ele fez as crianças prometerem comportar-se durante sua ausência. Era absolutamente proibido abrir a porta a qualquer pessoa, atender o telefone, exceto se a ligação fosse dele mesmo — o que fez Emily rir... como se, antes de atender, fosse possível saber quem ligava —, chegar perto da cozinha, ligar ou desligar da tomada qualquer aparelho elétrico, pendurar-se no corrimão da escada, tocar no que quer que fosse... e foi preciso que Emily e Louis bocejassem em coro para interromper a ladainha de um pai que, no entanto, juraria de pés juntos que não era habitualmente um sujeito preocupado.

Assim que seu pai saiu, Louis foi até a cozinha, subiu num banquinho, pegou na prateleira dois copos grandes e passou-os a Emily antes de descer. Depois abriu a geladeira, escolheu duas sodas e rearrumou as latinhas como Antoine sempre fazia (as vermelhas de Coca à esquerda, as cor de laranja de Fanta no meio e as verdes de Perrier à direita). Os canudinhos estavam na gaveta embaixo da pia, as tortinhas de damasco, na lata de biscoitos, e a bandeja para levar tudo isso até a frente da televisão se encontrava na bancada. Tudo teria sido perfeito, se a tela tivesse feito a gentileza de se iluminar.

Após um minucioso exame dos cabos, as pilhas do controle remoto foram incriminadas. Emily sabia onde encontrar iguais... no rádio-despertador de seu pai. Subiu correndo, mal ousando apoiar a mão no corrimão. Ao entrar no quarto, foi atraída por uma maquininha fotográfica digital pousada sobre o criado-mudo. Certamente, uma compra para as férias na Escócia. Curiosa, pegou-a e apertou todos os botões. No visorzinho desfilaram as primeiras fotos que seu pai havia feito, certamente para testar o aparelho. Na primeira só se viam duas pernas e um pedaço de calçada, na segunda o cantinho de uma tenda no mercado de Portobello, na terceira era preciso inclinar a imagem para que o poste de luz ficasse reto... Afinal, aquilo que desfilava na telinha não tinha grande interesse, ao menos até a trigésima segunda pose, aliás a única enquadrada normalmente... Nela, via-se um casal sentado no terraço de um restaurante beijando-se diante da objetiva...

*

Após o jantar — à mesa, Emily não tinha pronunciado uma palavra —, Louis subiu até o quarto de sua melhor amiga e escreveu no diário desta que a descoberta da máquina fotográfica tinha sido um tremendo choque para ela, era a primeira vez que o pai lhe mentia. Pouco antes de adormecer, Emily acrescentou à margem que era a segunda... depois da decepção quanto à existência de Papai Noel.

XII

Yvonne fechou a porta do seu quarto e consultou o relógio. Ao avançar pelo corredor, ouviu os passos de Enya saindo do dela.

— Você está bem bonita esta manhã — disse, voltando-se. Enya beijou-a na face.

— Tenho uma boa notícia.

— Pode me contar um pouco mais?

— Fui convocada ontem para ir à imigração.

— Foi? E isso é boa notícia? — perguntou Yvonne, inquieta.

Yvonne examinou o visto de trabalho que Enya lhe mostrava orgulhosamente. Então tomou a jovem nos braços e estreitou-a contra si.

— E se comemorássemos com uma xícara de café? — propôs.

As duas desceram a escada em caracol que levava à sala do restaurante. Já embaixo, Yvonne fitou Enya atentamente.

— Onde você comprou este sobretudo? — perguntou, perplexa.

— Por quê?

— Porque um amigo meu tinha um desses. Era o casaco preferido dele. Quando me contou que o tinha perdido, eu quis lhe comprar um igual, mas esse modelo já não é feito há anos.

Enya sorriu, tirou o sobretudo e entregou-o a Yvonne. Esta perguntou quanto ela queria, e Enya respondeu que lhe oferecia o casaco de presente, com grande prazer. Ela o encontrara num cabide, num dia em que a sorte lhe sorria.

Yvonne entrou na cozinha e abriu a porta do armário que servia de cabideiro.

— Ele vai ficar tão feliz! — disse, alegre, pendurando a peça. — Não o tirava nunca.

Pegou duas xícaras grandes na prateleira acima da pia, colocou duas doses de café na parte alta da cafeteira italiana e acendeu um fósforo. O queimador de gás logo ficou azul.

— Está sentindo este cheiro maravilhoso? — disse Yvonne, farejando o aroma que invadia a cozinha.

*

Após o trauma da máquina fotográfica, Emily tivera uma ideia. Toda quarta-feira, Louis e ela almoçariam tête-à-tête com os respectivos pais. Como Louis adorava os *nems*, espécie de panqueca feita com farinha de arroz, os rapazes iriam ao restaurante tailandês situado no início da Bute Street, do lado par; ela, que adorava o *crème caramel* de Yvonne, iria ao bistrô desta, do lado ímpar.

Atrás do balcão, Yvonne enxugava copos, vigiando Mathias com o canto do olho. Emily se debruçou sobre o prato do pai, a fim de chamar a atenção dele.

— Na Escócia, vai ser melhor acampar. Se a gente dormir em barracas, nas ruínas, é garantido que os fantasmas apareçam.

— Tudo bem — murmurou Mathias, teclando uma mensagem no celular.

— À noite, podemos acender umas fogueiras e você monta guarda.

— Sim, sim — disse Mathias, com os olhos grudados no visor do aparelho.

— Os mosquitos de lá pesam dois quilos — insistiu Emily, tamborilando na mesa. — E, como adoram você, duas picadas e você se esvazia!

Yvonne chegou à mesa deles para servi-los.

— Como você preferir, querida — respondeu Mathias.

E, enquanto Yvonne retornava à cozinha sem dizer palavra, Emily continuou a conversa, com a cara mais séria do mundo.

— E também eu vou fazer meu primeiro salto com elástico, pulando do alto de uma torre.

— Só dois segundos, meu coração, vou responder a este torpedo e sou todo seu.

Os dedos de Mathias dançavam sobre o teclado do celular.

— É superlegal, eles jogam a gente e depois cortam a corda — prosseguiu Emily.

— O prato do dia é o quê? — perguntou Mathias, absorto na leitura da mensagem que acabara de aparecer no visor.

— Salada de minhocas.

Finalmente, Mathias largou o telefone sobre a mesa.

— Com licença um segundinho, vou lavar as mãos — disse, levantando-se.

Mathias beijou a filha na testa e dirigiu-se ao fundo da sala. Do balcão, Yvonne não perdera nada da cena. Aproximou-se de Emily e, com olhar reprovador, mostrou o purê de batatas à moda da casa que Mathias ainda nem tinha tocado. Deu uma espiada lá fora, para além da vitrine, e sorriu à menina. Emily compreendeu a sugestão e sorriu por sua vez. Levantou-se, pegou seu prato e, sob a vigilância de Yvonne, atravessou a rua.

Mathias se demorou um pouco olhando-se no espelho acima da pia. O que o preocupava não era o fato de Audrey ter interrompido a troca de mensagens, ela estava na sala de edição e atolada em trabalho, ele compreendia muito bem... Eu também estou ocupado, estou almoçando com minha filha, estamos todos muito ocupados... de qualquer modo, se estiver trabalhando sobre as imagens de Londres, ela vai forçosamente pensar em mim... o técnico é que deve tê-la colocado nos trilhos, conheço bem esse tipo de sujeito, carrancudo e ciumento... Minha cara está péssima hoje... Que bom, ela escreveu que sente saudade de mim... não faz seu gênero, dizer coisas que realmente não pensa... Eu talvez devesse ir cortar o cabelo...

Sentados num boxe, Antoine e Louis atacavam uma segunda travessa de *nems*. A porta do restaurante se abriu, Emily entrou e foi sentar-se junto deles. Louis não fez nenhum comentário e contentou-se em provar o purê de sua melhor amiga.

— Ele ainda está ao telefone? — quis saber Antoine.

Como era seu hábito, Emily respondeu com a cabeça.

— Eu também o acho meio contrariado hoje, não se preocupe. É uma coisa que acontece com gente grande, mas sempre passa — disse Antoine, com voz tranquilizadora.

—Por quê? Você acha que nós, crianças, nunca nos preocupamos? — retrucou Emily, pegando um *nem* na travessa.

*

Mathias saiu do toalete assoviando. Emily já não se encontrava em seu lugar. Diante dele, na mesa, o celular estava plantado bem no meio do prato de purê. Pasmado, ele se voltou e cruzou com o olhar acusador de Yvonne, que lhe indicava o restaurante tailandês no lado oposto da rua.

*

A caminho do conservatório de música, Emily seguia em passos largos, sem dirigir uma só palavra ao pai, que no entanto se esforçava ao máximo para desculpar-se. Reconhecia que não estivera muito presente durante o almoço e prometia que isso não se repetiria. Afinal, também acontecia de ele falar com a filha e ela não o escutar, por exemplo quando estava desenhando. A terra inteira podia desabar, ela não levantava a cabeça do papel. Diante do olhar incendiário que Emily lhe lançou, Mathias admitiu que sua comparação não era genial. Para fazer-se perdoar, esta noite ele lhe faria companhia no quarto até que ela adormecesse. Na entrada do curso de violão, Emily se esticou na ponta dos pés para beijar o pai. Perguntou se a mãe retornaria logo para vê-la e fechou a porta.

De volta à livraria, depois de atender dois clientes, Mathias se instalou diante do computador e entrou no site do Eurostar.

*

No dia seguinte, quando Antoine chegou à agência, McKenzie lhe entregou a papelada da reforma do restaurante, sobre a qual havia trabalhado a noite inteira. Antoine abriu as plantas e espalhou-as à sua frente. Examinou-as todas, agradavelmente surpreso pelo trabalho de seu colaborador. Sem perder a identidade, o bistrô modernizado ficaria muito elegante. Somente ao consultar o bloco dos encargos técnicos e o orçamento, escondido no fundo da pasta, foi que Antoine quase engasgou. Convocou de imediato seu arquiteto-chefe. McKenzie, todo encabulado, reconheceu que talvez tivesse exagerado um pouco.

— O senhor acha realmente que, se transformarmos o restaurante dela num palácio, Yvonne vai acreditar que nós utilizamos sobras de material? — berrou Antoine.

Segundo McKenzie, nada era suficientemente belo para Yvonne.

— E está lembrado de que sua obra-prima deve ser realizada em dois dias?

— Eu previ tudo — respondeu McKenzie, empolgado.

Os elementos seriam fabricados na oficina, e no sábado uma equipe de 12 instaladores, pintores e eletricistas estaria a postos, a fim de que tudo estivesse acabado no domingo.

— E minha agência também estará acabada no domingo — concluiu Antoine, abatido.

O custo de um tal empreendimento era fabuloso. Os dois homens não se dirigiram mais a palavra durante o resto do dia. Antoine havia pregado as plantas do restaurante com tachinhas às paredes de sua sala. Lápis na mão, caminhava para lá e para cá, indo da janela aos croquis, e dos croquis ao computador. Quando não desenhava, calculava as economias realizadas sobre o orçamento da obra. Já McKenzie se mantinha sentado em seu lugar, lançando a Antoine, através da divisória de vidro, uns olhares tão encolerizados quanto se este último tivesse insultado a rainha da Inglaterra.

No final da tarde, Antoine pediu socorro a Mathias. Voltaria muito tarde, Mathias deveria ir buscar as crianças na escola e cuidar delas à noite.

— Você janta antes de vir, ou quer que eu lhe prepare alguma coisa para sua volta?

— O mesmo prato frio da última vez seria perfeito.

— Viu como às vezes a vida a dois é boa? — concluiu Mathias, desligando.

Noite alta, Antoine finalmente concluiu os desenhos de um projeto agora realista. Só lhe restava convencer o gerente da marcenaria com quem trabalhava a fazer a gentileza de aceitar todas as modificações, e esperar que ele o apoiasse nessa aventura. A obra deveria começar dentro de duas semanas, no máximo três; no próximo sábado, Antoine pegaria o carro bem cedo e iria procurá-lo levando os desenhos detalhados. A oficina ficava a três horas de Londres, à noite ele já estaria de volta. Mathias tomaria conta de Louis e Emily. Feliz por ter encontrado uma solução, Antoine deixou a agência e voltou para casa.

Cansado demais para comer o que quer que fosse, entrou no quarto e despencou na cama. O sono o dominou quando ele ainda estava vestido.

*

A manhã estava glacial e as árvores se curvavam sob as lufadas de vento. Todos haviam tirado dos armários os casacos guardados no início da primavera, e Mathias, enquanto calculava o faturamento da semana, pensava na temperatura que estaria fazendo na Escócia. A partida para as férias se aproximava, e a impaciência das crianças era mais perceptível a cada dia. Uma cliente entrou, folheou três obras apanhadas nas prateleiras e saiu, abandonando-as sobre uma mesa. "Por que eu deixei Paris para vir me instalar neste bairro francês?", resmungou Mathias, repondo os livros em seus lugares.

*

Antoine precisava de um bom café, de alguma coisa que lhe permitisse manter os olhos abertos. A noite havia sido muito curta, e o trabalho que o aguardava na agência não lhe deixava muito tempo para repousar.

Ao percorrer a Bute Street a pé, entrou rapidamente na livraria para informar que teria de ir ao interior no sábado. Portanto, quem deveria cuidar de Louis era Mathias. "Impossível!", disse este, alegando que não podia fechar a loja.

— Cada um faz sua parte, criança não tem dia de fechamento — respondeu Antoine, esgotado, já de saída.

Encontrou Sophie na Coffee Shop.

— Como anda a vida entre vocês dois? — perguntou ela.
— Com altos e baixos, como em todos os casais.
— Quero lembrar que vocês não são um casal...
— Moramos sob o mesmo teto, cada um acaba encontrando seu lugar.
— Por causa de frases como essa é que eu prefiro ficar sozinha — replicou Sophie.
— Sim, mas você não está...
— Que cara péssima, a sua, Antoine.
— Trabalhei a noite toda no projeto de Yvonne.
— E a coisa está andando?
— Começo a obra no fim de semana seguinte ao nosso retorno da Escócia.
— As crianças só falam dessas férias. Isto aqui vai ficar bem vazio quando vocês partirem.
— Você vai encontrar o homem das cartas, o tempo passará mais rápido.

Sophie esboçou um sorriso.

— Estou enganada, ou você se chateia um pouquinho porque eu vou viajar? — perguntou ela, soprando seu chá fervente.
— Claro que não, que ideia! Se isso a deixa feliz, eu fico feliz.

O celular de Sophie vibrava sobre a mesa. Ela pegou o aparelho e reconheceu no visor o número da livraria.

— Estou atrapalhando? — perguntou a voz de Mathias.
— Nunca...
— Tenho um imenso favor a lhe pedir, mas você tem de me prometer não contar nada a Antoine.
— Certamente!
— Que jeito esquisito de falar!

— Claro, estou encantada.
— Encantada com o quê???
— Vou pegar o trem das 9 horas, chego para o almoço.
— Ele está aí na sua frente?
— Isto mesmo!
— Ah, merda...
— Nem precisa falar, eu também.

Intrigado, Antoine encarava Sophie.

— Você pode tomar conta das crianças neste sábado? — prosseguiu Mathias. — Antoine vai ao interior e eu tenho uma coisa vital a fazer.

— Que pena, vai ser impossível. Em outro dia, com prazer.

— É neste fim de semana que você viaja?
— Pois é.
— Bom — murmurou Antoine, levantando-se —, vejo que estou atrapalhando, vou deixá-la em paz.

Sophie o segurou pelo punho e o obrigou a se sentar. Cobriu o telefone com a mão e prometeu que desligaria dentro de um minuto.

— Vejo que estou incomodando — resmungou Mathias. — Pode deixar, eu me arranjo sozinho para achar uma solução. Não diga nada a ele, promete?

— Juro! Fale com sua vizinha, nunca se sabe.

Mathias desligou e Sophie ainda manteve o aparelho encostado ao ouvido por alguns segundos.

— Eu também, um beijo grande, até mais tarde.
— Era o homem das cartas? — perguntou Antoine.
— Quer mais um café?
— Não sei por que você não me diz, eu percebi muito bem que era ele.

— Mas e daí, qual é o problema?

Antoine fez uma tromba.

— Nenhum, mas antes a gente contava tudo um ao outro...

— Percebe que você fez a mesma observação ao seu companheiro de residência?

— Que observação?

— "Antes a gente contava tudo um ao outro...", e é ridículo.

— Ah, ele lhe falou? Então, está passando dos limites.

— Achei que você queria que as pessoas se dissessem tudo!

Sophie o beijou na face e voltou ao trabalho. Antoine, quando ia transpondo a porta da agência, viu Mathias correr para o bistrô de Yvonne.

*

— Preciso de você!

— Se for fome, está um pouco cedo — respondeu Yvonne, saindo da cozinha.

— É sério.

— Estou ouvindo — disse ela, tirando o avental.

— Você pode tomar conta das crianças neste sábado? Diga que sim, por favor!

— Lamento, mas vou tirar folga.

— Vai fechar o restaurante?

— Não, tenho umas coisas a fazer e vou pedir à mocinha que estou hospedando que cuide dos clientes; não diga nada a ela, é surpresa. Antes, porém, quero testá-la, hoje à noite e amanhã.

— Deve ser algo importantíssimo, para você abandonar suas panelas. Aonde vai?

— Por acaso eu lhe perguntei por que você quer que eu fique com as crianças?

— Realmente, tirei a sorte grande. Sophie viaja, Antoine parte para o interior, você, não sei para onde, e comigo ninguém se preocupa.

— Estou feliz por ver que você já está apreciando sua vida londrina.

— Não vejo qual é a relação — grunhiu Mathias.

— Antes, você passava sozinho seus fins de semana e não reclamava tanto. Constato, com prazer, que se as pessoas se ausentarem você sente falta... Vejo que mudou...

— Yvonne, você tem de me ajudar, é uma questão de vida ou morte.

— Conseguir, numa quinta-feira, uma baby-sitter que esteja livre no sábado... você é muito otimista... Bom, dê o fora, eu preciso trabalhar. Vou ver se lhe arrumo uma solução.

Mathias beijou Yvonne.

— Não diga nada a Antoine... Conto com você!

— É para ir de novo a um leilão de livros antigos que você precisa de quem tome conta das crianças?

— Sim, algo do gênero...

— Então, talvez eu esteja enganada, você não mudou tanto assim.

No final da tarde, Mathias recebeu uma ligação de Yvonne; ela talvez tivesse descoberto a pérola rara. Antiga diretora de escola, Danièle tinha lá suas cismas, mas era de total confiança. Aliás, exigia conhecer o pai antes de concordar em ficar com as crianças. Amanhã, viria vê-lo na livraria e, se os dois se entendessem, garantiria a guarda no fim de semana. Mathias perguntou se Danièle era discreta. Yvonne sequer se dignou de responder. Danièle era uma de suas três melhores amigas, estava acima de qualquer suspeita.

— Acha que ela entende de fantasmas? — perguntou Mathias.

— Como assim?

— Não... nada, foi só uma ideia.

Diante das grades da escola, Mathias estava tão contente que precisou se forçar a assumir sua cara mais séria, quando a sineta tocou.

Já na livraria, Emily foi a primeira a notar que alguma coisa estava esquisita. Primeiro, Mathias não tinha aberto a boca desde que haviam vindo da escola. Depois, de nada adiantava ele parecer mergulhado em sua leitura: ela bem sabia que era fingimento, e a prova era que ele estava lendo a mesma página havia dez minutos. Enquanto Louis, sentado num banquinho, folheava um gibi, ela contornou a caixa e se sentou nos joelhos do pai.

— Está preocupado?

Mathias pousou o livro e olhou a filha, com ar desamparado.

— Não sei muito bem como dizer isto a vocês.

Louis abandonou sua leitura para prestar atenção.

— Acho que nós vamos ter de renunciar à Escócia — anunciou gravemente Mathias.

— Mas por quê? — perguntaram em coro as crianças, arrasadas.

— De certa forma, foi culpa minha. Quando fiz as reservas para a excursão, não esclareci que estávamos levando crianças.

— E daí, por acaso isso é crime? — replicou Emily, já escandalizada. — Por que eles não nos querem?

— Havia certas regras às quais eu não dei muita atenção — gemeu Mathias.

— Quais? — perguntou Louis, desta vez.

— Eles aceitam crianças, mas desde que estas revelem alguns conhecimentos em fantasmalogia. Sem isso, as condições de segurança ficam incompletas. Os organizadores não querem correr riscos.

— Bom, então basta a gente ler uns livros... — respondeu Emily. — Você deve ter alguns aqui, não?

— A viagem é daqui a três dias, temo que vocês não tenham tempo de atingir o nível exigido.

— Papai, você tem de achar uma solução! — explodiu a menina.

— Engraçada, você! Eu não pensei em outra coisa desde hoje de manhã! Acha que não fiz nada? Passei o dia inteiro tentando encontrar uma solução.

— Bom, e encontrou ou não? — interpelou Louis, que já não se aguentava.

— Talvez eu tenha uma, mas... não sei...

— Diga assim mesmo!

— Se eu conseguisse arrumar um professor de fantasmas, vocês aceitariam fazer um curso intensivo, durante todo o sábado?

A resposta, unânime, foi sim. Louis e Emily correram para providenciar dois cadernos de espiral — modelo quadriculadinho —, canetas hidrográficas e lápis de cor, para o caso de haver trabalhos práticos.

— Ah, última coisa — disse Mathias, em tom muito solene. — Antoine adora tanto vocês que qualquer bobagem o preocupa; portanto, nem uma só palavra deste assunto deve chegar aos seus ouvidos. Operação "Em Mosca Fechada Não Entra Boca".* Se ele souber que os organizadores têm reservas quanto à segurança, vai cancelar tudo. Isto deve ficar rigorosamente entre nós.

— Mas você tem certeza de que, depois do curso de fantasmas, eles nos deixam ir? — preocupou-se Louis.

— Pergunte à minha filha sobre a eficácia de que dei provas quando fomos ver os dinossauros.

— Estamos em boas mãos, juro — disse Emily, em tom bastante afirmativo. — Desde a ida ao planetário, todo mundo quer que eu seja representante de turma.

Nessa noite, Antoine não percebeu nenhuma das piscadelas cúmplices trocadas entre Mathias e as crianças. Em casa, eles tinham cuidado de tudo. Antoine ficou achando a vida de família cada vez mais agradável.

Mathias, por sua vez, não escutava uma só palavra dos cumprimentos que Antoine lhe fazia. Seu pensamento estava longe. Ainda lhe restava um último detalhe importante a resolver com a amiga de Yvonne. Então, poderia também programar seu sábado.

*

Sentada diante do balcão, caneta nas mãos, Enya percorria as páginas de ofertas de emprego. Yvonne lhe serviu um café e pediu alguns instantes de atenção. A moça fechou o jornal. Yvonne precisava que ela lhe fizesse um favor.

---

* No original, "Botus et Mouche Cousue", em vez de "Motus et Bouche Cousue". Alusão à linguagem dos detetives trapalhões Dupond & Dupont, das historinhas de *Tintim*. (N. da T.)

— Você me daria uma mãozinha no restaurante hoje? Eu pago, claro.

— É a senhora quem está me fazendo um favor — disse.

Enya, que sabia onde ficava o vestiário, foi de imediato vestir um avental e dedicou-se a arrumar as mesas. Pela primeira vez depois de muitos anos, Yvonne pôde finalmente passar a manhã inteira na cozinha. Assim que a porta do estabelecimento se abria, ela abandonava as panelas para descobrir que Enya já havia anotado ou mesmo servido as comandas. A jovem manejava a cafeteira com destreza, abria e logo fechava as geladeiras do bar, como uma verdadeira profissional. No final do serviço, Yvonne havia tomado sua decisão. Enya tinha todas as aptidões exigidas para substituí-la no sábado. Era amável com os clientes, sabia colocar os descorteses no lugar deles, sem escândalo, e, cúmulo do alívio, conseguira até desviar a atenção de McKenzie, que, aliás, não parecia estar em sua melhor forma. Mathias, que viera tomar um café, entretinha-se com a nova garçonete. Estava certo de que já a vira em algum lugar. Se sua intenção era paquerá-la, disse-lhe Yvonne chamando-o num canto, aquele estilo era antiquado; já nos tempos dela, os homens abusavam desses pretextos idiotas para puxar conversa. Mathias jurou por sua honra que não era o caso, ele tinha certeza de já ter encontrado Enya...

Yvonne o interrompeu para mostrar a hora no relógio de parede: dali a pouco, seria o encontro dele com Danièle. Mathias retornou à livraria.

De seu passado como diretora de escola, Danièle tinha conservado um jeitão autoritário e uma distinção incontestável.

Entrou na livraria, sacudiu o guarda-chuva sobre o capacho, pegou uma revista no suporte para periódicos e decidiu observar Mathias, antes de se apresentar. Tinha aplicado esse método ao longo de toda a sua carreira. Na volta às aulas, estudava as atitudes dos progenitores no pátio da escola e, com frequência, descobria mais coisas sobre eles do que os escutando nas reuniões de pais. Dizia sempre: "A vida nunca oferece uma segunda chance de ter uma primeira impressão." Quando achou que já sabia o suficiente, apresentou-se a Mathias e anunciou que fora enviada por Yvonne. Ele puxou Danièle para o fundo da loja, a fim de responder a todas as perguntas que ela queria fazer.

Sim, Emily e Louis eram ambos adoráveis e muito bem-educados... Não, nenhum tinha problemas com a autoridade parental. Sim, era a primeira vez que ele recorria a uma baby-sitter... Antoine era contra... Quem era Antoine? Seu melhor amigo!... e o padrinho de Emily! Sim... a mãe trabalhava em Paris... E sim, era lamentável que fossem separados... para os filhos, claro... mas o importante era que não lhes faltava amor... Não, não eram muito mimados... Sim, eram bons alunos, muito estudiosos. A professora de Emily a considerava boa sobretudo em matemática... A de Louis? Infelizmente, ele havia perdido a última reunião na escola... Não, não tinha chegado atrasado, é que uma criança tinha subido numa árvore e ele tivera de socorrê-la... Sim, estranha história, mas ninguém se feriu, e isso era o essencial... Não, as crianças não tinham dietas específicas, sim, comiam doces... mas em quantidade absolutamente razoável! Emily fazia aulas de violão... sem problema, ela nunca dedilhava aos sábados...

Ao ver Mathias roendo as unhas, Danièle teve dificuldade de manter-se séria por mais tempo. Já o torturara o suficiente e teria muito assunto para divertir-se com Yvonne quando lhe contasse essa conversa, conforme havia prometido.

— Por que a senhora está rindo? — perguntou Mathias.

— Não sei se comecei quando o senhor tentou se justificar quanto aos doces ou se foi a história na árvore. Bom, chega de lero-lero. Sendo Louis o filho de Antoine, imagino que Emily é a sua, estou enganada?

— A senhora conhece Antoine? — perguntou Mathias, apavorado.

— Eu sou uma das três melhores amigas de Yvonne, e volta e meia nos ocorre falar dos senhores; então, sim, conheço Antoine. Mas fique tranquilo, eu sou um túmulo!

Mathias abordou a questão dos honorários, mas o prazer de passar o dia com Emily e Louis bastava amplamente a Danièle. Para a antiga diretora de escola, não ter netos era uma maldade que ela não se dispunha a perdoar ao seu filho.

Mathias poderia aproveitar o sábado com todo o sossego. Danièle se empenharia em proporcionar às crianças um dia palpitante. Palpitante?... Talvez ele tivesse um jeito de torná-lo inesquecível!

*

A antiga diretora de escola considerou excelente a ideia! Pareceu-lhe judicioso inculcar nas crianças algumas noções de história sobre os lugares que iriam visitar durante as férias. Ela conhecia bem a Grã-Bretanha e tinha ido várias vezes às Highlands, mas o que Mathias entendia exatamente por curso sobre fantasmas? Mathias se dirigiu a uma prateleira para retirar dali vários livros de pesadas encadernações:

Lendas dos Tartans, Os Lochs assombrados, Tiny MacTimid, Os fantasminhas vão à Escócia.

— Com este material todo, a senhora será imbatível! — disse, colocando a pilha diante dela.

Depois acompanhou-a até a porta da livraria.

— Brinde da casa! E, principalmente, não esqueça o testezinho escrito, no final do dia...

Danièle saiu para a rua, com os braços cheios de pacotes, e cruzou com Antoine.

— Bela venda! — assoviou Antoine, entrando na livraria.

— O que eu posso fazer por você? — perguntou Mathias, com ar inocente.

— Viajo amanhã cedinho, você tem programa para as crianças?

— Está tudo em ordem — respondeu Mathias.

*

À noite, Mathias teve enorme dificuldade de permanecer à mesa do jantar. Sob o pretexto de buscar um pulôver — fazia frio dentro de casa, não? —, foi ler um torpedo de Audrey: *Vou trabalhar o fim de semana inteiro na sala de edição.* Mais tarde, voltando ao seu quarto — não era seu rádio-despertador que estava tocando lá em cima? —, ficou sabendo que ela teria de remontar todas as sequências do passeio londrino: *Meu técnico está arrancando os cabelos, todas as tomadas estão desenquadradas.* E, dez minutos depois, trancado no banheiro, comunicou seu espanto a Audrey: *Juro que no visor da câmera estava tudo perfeito!!!*

*

O serviço da noite foi acabando. Ao fechar a porta depois que saíram os últimos clientes, Yvonne deu um suspiro fundo. Atrás do balcão, Enya lavava copos.

— Tivemos uma noitada boa, não? — perguntou a jovem garçonete.

— Trinta couverts, muito bom para uma sexta-feira à noite. Ainda restam pratos do dia?

— Saiu tudo.

— Então, foi mesmo uma noitada boa. Você vai se virar muito bem amanhã — disse Yvonne, começando a desembaraçar as mesas.

— Amanhã?

— Vou tirar o dia de folga e lhe confio o restaurante.

— É mesmo?!

— Não ponha os copos em cima desta prateleira, eles vibram quando a cafeteira está ligada... Você achará troco na gaveta da caixa. Amanhã à noite, lembre-se de levar a receita do dia para seu quarto, não gosto de deixá-la aqui, nunca se sabe.

— Por que a senhora me dá tanta confiança?

— Por que eu não daria? — disse Yvonne, varrendo o assoalho.

A moça se aproximou e lhe tirou das mãos a vassoura.

— Os interruptores estão no painel atrás de você, eu vou dormir.

Yvonne subiu a escada e entrou em seu quarto. Fez uma toalete rápida e deitou-se na cama. Embrulhada nos lençóis, escutava os ruídos da sala, lá embaixo. Enya acabava de quebrar um copo. Yvonne sorriu e apagou a luz.

*

Antoine foi para a cama no mesmo horário das crianças, a noite seria curta. Mathias, por sua vez, trancou-se no quarto e continuou trocando mensagens com Audrey. Por volta das 23 horas, ela avisou que iria descer à cafeteria. O refeitório ficava no subsolo, onde o celular não pegava. Também disse que sentia uma vontade louca de estar nos braços dele. Mathias abriu o guarda-roupa e espalhou todas as suas camisas sobre a cama. Depois de experimentar várias, escolheu uma branca, de gola italiana. Era a que lhe caía melhor.

*

Sophie fechou a maletinha pousada sobre a cadeira. Pegou a passagem de trem, verificou o horário da partida e entrou no banheiro. Aproximou-se do espelho para analisar a pele do rosto, estirou a língua e fez uma careta. Vestiu uma camiseta que estava pendurada no gancho atrás da porta e voltou ao quarto. Depois de acertar o despertador, deitou-se na cama, apagou a luz e rezou para que o sono não demorasse a chegar. Amanhã queria estar com uma cara boa e, sobretudo, sem olheiras.

*

Óculos na ponta do nariz, Danièle estava debruçada sobre seu grande caderno de espiral. Pegou a régua e, com marcador amarelo, sublinhou o título do capítulo que acabara de copiar. O tomo 2 das *Lendas da Escócia* estava em evidência sobre a escrivaninha. Ela recitou em voz alta o terceiro parágrafo da página aberta à sua frente.

*

Emily abriu devagarinho a porta. Atravessou o patamar na ponta dos pés e bateu de leve na porta de Louis. O menino apareceu de pijama. Pé ante pé, ela o puxou para a escada. Uma vez na cozinha, Louis entreabriu a porta da geladeira para que eles tivessem um pouco de luz. Tomando extremas precauções, as crianças prepararam a mesa do desjejum. Enquanto Emily enchia um copo de suco de laranja e alinhava as caixas de cereais diante da louça, Louis se instalou à escrivaninha do pai e pousou os dedos no teclado. Anunciava-se o momento mais perigoso da missão. Ao clicar no botão "Imprimir", ele fechou os olhos e rezou com todas as suas forças para que a impressora não acordasse os dois pais. Esperou alguns instantes e apanhou a folha. O texto lhe pareceu perfeito. Ele dobrou o papel em dois, para firmá-lo bem reto sobre a mesa, e o entregou a Emily. Um último olhar, para verificar se tudo estava em seu lugar, e as duas crianças logo subiram para dormir.

XIII

Cinco e meia. O céu de South Kensington estava rosa-pálido, o amanhecer se aproximava. Enya fechou de novo a janela e voltou a se deitar.

*

O despertador marcava 5h45. Antoine pegou no armário um suéter pesado e jogou-o sobre os ombros. Pegou sua mochila ao pé da escrivaninha e abriu-a para verificar se a pasta estava completa. As plantas estavam em seus lugares, o jogo de desenhos também. Ele fechou tudo e desceu a escada. Ao chegar à cozinha, descobriu o desjejum que o esperava. Desdobrou a folha pousada diante dos pratos, tão gentilmente arrumados para ele, e leu o bilhete. *Seja muito prudente e não ultrapasse o limite de velocidade, prenda bem o sinto (mesmo que se sente atrás). Preparei uma garrafa termica para a viagem. Esperamos voce para o jantar e não se esqueça de trazer um presentinho para as crianças, eles sempre gostam disso quando voce viaja. Um beijo. Mathias.* Muito emocionado, Antoine pegou a garrafa, recuperou suas chaves na cestinha da entrada e saiu da casa. O Austin Healey estava estacionado na esquina. O ar tinha um cheiro gostoso de primavera, o céu estava limpo, o trajeto seria agradável.

*

Espreguiçando-se, Sophie entrou na cozinha de seu pequeno apartamento. Preparou uma xícara de café e olhou a hora no relógio do micro-ondas. Eram 6 horas, convinha apressar-se um pouco, se não quisesse perder o trem. Hesitou sobre o que vestir, olhando as roupas penduradas no armário, e decidiu que uns jeans e uma blusa resolveriam a coisa.

*

Seis e meia. Yvonne fechou a porta que dava para o pátio dos fundos. Nas mãos, levava uma sacola. Colocou os óculos de sol e percorreu a Bute Street na direção do metrô de South Kensington. Havia luz na janela do quarto de Enya. A jovem estava acordada, ela podia partir tranquila, aquela garota entendia do ofício e também, fosse como fosse, era bem melhor assim do que fechar o bistrô naquele dia.

*

Danièle consultou seu relógio, eram 7 horas em ponto, ela gostava de precisão. Apertou o botão da campainha, Mathias lhe abriu a porta e lhe propôs uma xícara de café. A cafeteira estava sobre a bancada, as xícaras, no escorredor, e o açúcar, no armário acima da pia. As crianças dormiam ainda. Aos sábados, em geral acordavam por volta das 9 horas, portanto ela ainda teria duas horas livres. Mathias vestiu um trench coat, arrumou o colarinho da camisa diante do espelho da entrada, deu um jeito no cabelo e agradeceu mais umas mil vezes. Estaria de volta às 19 horas, no máximo. A secretária eletrônica estava ligada, ela não devia atender de jeito nenhum se Antoine telefonasse; se ele, Mathias, precisasse lhe falar, deixaria tocar duas vezes e desligaria, antes de ligar de novo. Finalmente, saiu de casa, subiu a rua correndo e parou um táxi em Old Brompton.

Sozinha na sala enorme, Danièle abriu sua pasta e tirou dali dois cadernos Clarefontaine. Um fantasminha estava desenhado a lápis azul na capa de um, e a lápis vermelho na do outro.

*

Ao atravessar a Sloane Square, ainda deserta àquela hora matinal, Mathias olhou o relógio; chegaria a tempo a Waterloo.

*

A saída do metrô desembocava diante da entrada da ponte de Waterloo. Yvonne subiu pela escada rolante. Atravessou a rua e olhou os janelões do St. Vincent Hospital. Eram 7h30, ela ainda dispunha de um pouco de tempo. Na rua, um táxi preto seguia acelerado rumo à estação.

*

Oito horas. Com a maleta na mão, Sophie parou o táxi que ia passando. "Waterloo International", disse, batendo a porta. O *black cab* seguiu pela Sloane Avenue. A cidade estava resplandecente; por toda a Eaton Square, magnólias, amendoeiras e cerejeiras floriam. A grande esplanada do palácio da rainha se povoava de turistas que esperavam a troca da guarda. A mais bela parte do trajeto começava no momento em que o veículo enveredava por Birdcage Walk. Bastava então voltar a cabeça para ver, a poucos metros de distância, garças-reais bicando os impecáveis gramados do St. James Park. Um casal jovem já caminhava por uma alameda, cada um segurando pela mão a menininha que eles levantavam de salto em salto, para fazer passos gigantes. Sophie se inclinou para o vidro que a separava a fim de dizer umas palavras ao motorista; no sinal seguinte, o carro mudou de direção.

*

— E sua partida de críquete? Não é hoje o jogo final? — perguntou Yvonne.

— Não pedi permissão para acompanhá-la porque você não me daria — respondeu John, levantando-se.

— Não vejo qual é a graça de você passar a manhã inteira me esperando. Os pacientes não têm direito a acompanhante.

— Assim que soubermos seus resultados, e não tenho dúvida de que serão satisfatórios, levo você para almoçar no parque e depois, se ainda der tempo, assistiremos à partida de hoje à tarde.

Eram 8h15. Yvonne apresentou sua papeleta no guichê de consultas. Uma enfermeira veio ao seu encontro, empurrando uma cadeira de rodas.

— Se vocês fazem tudo para a gente ter a impressão de estar doente, como querem que a gente melhore? — resmungou Yvonne, que não queria se instalar na cadeira.

A enfermeira lamentava muito, mas o hospital não tolerava nenhuma infração à regra. As companhias de seguro exigiam que todos os pacientes circulassem assim. Furiosa, Yvonne cedeu.

— Por que este sorriso? — perguntou ela a John.

— Porque eu me dei conta de que, pela primeira vez em sua vida, você vai ser obrigada a fazer o que lhe ordenam fazer... e ver isso compensa muito bem todas as finais de críquete.

— Sabia que vai me pagar cem vezes por esta gracinha?

— Mesmo que você multiplicasse por mil, eu ainda faria um bom negócio! — disse John, rindo.

A enfermeira levou Yvonne. Assim que John ficou sozinho, seu sorriso se apagou. Ele inspirou profundamente e arrastou sua comprida silhueta até os bancos da sala de espera. O relógio de parede marcava 9 horas. A manhã seria bem longa.

*

De volta ao seu apartamento, Sophie desfez a maleta e guardou suas coisas no armário. Vestiu o jaleco branco e saiu do quarto. A caminho da loja, escreveu uma mensagem no celular. *Impossível ir este fim de semana, beije nossos pais por mim, sua irmã que o adora.* Apertou então a tecla "Enviar".

*

Nove e meia. Sentado junto à janela, Mathias via desfilar a paisagem campestre inglesa. No alto-falante, uma voz anunciou a entrada iminente no túnel.

— A senhora não sente nada nos ouvidos, quando a gente passa sob o mar? — perguntou Mathias à passageira sentada diante dele.

— Sim, um pouco de zumbido. Faço ida e volta uma vez por semana, e conheço gente para quem os efeitos secundários são bem mais sérios! — respondeu a velha senhora, retomando sua leitura.

*

Antoine ligou o pisca-pisca e saiu da M1; a estrada que acompanhava a costa era sua parte preferida da viagem. Naquele ritmo, iria chegar à marcenaria com meia hora de antecedência. Pegou a garrafa de café no banco do carona, encaixou-a entre as pernas e desatarraxou a tampa com uma só mão, segurando o volante com a outra. Levou o gargalo aos lábios e suspirou.

— Que sacana, é suco de laranja!

Um Eurostar corria ao longe. Em menos de um minuto, desapareceria dentro do túnel que passava sob o canal da Mancha.

*

A Bute Street ainda estava bem calma. Sophie abriu as grades de sua vitrine. A poucos metros dela, Enya instalava as mesas no terraço do restaurante. Sophie lhe dirigiu um sorriso. Enya desapareceu lá dentro e voltou instantes mais tarde, com uma xícara na mão.

— Cuidado, está fervendo — disse, estendendo um cappuccino a Sophie.

— Obrigada, é muita gentileza da senhorita. Yvonne não está?

— Não, tirou folga hoje — respondeu Enya.

— Ela havia me falado, que cabeça a minha! Não conte que me viu hoje, não vale a pena.

— Não coloquei açúcar, não sabia se a senhorita usava — disse Enya, voltando ao seu trabalho.

Na loja, Sophie passou a mão sobre a bancada onde cortava suas flores. Contornou-a e se abaixou para pegar o estojo que continha as cartas. Escolheu uma no meio da pilha e guardou o estojo de volta no lugar. Sentada no piso, escondida atrás do balcão, leu em voz baixa e seus olhos se marejaram. Que idiota, até parecia que gostava de se magoar. E pensar que ainda era sábado. Em geral, o domingo era seu pior dia. A solidão podia chegar a ser tão invasora que, estranho paradoxo, ela não tinha nem forças nem coragem para ir procurar algum conforto junto aos seus. Claro, podia ter atendido ao convite do irmão. Não ter desistido, mais uma vez. Ele iria buscá-la na estação, conforme o prometido.

Sua cunhada e sua sobrinha lhe fariam mil perguntas ao longo do trajeto. E, ao chegar à casa da família, quando seu pai ou sua mãe quisessem saber como ia a vida, ela provavelmente se desmancharia em lágrimas. Como contar a eles que não dormia nos braços de um homem havia três anos? Como explicar que de manhã, no desjejum, chegava a ficar sufocada olhando sua xícara? Como descrever o peso dos seus passos quando voltava para casa à noite? O único momento de alívio eram as férias, quando ela ia visitar amigos; mas as férias sempre acabavam e a solidão recuperava seu terreno. Então, chorar por chorar, era melhor estar aqui, pelo menos ninguém a via.

E, embora uma vozinha interna lhe dissesse que ainda dava tempo de ir pegar o trem, para quê? Amanhã à noite, ao voltar, seria pior ainda. Por isso havia preferido desfazer a maleta, melhor assim.

*

A fila de passageiros que esperavam na calçada da Gare du Nord não parava de crescer. Quarenta e cinco minutos depois de desembarcar do Eurostar, Mathias entrou finalmente num táxi. Desde que os arredores da estação tinham entrado em obras, explicou o chofer, seus colegas não queriam mais ir até lá. Chegar e sair era verdadeira proeza, um périplo surrealista. Os dois estavam de acordo em achar que o autor do plano de circulação da cidade não devia morar em Paris, ou então era um personagem fugido de um romance de Orwell. O motorista quis saber como ficara o trânsito no centro de Londres depois que haviam instalado um pedágio, mas Mathias só se interessava pela hora exibida no painel. A julgar pelos engarrafamentos no bulevar Magenta, ele não chegaria tão cedo à esplanada da torre Montparnasse.

*

A enfermeira parou a cadeira de rodas diante da marca no piso. Yvonne parecia de bom humor.

— Terminamos? Posso me levantar agora?

Evidentemente, pensou John, ela não deixaria saudades entre o pessoal do hospital. Mas se enganara, a jovem beijou Yvonne nas duas bochechas. Fazia anos que não ria tanto, declarou. O momento em que Yvonne dera uma bronca no chefe de serviço Gisbert ficaria gravado para sempre em sua memória e na dos seus colegas. Mesmo quando se aposentasse, ela ainda iria rir ao descrever a cara do chefe quando Yvonne lhe havia perguntado se ele era doutor em babaquice ou em medicina.

— O que foi que eles lhe disseram? — perguntou John em voz baixa.

— Que você ainda vai ter de me aguentar por alguns anos.

Yvonne colocou os óculos para conferir a nota dos honorários que o caixa do hospital acabava de lhe passar por baixo do guichê.

— Me explique uma coisa, este valor não vai para o bolso do curandeiro que cuidou de mim?

O caixa tranquilizou-a quanto a isso e recusou o cheque que ela lhe apresentava. Sua honestidade o proibia de receber pela segunda vez o montante dos exames. O cavalheiro que estava atrás dela já tinha quitado a soma devida.

— Por que você fez isso? — perguntou Yvonne, ao sair do hospital.

— Você não tem seguro e esses exames iriam arruiná-la. Eu faço o que posso, querida Yvonne, mas você não me deixa muito espaço para lhe dar atenção. Portanto, desta vez, como você não estava olhando, eu me aproveitei covardemente.

Ela se esticou na ponta dos pés para pousar um beijo carinhoso na testa de John.

— Então, continue mais um pouco e me leve para almoçar, estou morrendo de fome.

*

Os primeiros clientes de Enya se instalaram no terraço. O casal consultou o cardápio do dia e perguntou se o prato que eles tinham comido na semana anterior ainda constava. Tratava-se de um delicioso salmão cozido no vapor, servido sobre um leito de salada.

*

A 200 quilômetros dali, um Austin Healey passava sob o pórtico em tijolos de uma grande marcenaria. Antoine estacionou no pátio e foi até a recepção. O dono o acolheu de braços abertos e o conduziu a seu escritório.

*

Decididamente, os deuses não estavam em sua companhia hoje. Depois de enfrentar os tormentos do trânsito, Mathias estava perdido no meio da imensa esplanada da Gare Montparnasse. Um vigia da torre lhe indicou o caminho a tomar. Os estúdios de tevê ficavam do lado oposto àquele onde ele se encontrava. Ele devia tomar a rue de l'Arrivée e o bulevar de Vaugirard, virar à esquerda no bulevar Pasteur e enveredar pela alameda da 2ª Divisão Blindada, que estaria também à sua esquerda. Se corresse, chegaria lá em dez minutos. Mathias fez uma breve parada para comprar uma braçada de rosas de um vendedor ambulante e finalmente alcançou a entrada dos estúdios. Um agente de segurança lhe perguntou sua identidade e procurou no caderninho o ramal da direção de imagem. Estabelecida a comunicação, informou a um técnico que Audrey era aguardada na recepção.

Ela usava uns jeans e um top que lhe sublinhava lindamente a curva dos seios. Assim que viu Mathias, suas faces ficaram cor de púrpura.

— O que você está fazendo aqui? — perguntou.

— Passeando.

— É uma bela surpresa, mas, pelo amor de Deus, esconda estas flores. Aqui, não, todo mundo está olhando — cochichou Audrey.

— Só vejo duas ou três pessoas ali adiante, atrás do vidro.

— As duas ou três pessoas em questão são o diretor de redação, o diretor de informação e uma jornalista que é a maior fofoqueira do panorama audiovisual francês; então, por favor, seja discreto. Do contrário, vou ouvir 15 dias de piadinhas.

— Você tem um instantinho livre? — perguntou Mathias, escondendo o buquê atrás das costas.

— Vou avisar que estou saindo por uma hora. Me espere no café, eu chego daqui a pouco.

Mathias a observou transpor o pórtico. Atrás da baia envidraçada, via-se a bancada da qual era transmitida ao vivo a edição do jornal das 13 horas. Ele se aproximou um pouco, o rosto do apresentador lhe era familiar. Audrey se voltou para lhe arregalar os olhos, apontando o caminho da saída. Resignado, Mathias concordou e fez meia-volta.

Audrey foi encontrá-lo no final da alameda, ele a esperava num banco; às suas costas, três partidas de tênis eram jogadas num terreno da prefeitura de Paris. Audrey pegou as rosas e se sentou ao lado.

— São lindas — disse, beijando-o.

— Cuidado, temos atrás de nós três agentes do antigo serviço de espionagem do governo disputando partidas de tênis amador com três garotos do novo serviço.

— Me desculpe por agora há pouco, mas você nem imagina o que é aquilo lá.

— Uma bancada de televisão, por exemplo?

— Não quero misturar minha vida privada com meu trabalho.

— Compreendo — resmungou Mathias olhando as flores que Andrey havia pousado sobre os joelhos.

— Está chateado?

— Não, só que peguei o trem hoje cedo e não sei se você percebe a que ponto estou feliz por vê-la.

— Eu estou igualmente feliz — disse ela, beijando-o de novo.

— Não gosto de histórias de amor em que a gente precisa se esconder. Se eu tenho sentimentos por você, quero poder contar a todo mundo, quero que as pessoas próximas compartilhem da minha felicidade.

— E é esse o caso? — perguntou Audrey, sorrindo.

— Ainda não... mas vai ser. E, também, não vejo o que isso tem de engraçado. Por que você está rindo?

— Porque você disse "histórias de amor", e isso realmente me agrada.

— Então, está pelo menos um pouquinho feliz por me ver?

— Imbecil! Vamos indo. Tudo bem que eu trabalho para uma rede de televisão livre, como você diz, mas nem por isso sou livre para dispor do meu tempo.

Mathias tomou Audrey pela mão e levou-a até o terraço de um café.

— Esquecemos suas flores em cima do banco! — disse ela, retardando o passo.

— Deixe lá, elas estão feias, comprei na esplanada da torre. Queria lhe oferecer um buquê de verdade, mas parti bem antes de Sophie abrir a loja.

E como Audrey não dizia mais nada, Mathias acrescentou:

— Uma amiga, florista na Bute Street. Viu que você também é um pouquinho ciumenta?

*

Um cliente acabava de entrar na loja. Sophie ajustou o jaleco.

— Bom dia, vim ver o quarto — disse o homem, apertando-lhe a mão.

— Que quarto? — perguntou Sophie, intrigada.

Ele tinha um aspecto de explorador, mas nem por isso estava menos perdido. Explicou que chegara da Austrália nessa mesma manhã, com escala em Londres antes de partir no dia seguinte para o litoral leste do México. Tinha feito a reserva pela Internet, até pagara um adiantamento, e o endereço era o que figurava em seu voucher, a própria Sophie podia constatar ao ver o papel.

— Eu tenho rosas silvestres, heliântemos, peônias, aliás a temporada começou e as flores estão soberbas, mas ainda não tenho quartos de hóspedes — respondeu ela, rindo de bom grado. — Acho que deram um trambique no senhor.

Desnorteado, o homem pousou sua mochila ao lado de uma capa que, a julgar pela forma, protegia uma prancha de surfe.

— A senhorita conhece algum lugar onde eu possa dormir esta noite? — perguntou, com um sotaque que denunciava suas origens australianas.

— Tem um hotel muito bonitinho, bem perto daqui. Subindo a rua, o senhor o encontrará do lado oposto da Old Brompton Road, fica no número 16.

O homem agradeceu calorosamente e pegou suas coisas.

— De fato, suas peônias são magníficas — disse, ao sair.

*

O dono da marcenaria estudava os croquis. Fosse como fosse, o projeto de McKenzie teria sido difícil de realizar dentro dos prazos estabelecidos. Os desenhos de Antoine simplificavam consideravelmente o trabalho da oficina, as madeiras ainda não estavam cortadas e, portanto, não haveria problema em substituir o pedido anterior. O acordo foi selado por um aperto de mão. Antoine podia ir visitar a Escócia com toda a tranquilidade. No sábado seguinte à sua volta, um caminhão entregaria os móveis no restaurante de Yvonne. Os montadores que estariam a bordo executariam sua tarefa e, no domingo à tardinha, tudo estaria terminado. Era hora de conversar sobre os outros projetos em curso, dois couverts os aguardavam num albergue situado a menos de 10 quilômetros dali.

*

Mathias consultou seu relógio. Já eram 14 horas!

— E se ficássemos um pouco mais neste terraço? — disse, jovial.

— Tive uma ideia melhor — respondeu Audrey, puxando-o pela mão.

Ela morava num pequeno estúdio no alto de um arranha-céu fronteiro ao porto de Javel. De metrô, estariam lá em 15 minutos. Enquanto Audrey ligava para a redação a fim de anunciar seu atraso, Mathias telefonava para mudar seu horário de retorno no trem. O metrô de superfície corria trilhos afora. A composição parou ao longo da plataforma da estação Bir-Hakeim. Eles desceram correndo as grandes escadas metálicas e aceleraram o passo no Quai de Grenelle. Quando chegaram à esplanada que contornava o arranha-céu, Mathias, sem fôlego, inclinou-se para a frente, mãos nos joelhos, antes de se reerguer para contemplar o edifício.

— Que andar? — perguntou, com voz sumida.

O elevador subia rumo ao vigésimo sétimo. A cabine era opaca e Mathias só atentava para Audrey. Ao entrar no apartamento, ela se adiantou até a parede de vidro com vista para o Sena. Puxou a cortina, para proteger Mathias da vertigem, e ele reforçou a iniciativa despindo-a do top, enquanto ela fazia os jeans deslizarem ao longo das pernas.

*

O terraço não se esvaziava. Enya corria de uma mesa a outra. Recebeu a conta de um surfista australiano e concordou de bom grado em guardar a prancha do rapaz. Bastava que ele fosse deixá-la encostada na parede da copa. O restaurante abriria à noite, ele podia vir buscar a prancha até as 22 horas. Mostrou ao jovem o caminho e logo retornou ao seu serviço.

*

John beijou a mão de Yvonne.
— Quanto tempo? — disse ele, acariciando-lhe a face.
— Eu já lhe disse, vou ser centenária.
— E os médicos, o que disseram?
— As mesmas besteiras de sempre.
— Que você devia se poupar, talvez?
— Algo assim, mas com o sotaque deles fica difícil entender...
— Aposente-se e venha ficar comigo em Kent.
— Se eu lhe desse ouvidos, aí mesmo é que encurtaria meu tempo de vida. Você sabe muito bem, não posso largar meu restaurante.
— Mas fez isso hoje...
— John, se meu bistrô tivesse de fechar após minha morte, isso me mataria uma segunda vez. E também você me ama como eu sou, e é por isso que eu o amo.
— Só por isso? — perguntou John, com ar maroto.
— Não, por suas orelhonas também. Vamos para o parque, senão perderemos sua final.

Mas, hoje, John não ligava para o críquete. Ele pegou um pouco de pão na cesta, pagou a conta e deu o braço a Yvonne. Juntos, iriam alimentar os gansos que já grasnavam quando os viram aproximar-se.

*

Antoine agradeceu ao seu anfitrião, enquanto voltavam à marcenaria, onde ele detalharia para o chefe da oficina os desenhos de execução. Dali a duas horas, no máximo, poderia voltar à estrada. Fosse como fosse, não tinha motivo para se apressar, pois Mathias estava com as crianças.

*

Audrey acendeu um cigarro e voltou a se deitar juntinho de Mathias.

— Gosto do sabor da sua pele — disse, acariciando-lhe o peito.

— Quando é que você volta para lá? — perguntou ele, dando uma tragada.

— Está fumando?

— Parei — respondeu ele, tossindo.

— Não vá perder seu trem.

— Isso significa que você deve retornar ao estúdio?

— Se você quiser que eu vá vê-lo em Londres, primeiro me deixe terminar de editar essa reportagem, e o trabalho está longe de acabar.

— As imagens estavam assim tão ruins?

— Péssimas. Fui obrigada a procurar outras no arquivo. Eu me pergunto por que você tem tanta obsessão pelos meus joelhos, praticamente não filmou outra coisa.

— A culpa não é minha, é daquele visor — respondeu Mathias, vestindo-se.

Audrey avisou que ele não a esperasse, pois ela ia aproveitar o fato de estar em casa para trocar de roupa e pegar algum lanche para mais tarde. Para recuperar o tempo perdido, trabalharia a noite inteira.

— Realmente, foi tempo perdido? — perguntou Mathias.

— Você é mesmo um imbecil — respondeu ela, beijando-o.

Mathias já estava no corredor e Audrey o observou demoradamente.

— Por que está me olhando assim? — intrigou-se ele, apertando o botão do elevador.

— Você não tem mais ninguém na sua vida?

— Tenho. Minha filha...

— Então, corra para lá!

E a porta do apartamento se fechou sobre o beijo que ela acabava de jogar para ele.

*

— A que horas sai o seu trem? — perguntou Yvonne.

— Já que você não quer me levar para sua casa, e que Kent, em sua opinião, fica muito longe, o que acha de dormirmos num hotel de luxo?

— Nós dois num lugar desses? John, esqueceu nossas idades?

— Aos meus olhos você não tem idade, e eu, quando estou em sua companhia, também não tenho. Vou sempre vê-la com o rosto daquela moça que um dia entrou na minha livraria.

— Só mesmo você! Ainda se lembra de nossa primeira noite?

— Lembro que você chorou como uma Madalena.

— Chorei porque você nem tocou em mim.

— Não toquei porque você estava com medo.

— Foi justamente por você ter percebido isso que eu chorei, imbecil.

— Reservei uma suíte.

— Bom, vamos jantar nesse seu hotel de luxo, depois veremos.

— Vou ter o direito de embriagá-la?

— Acho que você faz isso desde que eu o conheci — disse Yvonne, apertando a mão dele entre as suas.

*

Dezessete horas e trinta. O Austin Healey percorria estradas vicinais. O Sussex era uma região magnífica. Antoine sorriu; ao longe, um Eurostar estava parado em pleno campo. Os passageiros a bordo ainda demorariam a chegar à sua destinação, ao passo que ele estaria em Londres dali a mais ou menos duas horas...

*

Dezessete e trinta e dois. O fiscal do trem havia anunciado um atraso de uma hora sobre o tempo previsto. Mathias gostaria de telefonar a Danièle para avisá-la. Não havia motivo para Antoine chegar antes dele, mas era preferível preparar um bom álibi. O campo era um lugar magnífico, mas, infelizmente, ao longo das vias férreas o celular ficava totalmente sem cobertura.

— Odeio vacas — disse Mathias, olhando pela janela.

*

O dia terminava. Sophie acomodou as pétalas espalhadas na gaveta prevista para esse fim. Sempre dispersava alguns punhados delas em seus buquês. Baixou a grade da loja, despiu o jaleco e saiu pelos fundos. O ar estava um pouquinho frio, mas a luz, bonita demais para alguém ficar dentro de casa. Enya convidou-a para escolher uma mesa entre as que estavam livres, e eram várias. No restaurante, um homem com cara de explorador perdido jantava sozinho. Sophie correspondeu ao sorriso dele, hesitou um momento e depois, com um aceno, avisou a Enya que iria jantar ao lado do rapaz. Sempre sonhara visitar a Austrália, teria mil perguntas a fazer.

*

Vinte horas. Finalmente o trem chegou à estação de Waterloo. Mathias correu para a plataforma e disparou pela esteira rolante, empurrando todo mundo que atrapalhava sua passagem. Foi o primeiro a chegar ao ponto de táxi, e prometeu uma gorjeta substancial ao motorista se este o deixasse em South Kensington dentro de meia hora.

*

O relógio do painel mostrava 20h02. Antoine hesitou e dobrou na Bute Street. A grade da loja de flores estava fechada, evidentemente, porque neste fim de semana Sophie iria viajar. Braço apoiado no banco do carona, ele deu marcha a ré e retomou o caminho de Clareville Grove. Havia uma vaga bem na frente da casa. Antoine estacionou e pegou no porta-luvas as duas miniaturas em madeira que o chefe da oficina lhe confeccionara: o pássaro para Emily, o avião para Louis. Mathias não poderia censurá-lo por esquecer-se de trazer lembrancinhas para as crianças.

Quando ele entrou na sala, Louis lhe saltou nos braços. Emily mal levantou a cabeça: estava terminando um desenho com a Tia Danièle.

*

Sophie havia consumido a entrada em Sydney, comido o linguado em Perth e saboreado um *crème caramel* visitando Brisbane. Estava decidido, um dia ela iria à Austrália. Infelizmente, Bob Walley tão cedo não poderia lhe servir de guia. Sua volta ao mundo o levaria ao México já no dia seguinte. Um centro de lazer à beira-mar lhe prometera um emprego de monitor de vela por seis meses. Depois? Ele não sabia, a vida guiava seus passos. Queria ir à Argentina e em seguida, dependendo de seus recursos, ao Brasil e ao Panamá. A costa oeste dos Estados Unidos seria a primeira etapa do périplo que ele faria no próximo ano. Marcara encontro com amigos para a próxima primavera, a ideia era pegar a onda gigante.

— Onde, exatamente, na costa oeste? — perguntou Sophie.

— Em algum ponto entre San Diego e Los Angeles.

— Mas que precisão! — exclamou Sophie, rindo com vontade. — Como é que o senhor e seus amigos conseguem se encontrar?

— Pelo boca a boca, sempre acabamos sabendo onde nos reunir. O mundo dos surfistas é uma pequena família.

— E depois?

— San Francisco. Passagem obrigatória sob a Golden Gate com um veleiro, e em seguida vou procurar um cargueiro que faça a gentileza de me levar a bordo até o Havaí.

Bob Walley pretendia permanecer pelo menos dois anos no Pacífico. Havia tantos atóis a descobrir... Na hora de trazer a conta, Enya recomendou ao jovem surfista que não esquecesse a prancha confiada a ela, e que o esperava encostada à parede da copa.

— Não quiseram guardá-la no hotel? — perguntou Sophie.

— Eu estava querendo um quarto com preço acessível... — respondeu Bob, encabulado.

Para continuar seu périplo, ele deveria gerir seu orçamento com grande contenção. Não podia gastar, pela cama de uma noite, aquilo que lhe permitiria sobreviver quase um mês na América do Sul. Mas que Sophie não se preocupasse. O tempo estava clemente, os parques de Londres eram magníficos e ele adorava dormir ao ar livre. Tinha esse hábito.

Sophie pediu café para os dois. Um explorador australiano que partia para o México e que só voltaria da viagem no próximo século... Não se preocupar com que ele passasse a noite ao relento?... Só mesmo para quem não a conhecia direito! De repente, sentiu-se muito culpada por tê-lo orientado mal naquela manhã; afinal, era um pouco por sua culpa que aquele belo surfista não conseguira achar um lugar para se alojar a preço razoável... Que linda, aquela covinha que ele tinha no queixo... Só para diminuir minha culpa, só mesmo por isso... Incrível como a covinha afunda, quando ele sorri... Que mãos bonitas... Se ele sorrisse mais uma vez, só uma vezinha... Só preciso criar coragem... Afinal, não deve ser tão difícil falar...

— O senhor não conhece a região, eu sei, mas em Londres pode chover a qualquer hora... sobretudo à noite... e, quando chove, realmente chove muito forte...

Discretamente, Sophie deslizou a conta para seus joelhos, enrolou-a em bola e jogou-a embaixo da mesa. Acenou a Enya que viria pagar no dia seguinte.

*

Um pouco mais tarde, Bob Walley cedia passagem a Sophie antes de entrar no apartamento. John Glover fazia o mesmo com Yvonne na soleira da suíte que ele reservara no Carlton, e, quando Mathias meteu a chave na fechadura de casa, quem lhe abriu a porta foi Antoine, que acabara de deixar Danièle num táxi...

*

As imagens desfilavam para trás com grande velocidade. Audrey apertou uma tecla da mesa de edição para interromper a rebobinagem da fita. Na tela, reconheceu a antiga usina elétrica, com suas quatro chaminés gigantescas. Na esplanada, microfone na mão, ela sorria; tinha o rosto completamente desfocado, mas, lembrava-se muito bem, estava sorrindo. Abandonou sua escrivaninha e decidiu que era hora de descer à lanchonete para tomar um café bem quente. A noite seria longa.

*

De pé em frente à pia, Mathias enxaguava a louça. Ao seu lado, Antoine, de luvas de borracha e avental, esfregava energicamente uma concha de madeira a grandes golpes de esponja.

— Esse lado mais áspero não vai arranhar, não? — perguntou Mathias.

Antoine o ignorou. Durante toda a noite, não dissera uma palavra. Após o jantar, Emily e Louis, ao pressentirem a tempestade que pairava sobre o lar, tinham preferido se instalar à parte, a fim de rever as aulas do dia; antes de partir, Danièle tinha lhes deixado deveres a fazer.

— Você é muito intransigente! — explodiu Mathias, colocando um prato no escorredor.

Pisando no pedal da lixeira, Antoine jogou ali dentro a concha e em seguida a esponja. Abaixou-se para pegar uma nova num armário.

— Tudo bem, eu infringi sua regra sacrossanta! — prosseguiu Mathias, erguendo os braços para o céu. — Precisei me ausentar por duas horas no final do dia, só duas horinhas, e me permiti recorrer a uma amiga de Yvonne para tomar conta das crianças, onde está o drama?... E, além do mais, elas adoraram Danièle.

— Uma baby-sitter! — rosnou Antoine.

— Você está lavando um copinho descartável! — berrou Mathias.

Antoine desatou o avental e jogou-o embolado no chão.

— Gostaria de lembrar que nós tínhamos dito...

— Tínhamos dito que íamos nos divertir, e não concorrer ao estande de monsieur Propre* na Feira de Paris.

---

* Ou Mr. Clean, conhecido personagem, no exterior, da propaganda de produtos de limpeza. Mal comparando, uma espécie de "garoto Bom Bril". (*N. da T.*)

— Você não respeita nada! — respondeu Antoine. — Nós tínhamos combinado três regras, três regrinhas só...

— Quatro! — replicou Mathias de imediato. — E eu não acendi um único charuto dentro de casa. Então, faça-me o favor! Quer saber? Você me cansa, eu vou dormir. Só quero ver nossas férias. Vão ser uma beleza!

— Isso não tem nada a ver com as férias.

Mathias subiu a escada e parou no último degrau.

— Escute bem, Antoine. Resolvi mudar a regra a partir de agora. Agiremos como um casal normal; se precisarmos, recorreremos a uma baby-sitter — concluiu ele, entrando no quarto.

Sozinho atrás de sua bancada, Antoine tirou as luvas e olhou as crianças sentadas à turca no chão. Emily manejava uma tesoura, Louis se apoderou do bastão de cola. Minuciosamente, os dois aplicaram as fotos recortadas e compararam suas colagens nos respectivos cadernos.

— O que vocês estão fazendo exatamente? — perguntou Antoine.

— Uma dissertação sobre a vida em família! — responderam Emily e Louis, escondendo o trabalho.

Antoine teve um momento de hesitação.

— Hora de ir dormir. Amanhã, acordaremos cedo para viajar à Escócia. Portanto, todo mundo já para a cama.

Emily e Louis não se fizeram de rogados e guardaram logo suas coisas. Depois de cobrir o filho, Antoine apagou a luz e esperou alguns instantes na penumbra.

— Essa dissertação sobre a vida em família... quero que vocês me deem para ler, antes de entregar à professora.

Ao entrar no banheiro, ele deu de cara com Mathias, já de pijama, escovando os dentes.

— E tem mais — disse este, devolvendo o copo à prateleirinha —, quem pagou à baby-sitter fui eu!

Mathias deu boa noite e saiu do banheiro. Cinco segundos mais tarde, Antoine abriu a porta para gritar no corredor:

— Na próxima vez, é melhor você pagar para tomar umas aulas de francês, porque seu bilhete de hoje de manhã estava cheio de erros de ortografia!

Mas Mathias já estava em seu quarto.

*

Os últimos clientes haviam partido. Enya fechou a porta e desligou o neon da fachada. Limpou a sala, assegurou-se de que as cadeiras estavam no alinhamento das mesas e voltou para a copa. Verificou mais uma vez se estava tudo em ordem e foi até o outro lado do balcão para esvaziar a caixa, como Yvonne havia recomendado. Conferidas as contas, separou as gorjetas e a receita e arrumou as cédulas num envelope. Iria escondê-lo embaixo do colchão para entregá-lo a Yvonne quando esta voltasse. Quando quis empurrar de volta a gaveta da caixa, sentiu que ela estava bloqueada; deslizou a mão e sentiu alguma coisa presa lá no fundo. Era uma carteira velhíssima, de couro patinado. Impelida pela curiosidade, Enya abriu-a. Achou uma folha de papel amarelado, que desdobrou e leu.

7 de agosto de 1943

Minha querida filhinha,

Esta é a última carta que lhe escrevo. Daqui a uma hora, eles vão me fuzilar. Partirei de cabeça erguida, envaidecido por não ter falado. Não se preocupe com esta grande desgra-

ça que nos atinge; eu só vou morrer uma vez, mas os canalhas que vão atirar morrerão tantas vezes quantas a história os mencionar. Deixo-lhe como herança um sobrenome do qual você terá orgulho.

Eu queria ir para a Inglaterra e vou sangrar no pátio de uma prisão da França, mas tanto a sua liberdade quanto a dela valiam minha vida. Combati por uma humanidade melhor e tenho grande confiança em que você realizará os sonhos que eu não mais terei.

Não importa o que você empreender, não desista jamais, esse é o preço da liberdade dos homens.

Minha pequena Yvonne, lembro-me daquele dia em que a levei à roda-gigante de Ternes. Você estava tão linda, em seu vestido florido! Apontava lá do alto os telhados de Paris. Lembro-me do desejo que expressou. Então, antes que me prendessem, escondi para você, num escaninho para bagagens, algum dinheiro poupado; ele lhe será útil. Agora sei que os sonhos não têm preço, mas isso talvez a ajude, mesmo que só um pouco, a realizar o seu, quando eu já não estiver aqui. Deixo a chave nesta carteira, sua mãe saberá guiá-la aonde convém.

Escuto os passos já próximos mas não temo, a não ser por você.

Agora ouço a chave virando na fechadura da minha cela e sorrio só de pensar em você, minha filha. Lá embaixo no pátio, amarrado ao poste, direi seu nome.

Mesmo morto, jamais a abandonarei. Em minha eternidade, você será minha razão para ter existido.

Realize suas metas, você é minha glória e meu orgulho.

Todo o amor do seu pai

Confusa, Enya dobrou a carta e guardou-a de volta sob a aba da carteira. Fechou a gaveta da caixa e apagou as luzes da sala. Quando subiu a escada, pareceu-lhe que atrás dela os degraus de madeira estalavam sob os passos de um pai que nunca havia verdadeiramente deixado sua filha.

XIV

Cada um se encarregara de acordar o pai do outro. Enquanto Louis saltava com os dois pés sobre a cama de Mathias, Emily puxava bruscamente o edredom de Antoine. Uma hora depois, com grande reforço de gritos e tropelias — Mathias não achava as passagens, Antoine não estava seguro de ter fechado o registro do gás —, finalmente o táxi tomava o rumo do aeroporto de Gatwick. Foi preciso atravessar o terminal correndo para conseguir embarcar — eram os últimos —, antes que fechassem a passarela. O Boeing 737 da British Midland aterrissou na Escócia na hora do almoço. Mathias, quando viera para Londres, havia acreditado que praticar a língua inglesa seria para ele um inferno; pois bem, sua conversa com o funcionário da locadora de veículos no aeroporto de Edimburgo lhe mostrou que até então ele só conhecera o purgatório.

— Não compreendo uma só palavra do que esse sujeito diz. Um carro é um carro, não? Juro que ele está com um bombom na boca! — explodiu Mathias.

— Deixe comigo, eu resolvo isso — respondeu Antoine, tirando-o da frente.

Meia hora mais tarde, o Kangoo verde-maçã seguia pela autoestrada M9 em direção ao norte. Quando passaram pela cidade de Lilinthgow, Mathias prometeu um sorvete de seis bolas ao primeiro dos três que conseguisse pronunciar esse nome. Depois de se perderem contornando Falkirk, à tardinha chegaram à encantadora cidade de Airth, com seu castelo sobranceiro ao rio Forth. Era ali que iriam dormir nessa noite.

O mordomo que os acolheu era tão encantador quanto horroroso. Rosto coberto de cicatrizes, usava um tapa-olho do lado esquerdo. Tinha uma voz aguda, inteiramente destoante de seu aspecto de velho corsário. À solicitação premente das crianças, e apesar da hora tardia, concordou de bom grado em lhes mostrar as dependências de serviço. Emily e Louis saltitaram de alegria quando ele abriu as portas de duas passagens secretas que partiam do grande salão. Uma permitia chegar à biblioteca; outra às cozinhas. Levando-os até o último andar do torreão, o mordomo explicou, com a cara mais séria do mundo, que durante a noite as suítes números 3, 9 e 23 eram mais frias do que as outras, o que era normal, pois os fantasmas as frequentavam. Aliás, de acordo com as reservas feitas, ele havia destinado ao grupo estas duas últimas, cada uma com duas camas.

Antoine cochichou no ouvido de Mathias:

— Toque nele!

— Que história é essa?

— Eu disse para tocá-lo, só quero verificar se ele é de verdade.

— Você bebeu?

— Veja a cara que ele tem... Quem lhe diz que não é uma assombração? Foi você quem quis que a gente viesse para cá, então vire-se como puder. Basta encostar de leve, se preferir, mas eu quero ver com meus próprios olhos que sua mão não passa através do corpo dele.

— Que coisa ridícula, Antoine.

— Estou avisando. Não dou mais nem um passo se você não fizer isso.

— Como queira...

E, aproveitando-se da penumbra que reinava no fundo do corredor, Mathias beliscou rapidamente a nádega do mordomo, que se sobressaltou de imediato.

— Viu? Está satisfeito agora? — cochichou Mathias para Antoine.

Perplexo, o homem se voltou para fitar longamente os dois compadres com o único olho que lhe restava.

— Preferem que instalemos as duas crianças no mesmo quarto, e os senhores ficam no outro?

Sentindo uma pontinha de ironia na pergunta, Mathias, forçando os graves da voz, foi logo respondendo que cada pai dormiria com o respectivo filho.

De volta ao saguão, Antoine aproximou-se novamente do amigo.

— Podemos conversar um instantinho? — sussurrou, puxando-o à parte.

— O que é desta vez?

— Só para me tranquilizar: essas histórias de fantasmas são só piada, não? Você acha que este lugar é realmente malassombrado?

— Se estivéssemos num teleférico no alto das pistas, você iria me perguntar se realmente existe neve na montanha?

Antoine pigarreou e voltou a falar com o recepcionista.

— Pensando bem, vamos ficar todos no mesmo quarto. Uma cama grande para as crianças, outra para os pais, a gente se aperta. E também, como o senhor disse que fazia frio, isso nos evitará um resfriado!

Emily e Louis estavam eufóricos, as férias começavam superbem. Após o jantar, diante da lareira do salão de refeições onde crepitava um fogo de lenha, todos decidiram ir se deitar. Mathias abriu a marcha pelas escadas do torreão. A suíte que eles ocupavam era magnífica. Dois grandes leitos com baldaquino, de madeiras trabalhadas, ornadas de reposteiros vermelhos, ficavam em frente às janelas que davam para o rio. Emily e Louis adormeceram assim que a luz se apagou. Mathias começou a roncar no meio de uma frase. Ao primeiro pio de uma coruja, Antoine se colou a ele e não se mexeu mais durante a noite.

*

Na manhã seguinte, um desjejum copioso foi servido antes da partida. Seguiram no carro para a próxima etapa. Tiveram a tarde inteira para visitar o castelo de Stirling. O impressionante edifício tinha sido construído sobre rochas vulcânicas. O guia lhes contou a história de Lady Rose. Essa bela e perturbadora mulher devia seu apelido à cor do vestido de seda que seu fantasma sempre usava quando aparecia.

Alguns diziam que ela era Mary, rainha da Escócia coroada em 1553 na velha capela; outros preferiam crer que se tratava de uma viúva desolada, em busca da sombra de um marido morto em terrível combate durante o cerco feito por Edward I para se apoderar do castelo em 1304.

O local era também assombrado pelo espectro de Lady Grey, intendente de Mary Stuart que salvou esta última de uma morte certa apoderando-se de seus trajes, que acabavam de pegar fogo. Lamentavelmente, a cada aparição de Lady Grey, um drama sobrevinha ao castelo.

— Quando penso que poderíamos ter passado nossas férias no Club Med! — resmungou Antoine, a essa altura da visita.

Emily lhe impôs silêncio, não conseguia captar o que o guia dizia.

Aliás, esta noite, convinha aguçar os ouvidos para escutar os passos misteriosos que ressoavam dos contrafortes. Eram os de Margaret Tudor, que, toda noite, espiava lá do alto à espera do retorno do marido James IV, considerado desaparecido nos combates contra os exércitos de seu cunhado Henry VIII.

— Compreendo que ela o tenha perdido. Como é que uma pessoa pode se situar, com todos esses números?! — exclamou Mathias.

Desta vez, foi Louis quem o chamou à ordem.

*

Na manhã seguinte, Louis e Emily estavam mais impacientes do que nunca. Iriam visitar nesse dia o castelo de Glamis, famoso por ser um dos mais belos e mais assombrados da Escócia. O guardião estava encantado por acolhê-los; o conferencista habitual estava doente, mas ele sabia muito mais sobre o assunto do que o colega. De aposento em aposento, de torreão em torreão, o velho de dorso encurvado contou que a rainha-mãe havia residido no local quando era criança. Depois, tinha voltado para dar à luz a encantadora princesa Margaret. Mas a história do castelo remontava à noite dos tempos: o local também tinha sido a residência do mais infame dos reis da Escócia, Macbeth!

Ali, as pedras acolhiam uma pletora de fantasmas.

Aproveitando uma pausa — as escadas da torre do relógio haviam esgotado as pernas do guia —, Mathias se afastou do grupo. Para seu grande desespero, o celular continuava sem cobertura. O último torpedo que ele conseguira enviar a Audrey datava de dois dias antes. A caminho de outros aposentos, o grupo ficou sabendo que também se podia ver o espectro de um jovem servo, morto de frio no fosso, e o de uma mulher sem língua que se arrastava pelos corredores ao cair da noite. O maior mistério, porém, era o do quarto desaparecido. De fora do castelo, via-se perfeitamente a janela deste, mas do lado de dentro ninguém conseguia encontrar o acesso para lá. Dizia a lenda que o conde de Glamis estava jogando cartas em companhia de amigos e se recusou a interromper a partida quando o relógio da torre anunciou a chegada do domingo. Um estranho, vestido numa capa preta, juntou-se então a eles. O servo que mais tarde veio trazer comida descobriu seu senhor jogando com o diabo no meio de um círculo de fogo. O aposento foi emparedado e sua entrada se perdeu para sempre. Mas, acrescentou o guia ao encerrar a visita, naquela noite, de seus quartos, eles poderiam ainda escutar a distribuição das cartas.

De volta às alamedas do parque, Antoine fez uma confissão: não aguentava mais aquelas histórias de assombrações, e não queria nem imaginar um jovem servo todo enregelado lhe trazendo sua bandeja, se ele tivesse o azar de pedir serviço de quarto no meio da noite, e muito menos ter uma mulher sem língua como vizinha de andar.

Furioso, Louis objetou que ele não sabia nada em matéria de fantasmas. Como Antoine não entendia aonde o filho queria chegar, Emily veio socorrer o amiguinho.

— Os espectros e as assombrações não têm nada a ver. Se você tivesse se informado um pouco, tio, saberia que existem três categorias de fantasmas: os luminosos, os subjetivos e os objetivos, e que, embora possam realmente dar muito medo, eles são totalmente inofensivos. Ao passo que as assombrações, como diz você, confundindo tudo, bom, essas, sim, são mortos-vivos e muito maus. Então, como vê, são coisas bem diferentes!

— Pois bem, ectoplasma ou cataplasma, eu vou dormir esta noite num Holiday Inn! E posso saber desde quando vocês dois viraram especialistas em fantasmas? — respondeu Antoine, encarando as crianças.

Mathias logo interveio.

— Ora, não venha reclamar se nossos filhos são cultos, era só o que faltava!

Mathias triturava o celular no fundo do bolso do impermeável. Num hotel moderno, ele teria mais chance de poder transmitir uma mensagem; portanto, devia apoiar o amigo, era agora ou nunca. Anunciou às crianças que, nessa noite, cada um teria seu quarto. Embora os leitos dos castelos escoceses fossem imensos, ele não dormia muito bem desde que começara a dividir o seu com Antoine... De nada adiantava os guias dizerem que os aposentos eram glaciais, na verdade ele sentira muito calor nas últimas noites.

E quando os quatro se dirigiram ao carro, caminhando diante dos ainda furiosos Louis e Emily, os fantasmas locais poderiam ter escutado uma estranha conversa...

— Sim, juro que você ficou colado... No começo se mexe o tempo todo, e em seguida se gruda!

— Não, eu não me grudo!... Você é que é incômodo, ronca o tempo todo!

— Não diga! Isso me espanta, nenhuma mulher jamais disse que eu roncava.

— Ah, é? E sua última noite com uma mulher foi há quanto tempo? Caroline Leblond já dizia que você roncava.

— Cale essa boca!

*

À noite, quando se instalaram no Holiday Inn, Emily telefonou à mãe para contar seu dia no castelo. Valentine adorou ouvir a voz da filha. Claro que sentia saudade, beijava a foto dela todas as noites antes de dormir, e no trabalho olhava sem parar o desenhinho que Emily havia deixado em seu porta-documentos. Sim, também achava que o tempo demorava muito a passar, mas logo iria a Londres, quem sabe no próximo fim de semana, depois que todos retornassem da Escócia. Bastava que Emily passasse o fone para o pai, já que ele estava ali ao lado, que eles organizariam tudo. Valentine devia participar de um seminário no sábado, mas ao sair tomaria diretamente o trem. Prometido: iria pegá-la na manhã de domingo e as duas passariam o dia inteiro matando a saudade... Sim, como quando moravam juntas. Agora, convinha só pensar nos belos castelos e aproveitar bem as maravilhosas férias oferecidas pelo pai... E por Antoine... sim... claro!

Mathias falou com Valentine e devolveu o fone à menina. Quando Emily desligou, ele acenou a Antoine para olhar Louis discretamente. O garoto estava sentado sozinho diante da televisão, fitando a tela... mas o aparelho estava desligado.

Antoine pegou o filho nos braços e lhe fez um dengo enorme, um dengo que continha o amor de quatro braços reunidos.

*

Aproveitando que Antoine estava dando banho nas crianças, Mathias voltou à recepção, com o pretexto de haver esquecido seu pulôver no Kangoo.

No saguão, com grande esforço através de gestos e grunhidos, conseguiu fazer-se compreender pelo porteiro. Infelizmente, o hotel só possuía um computador, no escritório da contabilidade, e ao qual os clientes não podiam ter acesso para enviar e-mails. Em compensação, o funcionário se ofereceu muito amavelmente para enviar um em nome de Mathias, assim que o patrão virasse as costas. Minutos depois, Mathias lhe entregou um texto rabiscado num pedaço de papel.

À uma da manhã, Audrey recebia o seguinte e-mail:

Viajado na Escúcia com crianças, volta só sabado poximo, impassivel ir ao seu emconrto. Saudade terivel. Matthiew.

E na manhã seguinte, quando Antoine já estava ao volante do Kangoo, as crianças devidamente protegidas pelo cinto de segurança no banco de trás, o telefonista atravessou correndo o estacionamento do hotel para entregar um envelope a Mathias.

Querido Matthiew,
Uma pena eu não pode ir ao seu encontro, espero voce faz boa viagem. Gosto muito da Escúcia e dos escuceses. Vou ver voce dentro em pouco, também estou com unha saudade enhorme.
Sua Hepburn.

Feliz, ele dobrou o papel e guardou-o no bolso.

— O que era? — perguntou Antoine.
— Uma duplicata da nota do hotel.

— Sou eu que pago o pernoite, e é a você que eles dão o recibo?

— Você não pode abatê-lo das suas despesas, mas eu sim! E também, pare de reclamar e preste atenção na estrada, pelo mapa você deve pegar a próxima à direita... Eu disse à direita, por que entrou à esquerda?

— Porque você está com o mapa de cabeça para baixo, imbecil!

*

O carro seguia para o norte, na direção das Highlands. Iriam parar na encantadora aldeiazinha de Speyside, famosa por suas destilarias de uísque. Depois da refeição do meio-dia, o programa seria uma visita ao famoso castelo de Cawdor. Emily contou que este era três vezes assombrado, primeiro por um misterioso ectoplasma todo vestido de seda roxa, em seguida pelo célebre John Campbell de Cawdor e, finalmente, pela tristíssima mulher sem mãos. Ao escutar quem era o terceiro habitante do local, Antoine meteu o pé no freio e o carro saiu derrapando por mais de 50 metros.

— O que deu em você?

— Escolham agora mesmo! Ou a gente almoça ou vai ver a mulher dos cotocos. As duas coisas eu não faço! É demais!

As crianças balançaram a cabeça, abstendo-se de qualquer outro comentário. A decisão foi unânime: Antoine ficaria isento da visita e aguardaria os outros no albergue.

Assim que chegaram, Emily e Louis correram à lojinha de suvenires, deixando Antoine e Mathias sozinhos à mesa.

— O que me deixa alucinado é que há três dias estamos dormindo em lugares cada vez mais angustiantes e você parece estar tomando gosto! Hoje de manhã, durante a visita ao castelo, estava com 4 anos de idade mental — disse Antoine.

— Por falar em gosto — respondeu Mathias, lendo o cardápio —, quer pedir o prato do dia? É sempre bom experimentar as especialidades locais.

— Depende. O que é?

— *Haggis*.

— Não faço a menor ideia do que é, mas tudo bem, traga o *haggis* — disse Antoine à garçonete que anotava a comanda.

Dez minutos depois, a moça colocou diante dele um bucho de ovelha recheado, o que o fez mudar de opinião. Dois ovos estrelados ao forno resolveriam o problema, ele já não tinha muita fome. Terminada a refeição, Mathias e as crianças partiram para a visita, deixando Antoine.

Na mesa ao lado, um rapaz e sua companheira falavam de projetos para o futuro. Aguçando o ouvido, Antoine compreendeu que seu vizinho também era arquiteto; e ele, sozinho na mesa, entediava-se mortalmente. Eram duas boas razões para puxar conversa.

Apresentou-se e o rapaz lhe perguntou se de fato ele era francês, como estava supondo. Antoine não devia se ofender, seu inglês era perfeito, mas, tendo ele mesmo vivido alguns anos em Paris, não lhe era difícil identificar aquele leve sotaque.

Antoine adorava os Estados Unidos e quis saber de que cidade vinha o casal, pois ele também havia reconhecido o sotaque.

Os dois eram originários da Costa Oeste. Moravam em San Francisco e estavam tirando umas férias bem merecidas.

— O senhor veio à Escócia para ver os fantasmas? — quis saber Antoine.

— Não, esses eu já tenho em casa, basta abrir os armários — disse o jovem, olhando a companheira.

A moça revidou com um pontapé por baixo da mesa.

Ele se chamava Arthur; ela, Lauren. Estavam percorrendo a Europa seguindo quase ao pé da letra o itinerário recomendado por um casal de velhos amigos, Georges Pilguez e sua companheira, que haviam retornado encantados pelo périplo feito no ano anterior e que, aliás, ao longo daquela viagem tinham se casado na Itália.

— E os senhores, também vieram para se casar? — perguntou Antoine, curioso.

— Não, ainda não — respondeu a encantadora jovem.

— Mas estamos comemorando outro acontecimento — prosseguiu Arthur. — Lauren está grávida, esperamos o bebê para o final do verão. Mas não queremos espalhar, por enquanto é segredo.

— Não quero que fiquem sabendo no Memorial Hospital, Arthur! — disse Lauren.

Ela se voltou para Antoine e puxou-o delicadamente à parte.

— Acabo de ser efetivada, prefiro evitar que circulem boatos de absentismo pelos corredores. É normal, não?

— Ela foi nomeada chefe de serviço no último verão, e é um pouco obcecada pelo trabalho — completou Arthur.

A conversa se prolongou. A jovem médica tinha uma rara presença de espírito, e Antoine ficou maravilhado pela cumplicidade que ela mantinha com o companheiro. Quando os dois pediram licença — tinham um roteiro a seguir —, Antoine os parabenizou pelo bebê e prometeu ser discreto. Se um dia visitasse San Francisco, esperava não ter nenhuma razão para ir ao Memorial Hospital.

— Não aposte muito nisso, acredite... A vida tem muito mais imaginação do que nós!

Ao partir, Arthur deu a ele seu cartão, fazendo-o prometer que telefonaria, se algum dia fosse à Califórnia.

*

Mathias e as crianças voltaram contentíssimos pela tarde que haviam passado. Antoine deveria tê-los acompanhado, o castelo de Cawdor era magnífico.

— O que você acha de conhecer San Francisco no próximo ano? — perguntou Antoine, retomando a estrada.

— Hambúrguer não é o meu forte — respondeu Mathias.

— Se for por isso, *haggis* tampouco é o meu, e no entanto estou aqui.

— Bom, então no próximo ano a gente vê. Não dá para ir um pouco mais depressa? Estamos nos arrastando!

No dia seguinte, seguiram para o sul e fizeram uma longa parada às margens do lago Ness. Mathias apostou 100 libras como Antoine não teria coragem de meter um pé no lago, e ganhou.

Na manhã de sexta-feira, as férias já estavam no fim. No aeroporto de Edimburgo, Mathias bombardeou Audrey com mensagens. Enviou uma escondido atrás de um suporte para jornais, mais duas do toalete, aonde precisara voltar para procurar uma bolsa esquecida embaixo da pia, uma quarta enquanto Antoine passava sob o pórtico de segurança, uma quinta às costas dele, ao descer a passarela que conduzia ao avião, e a última quando Antoine arrumava as jaquetas das crianças no compartimento para bagagens de mão. Audrey ficou feliz por sabê-lo de volta, estava louca para vê-lo, viria logo a Londres.

No voo de retorno, Antoine e Mathias brigaram — como no de ida — para não se sentar junto da janelinha.

Antoine não gostava de ficar acuado na poltrona do canto, e Mathias lembrou que sofria de vertigens.

— Ninguém sente vertigens num avião, todos sabem disso, você arranja qualquer pretexto — resmungou Antoine, instalando-se a contragosto no tal lugar.

— Pois eu tenho, se olhar a ponta da asa!

— Ora, então basta não olhar. Seja como for, pode me explicar qual é o interesse de ficar olhando uma ponta de asa? Tem medo de que ela se desgrude?

— Não tenho medo de nada! Você é quem tem medo de que a asa se desgrude, por isso não quer se sentar junto da janela. Quem é que aperta os punhos quando temos turbulência?

*

De volta a Londres, Emily resumiu perfeitamente a amizade que ligava os dois homens. Confidenciou ao seu diário que Antoine e Mathias eram exatamente os mesmos... mas de jeitos muito diferentes, e desta vez Louis não acrescentou nada à margem.

XV

Na sala do diretor de informação, nessa mesma manhã de sexta, Audrey recebeu uma notícia que a deixou louca de alegria. A redação da emissora, satisfeita com seu trabalho, havia decidido dar mais importância ao seu tema. Para completar a reportagem, ela deveria ir à cidade de Ashford, onde se instalara uma parte da comunidade francesa. O melhor, para fazer as entrevistas, seria procurar as famílias no sábado à tarde, ao término das aulas. Audrey também aproveitaria para regravar certas imagens inutilizadas por causa de uma história que o diretor de informação não tinha entendido. Em toda a sua carreira, ele jamais ouvira falar de um "visor que desenquadrava os planos", mas, afinal, tudo tinha uma primeira vez... Um câmera profissional iria encontrar Audrey em Londres. Agora, ela só teria tempo para voltar em casa e fazer a mala, seu trem partiria dali a três horas.

*

A porta da rua se abriu, mas Mathias não achou necessário vir de lá dos fundos; àquela hora do dia, muitas clientes que aguardavam a hora da saída da escola entravam na livraria para folhear uma revista, mas saíam minutos depois sem comprar nada. Só quando ouviu uma voz de timbre levemente rouco perguntar se dispunham ali do *Lagarde et Michard* século XVIII foi que ele largou o livro e correu para a parte da frente.

Os dois se fitaram, surpresos e felizes pelo reencontro; para Mathias, a surpresa era total. Tomou-a nos braços e desta vez foi ela quem quase sentiu uma vertigem. Por quanto tempo ficaria ali?... — Por que falar de partida, na hora em que ela acabava de chegar?... — Porque o tempo de espera havia parecido muito longo... Só quatro dias aqui... era muito pouco... Ela tinha uma pele suave, ele a desejava... — No bolso do impermeável, ela trazia a chave do apartamento da Brick Lane... — Sim, daria um jeito para alguém tomar conta de sua filha, Antoine se ocuparia disso. — Antoine?... — Um amigo com quem viajara de férias... mas chega de falar! Estava tão feliz por vê-la, queria era ouvir sua voz... — Ela precisava lhe confessar uma coisa, tinha um pouquinho de vergonha... mas aquela dificuldade toda de se comunicarem quando ele estava na Escócia... difícil de dizer... bem, mas era melhor confessar, acabara achando que ele era casado e lhe mentia... todas aquelas mensagens que sempre vinham antes do jantar, e depois o silêncio das noites... lamentava muito, mas era por causa das cicatrizes do passado... — Claro que não ia ficar aborrecido... ao contrário, agora estava tudo claro, era bem melhor quando as coisas eram claras. Evidentemente que Antoine sabia sobre os dois, lá na Escócia ele não parava de falar dela... E Antoine morria de vontade de conhecê-la... talvez não neste fim de semana, o tempo era contado... ele só queria estar com ela. — Voltaria no início da noite, agora teria um encontro em Pimlico com um câmera com quem iria a Ashford. Sim, infelizmente se ausentaria amanhã, talvez também no domingo, só lhes restariam dois dias, tirando esses... Ela realmente devia ir, já estava atrasada. Não, ele não podia acompanhá-la a Ashford, a emissora havia exigido um profissional... Não havia nenhum motivo para fazer aquela cara, o colega era casado e a mulher esperava um filho... Ele tinha de deixá-la ir, senão ela iria perder a hora... Também queria beijá-lo mais. Viria ao seu encontro no bar de Yvonne... por volta das 20 horas.

*

Audrey entrou num táxi e Mathias correu ao telefone. Antoine estava em reunião, mas bastava que McKenzie o avisasse para dar o jantar às crianças sem esperar que Mathias chegasse. Nada de grave, um amigo parisiense de passagem por Londres fizera a surpresa de aparecer na livraria. A mulher acabava de abandoná-lo e pedia a guarda das crianças. O amigo estava péssimo, Mathias iria cuidar dele esta noite. Tinha até pensado em levá-lo até sua casa, mas não era boa ideia... por causa das crianças. McKenzie concordou inteiramente, de fato seria péssima ideia! Lamentava sinceramente pelo amigo de Mathias, que tristeza... Aliás, por falar em filhos, como os do amigo estavam vendo a coisa?

— Bom, McKenzie, hoje à noite eu pergunto a ele e amanhã lhe telefono para contar!

McKenzie pigarreou e prometeu transmitir o recado. Mathias foi o primeiro a desligar.

*

Audrey chegou atrasada ao compromisso. O câmera ouviu o que ela esperava dele e perguntou se lhe restava alguma esperança de poder voltar na mesma noite.

Tanto quanto ele, Audrey não sentia vontade de dormir em Ashford, mas o trabalho vinha antes de tudo. Marcaram encontro para a manhã seguinte, na plataforma da estação, a tempo de pegarem o primeiro trem.

De volta ao bairro, Audrey passou para procurar Mathias. Havia três clientes na livraria; da rua, ela sinalizou que o esperaria no bistrô.

Depois se instalou no balcão.

— Quer uma mesa? — perguntou Yvonne.

Audrey não sabia se iria jantar ali. Preferia esperar no bar. Pediu uma bebida. O restaurante estava deserto e Yvonne se aproximou para tagarelar com ela e matar o tempo.

— A senhorita é a jornalista que está fazendo uma reportagem sobre nós? — perguntou Yvonne, levantando-se. — Quanto tempo vai ficar desta vez?

— Só alguns dias.

— Então, neste fim de semana, não perca a grande festa das flores de Chelsea — disse Sophie, que acabava de se sentar ao lado dela.

O evento, que só acontecia uma vez por ano, apresentava as criações dos principais horticultores e viveiristas do país. Ali podiam-se ver e adquirir novas variedades de rosas e orquídeas.

— A vida parece bem doce deste lado do canal da Mancha — disse Audrey.

— Depende para quem — respondeu Yvonne. — Mas devo confessar que, depois que se consegue abrir o próprio espaço no bairro, realmente não se quer mais sair.

Yvonne acrescentou, para grande felicidade de Sophie, que com o tempo as pessoas da Bute Street se tornavam quase uma família.

— Pelo menos, parecem formar uma boa turma de amigos — comentou Audrey, olhando para Sophie. — Todos moram aqui há muito tempo?

— Na minha idade, a gente para de contar — disse Yvonne. — Antoine abriu sua agência aqui um ano após o nascimento do filho, e a instalação de Sophie foi pouco tempo depois, se a memória não me falha.

— Oito anos! — confirmou Sophie, sugando o canudinho de seu copo. — E Mathias foi o último a chegar — concluiu.

Yvonne se censurou por tê-lo quase esquecido.

— É verdade que ele só está aqui há pouco tempo — desculpou-a Sophie.

Audrey enrubesceu.

— A senhorita fez uma cara estranha, eu disse alguma coisa inconveniente? — perguntou Yvonne.

— Não, nada de especial. Na verdade, já tive oportunidade de entrevistá-lo também, e me pareceu que ele morava na Inglaterra desde sempre.

— Desembarcou em 2 de fevereiro, exatamente — afirmou Yvonne.

Jamais poderia esquecer essa data. Naquele dia, John se aposentara.

— O tempo é relativo — acrescentou. — Mathias deve ter a impressão de que sua mudança foi há mais tempo. Ele teve umas decepções ao se instalar aqui.

— Quais? — perguntou Audrey discretamente.

— Ele me mataria, se eu falasse disso. Mas também, pudera... é o único a ignorar o que todo mundo sabe.

— Acho que você tem razão, Yvonne, Mathias a mataria! — interrompeu Sophie.

— Talvez, mas todos esses segredos de polichinelo me aborrecem, e hoje eu estou com vontade de me expressar — recomeçou a dona do restaurante, servindo-se de mais um copo de Bordeaux. — Mathias nunca se recuperou da separação de Valentine... a mãe de sua filha. E mesmo que se disponha a jurar o contrário, em grande parte ele veio para cá na intenção de reconquistá-la. Mas não teve sorte: justamente quando chegou aqui foi que ela se transferiu para Paris. Ele vai me odiar ainda mais por dizer isso, mas acho que a vida lhe pregou uma bela peça. Valentine não vai voltar.

— Eu acho que agora é que ele vai odiá-la mesmo — insistiu Sophie, para cortar Yvonne. — Essas histórias não interessam em nada a esta moça.

Yvonne olhou as duas mulheres sentadas em seu bar e deu de ombros.

— Talvez você esteja com a razão, e além do mais eu tenho o que fazer.

Pegou seu vinho e voltou para a copa.

— O suco de tomate é por conta da casa — disse, ao afastar-se.

— Peço desculpas — disse Sophie, incomodada, a Audrey. — Normalmente, Yvonne não é de falar muito... a não ser quando está triste. E, a julgar pelo movimento, a noite não se anuncia promissora.

Audrey permaneceu silenciosa. Pousou o copo no balcão.

— Tudo bem? — perguntou Sophie. — A senhorita está pálida.

— Eu é que peço desculpas, foi por causa do trem, enjoei a viagem inteira — disse Audrey.

Foi preciso que ela buscasse forças no fundo de si mesma para mascarar o peso que agora lhe comprimia o peito. Não porque Yvonne lhe revelara o motivo de Mathias haver deixado Paris. Mas, ao ouvir o nome de Valentine, ela se sentira projetada no meio de uma intimidade que não lhe pertencia, e a mordida foi dolorosa.

— Devo estar com uma cara horrível, não? — perguntou.

— Não, já está recuperando a cor — respondeu Sophie. — Venha comigo, vamos caminhar um pouco.

E convidou-a para ir aos fundos de sua loja para tomar um ar.

— Viu? Agora seu aspecto melhorou — disse Sophie. — Deve haver um vírus no ar, eu também ando meio nauseada desde hoje de manhã.

Audrey não sabia como agradecer. Mathias entrou na loja.

— Ah, você está aqui? Procurei por todo canto.

— Devia ter começado por aqui mesmo, eu sempre estou — respondeu Sophie.

Mas era para Audrey que Mathias olhava.

— Enquanto esperava, eu vim admirar as flores — explicou Audrey.

— Vamos? Já fechei a livraria.

Sophie não abriu a boca, e seu olhar passeava de Audrey para Mathias e de Mathias para Audrey. Quando os dois saíram, ela não conseguiu se impedir de pensar que a previsão de Yvonne estava certa. Se um dia viesse a saber daquela conversa, Mathias realmente iria querer matá-la.

*

O táxi seguia pela Old Brompton Road. No cruzamento com Clareville Grove, Mathias apontou sua casa.

— Parece grande — disse Audrey.

— Tem um certo charme.

— Posso conhecê-la, um dia?

— Sim, um dia... — respondeu Mathias.

Audrey encostou a cabeça no vidro do carro. Mathias lhe acariciou a mão, ela se manteve silenciosa.

— Tem certeza de que não quer ir jantar? — perguntou ele. — Você está com uma expressão estranha...

— Um pouco de enjoo, mas vai passar.

Mathias sugeriu irem caminhar, o ar noturno lhe faria bem. O táxi os deixou ao longo do Tâmisa. Sentaram-se num banco, na extremidade do píer. Diante deles, as luzes da torre Oxo se refletiam no rio.

— Por que você quis vir para cá? — perguntou Audrey.

— Porque, desde nosso fim de semana, já voltei aqui várias vezes. Virou um pouco o nosso lugar.

— Não foi isso o que eu perguntei, mas não tem importância.

— O que houve?

— Nada, sossegue, me passaram pela cabeça umas coisas idiotas mas eu as expulsei.

— Então, o apetite voltou?

Audrey sorriu.

— Você acha que um dia poderá ir àquele lugar lá em cima? — perguntou, levantando a cabeça.

No último andar, as janelas do restaurante estavam iluminadas.

— Um dia, talvez — respondeu Mathias, esperançoso.

Puxou Audrey para o calçadão que margeava o Tâmisa.

— Qual era a pergunta que você queria me fazer?

— Eu estava imaginando por que você teria vindo morar em Londres.

— Acho que foi para conhecer você — respondeu Mathias.

Assim que entraram no apartamento de Brick Lane, Audrey puxou Mathias para o quarto. Numa cama feita às pressas, passaram o resto do serão enlaçados um ao outro; quanto mais o tempo se escoava, mais a lembrança de um mau momento passado no bar de Yvonne se apagava. À meia-noite, Audrey sentiu fome, a geladeira estava vazia. Vestiram-se rapidamente e desceram correndo para Spitalfields. Instalaram-se no fundo de um daqueles restaurantes abertos a noite inteira. A clientela era heteróclita. Sentados ao lado de uma mesa de músicos, meteram-se na conversa deles. E enquanto Audrey se inflamava, indo contra a opinião deles de que Chet Baker havia sido um trompetista muito superior a Miles Davis, Mathias a devorava com os olhos.

As ruelas de Londres eram bonitas, quando ela caminhava de braço dado com ele. Os dois escutavam o ruído dos próprios passos, brincavam com suas sombras que se encompridavam sobre o macadame à luz de um lampadário. Mathias acompanhou Audrey de novo até o prédio de tijolos vermelhos, deixou-se mais uma vez arrastar lá para dentro e só foi embora quando ela o expulsou, já de madrugada. Ela tomaria o trem dentro de algumas horas e um longo dia de trabalho a esperava. Não sabia quando retornaria de Ashford. Telefonaria amanhã, estava prometido.

De volta à sua casa, Mathias encontrou Antoine debruçado à escrivaninha.

— O que você está fazendo, ainda acordado?

— Emily teve um pesadelo, eu me levantei para acalmá-la e não consegui dormir, então estou tirando o atraso do trabalho.

— Ela está bem? — perguntou Mathias, inquieto.

— Eu não disse que ela estava doente, disse que ela teve um pesadelo. Foram vocês que procuraram, com suas histórias de fantasmas.

— Me diga uma coisa: esqueceu por que nós fomos passear na Escócia?

— No próximo fim de semana começo as obras lá na Yvonne.

— Estava trabalhando nisso?

— Entre outras coisas!

— Posso ver? — pediu Mathias, despindo o paletó.

Antoine abriu a pasta de desenhos e espalhou as pranchas de perspectivas diante do amigo. Mathias se extasiou.

— Vai ficar excelente. Puxa, Yvonne vai adorar!

— Ela merece!

— É você mesmo quem vai bancar tudo?

— Mas não quero que ela saiba, entendeu bem?

— Vai ficar caro este projeto?

— Se eu não computar os honorários da agência, digamos que perco nele o lucro de duas outras obras.

— E você pode arcar com isso?

— Não.

— Então, por que está fazendo?

Antoine encarou Mathias longamente.

— É exatamente o que você fez hoje: levantar o moral de um amigo que foi largado pela mulher, enquanto você mesmo sofre tanto com sua própria separação.

Mathias não respondeu nada. Debruçou-se sobre os desenhos de Antoine e examinou mais uma vez como ficaria o salão do restaurante.

— São quantas cadeiras, ao todo? — perguntou.
— Tantas quantos são os lugares: 76!
— E quanto é cada cadeira?
— Por quê?
— Porque eu vou oferecê-las...
— Não quer ir fumar um bom charuto no jardim? — convidou Antoine, segurando Mathias pelo ombro.
— Já viu que horas são?
— Não comece a responder com perguntas. Esta é a melhor de todas as horas, o dia vai amanhecer. Vamos lá?

Sentaram-se na mureta e Antoine puxou dois Monte Cristo do bolso. Cheirou as capas antes de aquecê-los à chama de um fósforo. Quando achou que o charuto de Mathias estava pronto, cortou-o, deu-o a ele e tratou de preparar o seu.

— Quem era o seu amigo arrasado?
— Um certo David.
— Nunca ouvi falar! — disse Antoine.
— Tem certeza? Que coisa... Eu nunca lhe falei de David?
— Mathias... você está com *gloss* nos lábios! Se curtir de novo com a minha cara, eu reconstruo a parede divisória de nossa sala.

*

Audrey dormiu durante todo o trajeto. Chegados a Ashford, o câmera precisou sacudi-la antes que o trem entrasse na estação. O dia foi sem descanso, mas o entendimento entre eles, muito cordial. Quando o rapaz lhe pediu que tirasse a echarpe que o impedia de focalizá-la direito, ela teve uma vontade louca de interromper a tomada e de correr para o seu celular. Mas o telefone da livraria só dava ocupado, Louis tinha passado grande parte da tarde nos fundos da loja, sentado diante do computador. Trocava e-mails com a África e Emily lhe corrigia todos os erros de ortografia. Para ela, esse era um bom meio de acalmar a impaciência que a dominava cada vez mais, e não sem motivo...

... À noite, todos em torno da mesa, Emily anunciou a novidade. Sua mãe tinha telefonado, chegaria tarde da noite e ficaria no hotel do outro lado da Bute Street. Viria buscá-la amanhã de manhã. Seria um domingo genial, as duas passariam o dia em companhia uma da outra.

No final do jantar, Sophie puxou Antoine à parte e se ofereceu para levar Louis à festa das flores de Chelsea. O menino precisava muito de um momento de cumplicidade feminina. Quando o pai estava perto, era bem menos confiante. Sophie lia nos olhos de Louis como num livro aberto.

Comovido, Antoine agradeceu e aceitou. E também isso lhe quebraria um galho, ele aproveitaria para passar o dia na agência. Assim, compensaria o atraso acumulado no trabalho. Mathias não dizia nada. Afinal, que cada um organizasse seu programinha esquecendo-o, ele também tinha o seu!... Desde que Audrey voltasse de Ashford. No último torpedo, ela dizia: *Na pior das hipóteses, amanhã no final da tarde.*

*

Antoine saíra de casa ao amanhecer. A Bute Street ainda dormia quando ele entrou na agência. Ligou a cafeteira, escancarou as janelas de sua sala e pôs mãos à obra.

Conforme o prometido, Sophie foi buscar Louis em casa às 8 horas. O garoto havia insistido em usar seu blazer e Mathias, ainda caindo de sono, tivera de caprichar para dar o nó na gravatinha. A festa das flores de Chelsea tinha lá seus costumes e era de praxe comparecer muito elegante. Sophie, ao entrar na sala com seu chapelão, fizera Emily rir às gargalhadas.

Assim que Louis e Sophie partiram, Emily subiu para se arrumar. Também queria estar bonita. Usaria um macacãozinho azul, tênis e sua camiseta rosa; quando se vestia assim, sua mãe sempre dizia que ela estava uma gracinha. Tocaram à porta e ela ainda ia se pentear. Tanto pior, sua mamãe esperaria, afinal ela mesma estava esperando havia dois meses.

Mathias, todo descabelado, acolheu Valentine ainda trajando um roupão.

— Que sexy! — disse ela, ao entrar.

— Achei que você viria mais tarde.

— Estou de pé desde as 6 horas da manhã, rodando pelo quarto do hotel. Emily já acordou?

— Está caprichando na produção, mas cuidado, eu não lhe falei nada. Ela deve ter trocado de roupa umas dez vezes, você não faz ideia da bagunça que está lá em cima.

— Puxou duas ou três coisinhas ao pai, essa menina — disse Valentine, rindo. — Me faz um café?

Mathias se dirigiu à cozinha e passou para trás da bancada.

— É bonito, aqui! — exclamou Valentine, olhando ao redor.

— Antoine tem bom gosto... Por que você riu?

— Porque isso é o que você dizia de mim aos amigos que iam jantar lá em casa — respondeu Valentine, sentando-se num banquinho.

Mathias encheu a xícara e colocou-a diante de Valentine.

— Você tem açúcar? — pediu ela.

— Mas você não usa açúcar — respondeu Mathias.

Valentine percorreu a cozinha com o olhar. Nas prateleiras, cada coisa em seu lugar.

— É formidável o que vocês construíram juntos.

— Está me gozando? — perguntou Mathias, servindo-se também um café.

— Não, estou sinceramente impressionada.

— Como eu já disse, o mérito é quase todo de Antoine.

— Talvez, mas respira-se felicidade aqui, e nisso o mérito deve ser quase todo seu.

— Digamos que eu faço o que posso.

— E, para me tranquilizar, me diga: vocês não brigam de vez em quando?

— Antoine e eu? Nunca!

— Eu pedi para me tranquilizar!

— Bom, um pouquinho, todos os dias!

— Acha que Emily ainda demora para acabar de se arrumar?

— O que eu posso lhe dizer?... Afinal, ela puxou duas ou três coisinhas à mãe, essa menina!

— Você não imagina o quanto ela me faz falta.

— Imagino, sim. Eu senti isso durante três anos.

— Ela está feliz?
— Você sabe muito bem, já que telefona todo dia.
Valentine se espreguiçou, bocejando.
— Quer mais uma xícara? — ofereceu Mathias, voltando à cafeteira elétrica.
— Bem que eu preciso, minha noite foi curta.
— Chegou tarde ontem?
— Razoavelmente, mas também dormi pouquíssimo... impaciente por ver minha filha. Tem certeza de que eu não posso subir para dar logo um beijo nela? Isso é uma tortura.
— Se quiser ser desmancha-prazeres, vá. Do contrário, resista e espere. Desde ontem, antes de dormir, ela já preparava a produção.
— Em todo caso, acho você muito em forma, mesmo de robe de chambre — disse Valentine, passando a mão no rosto de Mathias.
— Eu vou bem, Valentine, eu vou bem.
Valentine brincava de fazer um tablete de açúcar rolar sobre a bancada.
— Retomei o violão, sabia?
— Que bom, eu sempre disse que você não devia ter parado.
— Achei que você iria me ver no hotel, afinal conhece o quarto...
— Não farei mais isso, Valentine...
— Está com alguém?
Mathias assentiu.
— E é sério a ponto de fazê-lo ser fiel? Então, você realmente mudou... Ela tem sorte.

Emily desceu correndo a escada, atravessou a sala e pulou nos braços da mãe. As duas se enlaçaram num turbilhão de beijos. Mathias as olhava, e o sorriso que foi se abrindo em sua face comprovava que a passagem dos anos nem sempre apaga os momentos escritos a dois.

Valentine tomou a filha pela mão, Mathias as acompanhou. Abriu a porta da casa, mas Emily tinha esquecido a mochila no quarto. Enquanto ela subia para buscá-la, Valentine ficou esperando no patamar de fora.

— Vou trazê-la de volta lá pelas 18 horas. Tudo bem?

— Para o piquenique, você faz como quiser, mas eu costumo cortar as laterais do pão de fôrma. Bom, você é quem está com sua filha, faça do seu jeito... mas saiba que ela prefere sem casca.

Valentine passou ternamente a mão pelo rosto de Mathias.

— Relaxe, vai dar tudo certo.

E, debruçando-se por sobre o ombro dele, chamou Emily.

— Venha logo, querida, estamos perdendo tempo.

Mas a menina já segurava a mão dela, puxando-a para a calçada.

Valentine voltou até Mathias e lhe cochichou ao ouvido:

— Estou feliz por você. Você é um homem formidável e a merece.

Mathias ficou alguns instantes ali na escada externa, vendo Emily e Valentine se afastarem por Clareville Grove.

Quando entrou de volta em casa, seu celular estava tocando. Procurou-o por todo canto, em vão. Finalmente o viu, em cima do parapeito da janela. Atendeu bem a tempo e reconheceu imediatamente a voz de Audrey.

— Durante o dia — disse ela, com voz triste —, a fachada é ainda mais bonita, e sua mulher é realmente encantadora.

A jovem jornalista, que havia deixado Ashford de madrugada para fazer uma bela surpresa ao homem por quem estava apaixonada, desligou seu telefone e, por sua vez, deixou a Clareville Grove.

XVI

No táxi que a levava a Brick Lane, Audrey dizia a si mesma que o melhor talvez fosse nunca mais amar. Poder apagar tudo, esquecer as promessas, expulsar esse veneno com sabor de traição. Quantos dias e noites seriam necessários, ainda desta vez, para cicatrizar? Sobretudo, não pensar agora nos fins de semana futuros. Reaprender a controlar as batidas do coração quando a gente vê o outro dobrar uma esquina. Não baixar os olhos porque um casal se beija num banco bem à sua frente. E nunca, jamais, esperar que o telefone toque.

Impedir-se de imaginar a vida daquele a quem se amou. Por piedade, não o ver ao fechar os olhos, não pensar nos dias dele. Gritar toda a fúria que se sente, porque aquele homem a enganou.

O que terá sido do tempo da ternura, das mãos que se entrelaçavam quando os dois caminhavam juntos?

Pelo retrovisor, o motorista via sua passageira chorar.

— Tudo bem, senhorita?

— Não — respondeu Audrey, sufocada por um soluço.

Ela pediu que ele parasse; o táxi se alinhou no acostamento. Audrey abriu a porta e, dobrada em duas, correu para uma balaustrada. E, enquanto ela se livrava de todo aquele pesar, o homem que a conduzia desligou o motor e, sem dizer uma palavra, veio pousar em seu ombro um braço desajeitado. Contentou-se em consolá-la. Quando achou que o pior da tempestade havia passado, retomou seu lugar ao volante, desligou o taxímetro e levou-a até Brick Lane.

*

Mathias tinha enfiado uma calça, uma camisa e o primeiro par de tênis que lhe apareceu pela frente. Correra até Old Brompton, mas havia chegado muito tarde. Já fazia duas horas que ele percorria a pé as ruas de Brick Lane, mas todas se pareciam. Não era aquela, nem aquela outra, na qual acabava de dobrar, e muito menos este beco sem saída. A cada cruzamento, gritava o nome de Audrey, mas ninguém se debruçava na janela.

Perdido, ele refez o caminho rumo ao único lugar que reconhecia, o mercado. Um garçom o saudou do terraço de um café, os corredores entre as barracas estavam lotados de gente. Duas horas para lá e para cá pelo bairro! Em desespero de causa, foi sentar-se num banco que lhe era familiar. De repente, sentiu uma presença atrás de si.

— Quando Romain me deixou, me disse que me amava, mas era com sua mulher que devia viver. Você acha que o cinismo é sem limites? — disse Audrey, sentando-se junto dele.

— Eu não sou Romain.

— Fui amante dele durante três anos; 36 meses à espera de uma promessa que ele jamais cumpriu. O que há de errado comigo, para eu me apaixonar por um homem que ama outra? Não tenho mais forças, Mathias. Não quero nunca mais olhar para o relógio imaginando que aquele a quem amo está voltando para casa, sentando-se à mesa de uma outra, dizendo a ela as mesmas palavras, como se eu não tivesse existido... Não quero nunca mais dizer a mim mesma que fui apenas um episódio, uma aventura que os reaproximou, que graças a mim ele compreendeu que amava sua mulher... Perdi tanto da minha dignidade que acabei até sentindo compaixão por ela; juro, um dia me surpreendi furiosa com as mentiras que ele tivera de lhe pregar. Se ela o escutasse, se visse seus olhos, seu desejo, quando me encontrava às escondidas... Sinto muita raiva de mim por ter sido idiota a esse ponto. Não quero nunca mais ouvir a voz daquela amiga que acredita estar protegendo você e lhe diz que o outro também se enganou, que talvez ele tenha sido sincero; e, principalmente, principalmente, não quero ouvir que foi melhor assim! Nunca mais quero uma vida pela metade. Levei meses para conseguir acreditar de novo que eu também mereço uma inteira.

— Eu não vivo com Valentine, ela foi apenas buscar a filha.

— O pior, Mathias, não é tê-la visto beijando você no patamar, você de roupão, ela, bonita como eu nunca serei...

— Ela não estava me beijando, estava me confidenciando um segredo e não queria que Emily escutasse — interrompeu Mathias —, e se você soubesse...

— Não, Mathias, o pior foi o modo como você a olhava.

E, já que ele se calava, Audrey o esbofeteou.

Então Mathias passou o resto da tarde contando a ela tudo sobre sua nova vida, falando-lhe da amizade que o ligava a Antoine, de todas as diferenças sobre as quais eles tinham conseguido construir uma tal cumplicidade. Audrey o escutava sem falar nada e, mais tarde ainda, quase recuperou o sorriso, quando ele contou as férias na Escócia.

Nessa noite, ela preferia ficar sozinha, estava esgotada. Mathias compreendia. Propôs que se vissem no dia seguinte, iriam jantar no restaurante. Audrey aceitou o convite, mas tinha outra ideia...

*

Quando chegou à Clareville Grove, Mathias viu o táxi de Valentine desaparecer na esquina. Antoine e as crianças o aguardavam na sala. Louis havia passado um dia genial com Sophie, Emily estava um pouco melancólica, mas reencontrou toda a ternura do mundo nos braços do pai. A noite foi consagrada a colar as fotos das férias em álbuns. Mathias esperou que Antoine se deitasse para bater à porta dele e entrar.

— Vou lhe pedir uma pequena derrogação excepcional na regra número 2. Você não me fará nenhuma pergunta e concordará.

XVII

Um silêncio insólito reinava na casa. As crianças revisavam seus deveres, Mathias botava a mesa, Antoine cozinhava. Emily pousou o livro sobre a mesa e recitou em voz baixa a história que acabara de decorar. Hesitante quanto a um parágrafo, bateu no ombro de Louis, que estava atracado com sua cópia.

— Logo depois de Henrique IV, quem foi? — cochichou ela.

— Ravaillac!* — respondeu Antoine, abrindo a geladeira.

— Ah, isso é que não! — disse Louis, afirmativo.

— Pergunte a Mathias, pode conferir!

As duas crianças trocaram um olhar de conivência e logo se concentraram de novo em seus cadernos. Mathias pousou a garrafa de vinho que acabara de abrir e se aproximou de Antoine.

— O que você fez de bom para o jantar? — perguntou, com voz melosa.

---

* François Ravaillac, fanático que assassinou o rei francês em 14 de maio de 1610. Duas semanas depois, foi supliciado e executado. (*N. da T.*)

O céu trovejou, e nos ladrilhos lá fora uma chuva pesada começou a bater.

*

Mais tarde, Emily confidenciaria ao seu diário que o prato mais detestado no mundo pelo seu pai eram abobrinhas gratinadas, e Louis acrescentaria à margem que, naquela noite, o pai dele havia feito abobrinhas gratinadas.

*

Tocaram à porta. Mathias verificou uma última vez sua aparência no espelhinho da entrada e abriu para Audrey.
— Entre rápido, você está encharcada.
Ela despiu o trench coat e o estendeu a Mathias. Antoine ajeitou seu avental e veio também recebê-la. Audrey estava irresistível em seu vestidinho preto.
Uma mesa para três estava elegantemente arrumada. Mathias serviu o gratinado e a conversa engrenou. Jornalista até a alma, Audrey tinha o hábito de conduzir os debates; para não falar de si, o melhor caminho era fazer muitas perguntas aos outros, estratégia tanto mais eficaz quanto o interlocutor não a percebesse. No fim da refeição, se Audrey ficara sabendo várias coisas sobre arquitetura, para Antoine teria sido difícil definir a profissão de jornalista freelancer.
Quando Audrey o interrogou sobre as férias na Escócia, Antoine fez questão de mostrar fotos. Levantou-se, pegou na estante um álbum, depois outro e por fim um terceiro, antes de voltar a sentar-se junto dela, puxando a cadeira.

De página em página, todos os episódios que ele relatava se concluíam por um olhar significativo a seu melhor amigo e invariavelmente um: "Hein, Mathias?"

Terminado o jantar, Emily e Louis desceram, de pijama, para dar boa noite, e foi impossível proibi-los de permanecer à mesa. Emily sentou-se junto de Audrey e logo substituiu Antoine. Empenhou-se em comentar todas as fotos, inclusive as tiradas durante os esportes de inverno do ano anterior. À época, explicaram Emily e Louis alternadamente, papai e papai ainda não moravam juntos, mas todos se encontravam para as férias, exceto as de Natal, nas quais isso acontecia em anos alternados, acrescentou a menina.

Audrey folheava o terceiro álbum e Mathias, da cozinha, não lhe tirava de cima os olhos. Quando sua filha pousou a mão sobre o braço dela, um sorriso iluminara o rosto da moça, disso ele tinha certeza.

— Seu jantar estava delicioso — disse Audrey elogiando Antoine.

Ele agradeceu e apressou-se a apontar uma fotografia, colada de través.

— Essa daí foi pouco antes de Mathias ser trazido da pista numa maca. Esse de capuz vermelho sou eu, as crianças não estavam enquadradas. Na verdade, Mathias não tinha nada, foi só uma forte queda.

E, como o amigo roía as unhas, Antoine aproveitou para lhe dar um tapinha na mão.

— Bom, não vamos agora remontar às férias do maternal — disse Mathias, exasperado, recomeçando a roer as unhas.

Desta vez, Antoine puxou-o pela manga. Depois, anunciou a meia-voz:

— Musse de três chocolates e casca de laranja. Em geral até me pedem a receita, mas hoje ela desandou, não sei o que aconteceu — acrescentou, mexendo a colher dentro da tigela.

Parecia tão contrariado, olhando sua preparação, que Audrey interveio.

— Vocês têm gelo picado? — perguntou.

Mathias se levantou de novo e encheu uma vasilha com o que ela pedia.

— É tudo o que temos.

Audrey envolveu os pedaços de gelo em seu guardanapo e bateu-o com toda a força na bancada. Quando o abriu, havia uma neve espessa que ela incorporou de imediato à mousse. Em poucas voltas de espátula, a sobremesa havia recuperado a consistência.

— Pronto — disse ela servindo as crianças, sob o olhar estupefato de Antoine.

— Sobremesa, e depois cama! — disse Mathias a Emily.

— Você tinha prometido um filme a eles! — interpôs-se Antoine.

Emily e Louis já haviam corrido para o sofá da sala, enquanto Audrey continuou a servir a musse de chocolate.

— Não sirva muito para Mathias — recomendou Antoine —, ele não digere bem à noite.

Sem dar a mínima atenção a Mathias, que lhe lançava um olhar sombrio, Antoine recuou sua cadeira para dar passagem a Audrey.

— Deixe-me ajudar — insistiu ela, quando Antoine quis lhe tirar das mãos os pratos que ela ia removendo.

— Com que então, a senhorita sempre foi jornalista? — prosseguiu ele, afável, abrindo a torneira da pia.

— Desde os 5 anos de idade — respondeu Audrey, risonha.

Mathias se levantou, tomou o pano de prato das mãos de Audrey e lhe sugeriu ir para a sala. Audrey foi ao encontro das crianças no sofá. Assim que ela se afastou, Mathias se dirigiu a Antoine.

— E você, cretino, sempre foi arquiteto?

Continuando a ignorá-lo, Antoine se voltou para observar Audrey. Emily e Louis estavam grudados a ela, a inclinação de suas cabeças anunciava a chegada do sono. Antoine e Mathias abandonaram imediatamente a louça e o pano de prato para ir deitá-los.

Audrey observou-os subir os degraus, cada um levando nos braços seu anjinho de rosto adormecido. Quando chegaram ao patamar, nenhum adulto viu a piscadela cúmplice que Louis e Emily trocavam. Os dois pais desceram poucos minutos mais tarde. Audrey já vestira seu impermeável e esperava de pé no meio da sala.

— Já vou indo, está tarde. Muito obrigada por esta noite.

Mathias pegou sua gabardina no cabide e anunciou a Antoine que ia acompanhá-la.

— Eu adoraria que o senhor um dia me desse a receita daquela musse — disse Audrey, beijando Antoine na face.

Desceu a escada externa dando o braço a Mathias, e Antoine fechou a porta da casa.

— Vamos pegar um táxi em Old Brompton — disse Mathias. — Foi bom, não foi?

Audrey se mantinha calada, escutando os passos deles ressoarem na rua deserta.

— Emily adorou você.

Audrey aquiesceu com um leve movimento de cabeça.

— O que eu quero dizer — acrescentou Mathias — é que, se você e eu...

— Já entendi o que você queria dizer — interrompeu Audrey.

Deteve-se para encará-lo e prosseguiu:

— Me ligaram da redação hoje à tarde. Fui efetivada.

— E é uma boa notícia? — perguntou Mathias.

— Muito! Finalmente, vou ter meu programa semanal... em Paris — acrescentou ela, baixando os olhos.

Mathias a fitou, enternecido.

— E imagino que você batalha por isso há muito tempo, não?

— Desde os 5 anos de idade... — respondeu Audrey, esboçando um sorriso.

— A vida é complicada, hein? — comentou Mathias.

— Complicado é fazer escolhas — respondeu Audrey. — Você voltaria a morar na França?

— Está falando sério?

— Cinco minutos atrás, lá na calçada, você ia dizendo que me ama. Estava falando sério?

— Claro que sim, mas tem Emily...

— Não peço outra coisa além de amar Emily... mas em Paris.

Audrey ergueu a mão e um táxi parou ao lado dos dois.

— E também tem a livraria... — murmurou Mathias.

Ela pousou a mão no rosto dele e recuou para o calçamento.

— É maravilhoso o que você e Antoine construíram; você tem muita sorte, encontrou seu equilíbrio.

Audrey entrou no táxi e fechou logo a porta. Debruçada no vidro, olhava Mathias, que parecia tão perdido, naquela calçada...

— Não me telefone, já está sendo muito difícil — pediu ela, em tom triste. — Tenho sua voz na minha secretária eletrônica. Vou escutá-la ainda por alguns dias e, depois, prometo que irei apagá-la.

Mathias se adiantou para ela, segurou-lhe a mão e beijou-a.

— Então, não vou mais poder vê-la?

— Vai, sim — respondeu Audrey —, vai me ver na televisão.

Ela fez um sinal para o motorista e Mathias ficou olhando o táxi desaparecer na noite.

Então refez o caminho pela rua deserta. Ainda lhe parecia perceber as pegadas de Audrey na calçada molhada. Encostou-se a uma árvore, segurou a cabeça entre as mãos e deixou-se deslizar ao longo do tronco.

A sala estava iluminada apenas por uma pequena luminária sobre a mesa de canto. Antoine esperava, sentado na poltrona de couro. Mathias acabara de entrar.

— Confesso que, antes, eu era contra, mas agora!... — exclamou Antoine.

— Pois é, agora... — respondeu Mathias, deixando-se cair na poltrona ao lado.

— Porque, realmente... ela é maravilhosa!

— Bom, se você está convencido disso, tanto melhor! — respondeu Mathias, apertando os maxilares.

Levantou-se e dirigiu-se para a escada.

— Fico me perguntando: será que nós a deixamos um pouquinho amedrontada? — questionou Antoine.

— Não se pergunte mais!

— Será que afinal não ficamos bancando o casalzinho?

— Claro que não, por quê? — reagiu Mathias, aumentando o tom.

Aproximou-se de Antoine e segurou a mão dele.

— De jeito algum! E também você não fez nada para... Nós formamos algum casal? — disse, assestando-lhe um tapa na palma. — Me diga. Não formamos nenhum casal! — repetiu, batendo de novo. — Ela é tão maravilhosa que acaba de me deixar!

— Espere aí, não jogue toda a culpa nas minhas costas, as crianças também fizeram uma forcinha.

— Cale a boca, Antoine! — disse Mathias, afastando-se para a entrada.

Antoine o alcançou e o reteve pelo braço.

— O que você achava? Que não seria difícil para ela? Quando é que você vai enxergar a vida de outro jeito, além de só pelas suas pupilas?

E, justamente quando falava dos olhos de Mathias, viu que estes se enchiam de lágrimas e sua raiva passou de imediato. Segurou Mathias pelos ombros e deixou-o extravasar livremente seu pesar.

— Lamento muito, meu amigo, vamos, acalme-se — disse, abraçando-o —, talvez nem tudo esteja perdido.

— Está, sim, acabou-se tudo — respondeu Mathias, saindo novamente da casa.

Antoine deixou-o se afastar pela rua, ele precisava ficar sozinho.

Mathias parou na esquina da Old Brompton. Era ali que havia tomado um táxi com Audrey, na última vez. Pouco adiante, passou em frente ao ateliê de um fabricante de pianos; Audrey lhe contara que tocava de vez em quando e que sonhava voltar a tomar aulas; mas, no reflexo da vitrine, era sua própria imagem que ele detestava.

Seus passos guiaram-no até a Bute Street. Ele viu o raio de luz que passava sob a porta de ferro do restaurante de Yvonne, entrou pela lateral e bateu na porta de serviço.

*

Yvonne pousou suas cartas e levantou-se.

— Com licença, um minuto — disse às três amigas.

Danièle, Colette e Martine resmungaram em coro. Se Yvonne deixasse a mesa, perderia a rodada.

— Está ocupada? — perguntou Mathias, entrando na cozinha.

— Pode jogar conosco, se quiser... Você já conhece Danièle, ela é dura de roer, mas blefa o tempo todo. Colette está um pouquinho de porre e Martine é fácil de derrotar.

Mathias abriu a geladeira.

— Tem alguma coisa para beliscar?

— Sobrou um assado do jantar — respondeu Yvonne, observando Mathias.

— Eu preferiria algum docinho... Um doce me faria bem. Mas não se preocupe comigo, vou procurar um agradinho aqui dentro.

— A julgar pela sua cara, duvido que você o encontre na minha geladeira!

Yvonne voltou à sala, ao encontro de suas amigas.

— Perdeu a rodada, minha cara — disse Danièle, juntando as cartas.

— Ela trapaceou — anunciou Colette, servindo-se de mais um copo de vinho branco.

— E eu? — disse Martine, estendendo o copo. — Quem falou que eu não estou com sede também?

Colette olhou a garrafa e se tranquilizou: ainda dava para servir Martine. Yvonne tomou as cartas das mãos de Danièle. Enquanto as baixava, suas três companheiras viraram a cabeça para a cozinha. E, como a dona da casa não se mexia, deram de ombros e continuaram sua partida.

Colette pigarreou. Mathias, que acabara de entrar na sala, sentou-se à mesa e as cumprimentou. Danièle lhe passou umas fichas.

— A rodada é de quanto? — perguntou Mathias, inquieto, vendo as fichas amontoadas sobre a mesa.

— Cem, e não se fala mais nisso! — respondeu Danièle de imediato.

— Eu passo — logo anunciou Mathias, baixando suas cartas.

As três colegas, que nem sequer tinham tido tempo de olhar as cartas, lançaram-lhe um olhar fulminante, antes de baixá-las também. Danièle voltou a empilhar as cartas, fez Mathias cortar e as redistribuiu. Mais uma vez, Mathias abriu sua mão e de imediato anunciou que passava.

— Será que você não quer falar? — sugeriu Yvonne.

— Ah, não! — reclamou Danièle. — Vamos nos calar, não fique cacarejando a cada vaza!

— Ela não se dirigiu a Martine, mas a ele! — retorquiu Colette, apontando Mathias.

— Ótimo, então ele que não fale também! — retrucou Martine. — Se eu disser uma só palavra, levo bronca. Faz três rodadas que ele passa, então que converse com sua aposta e não abra a boca!

Mathias pegou a pilha de cartas e as distribuiu.

— Como você está envelhecendo mal, minha querida — disse Danièle a Martine. — Não se trata de falar durante a partida, mas de deixá-lo falar! Não vê que ele está arrasado?

Martine rearrumou seu jogo e balançou a cabeça.

— Bom, então é diferente. Se ele precisa falar, que fale, o que eu posso dizer?

Ela mostrou uma trinca de ases e recolheu a aposta. Mathias pegou seu copo e tomou-o de uma só vez.

— Tem gente que leva duas horas em transporte coletivo todos os dias para ir trabalhar! — disse ele, falando sozinho.

As quatro amigas se entreolharam sem dizer palavra.

— Paris fica a apenas duas horas e quarenta — acrescentou Mathias.

— Vamos calcular o tempo de trajeto para todas as capitais europeias ou vamos jogar pôquer? — explodiu Colette.

Danièle lhe deu uma cotovelada para que ela se calasse.

Mathias olhou-as alternadamente, antes de recomeçar sua ladainha.

— Afinal, é complicado mudar de cidade e voltar a morar em Paris...

— É menos complicado do que imigrar da Polônia em 1934, se você quiser minha opinião! — resmungou Colette, lançando uma carta.

Desta vez, foi Martine quem lhe deu uma cotovelada.

Yvonne mediu Mathias com o olhar.

— Não parecia tanto assim, no início da primavera! — retrucou.

— Por que você diz isso? — perguntou Mathias.

— Você me entendeu muito bem!

— Seja como for, nós é que não entendemos nada! — reagiram em coro as três amigas.

— Não é a distância física que estraga um casal, mas a que a pessoa instala em sua vida. Foi por isso que você perdeu Valentine, e não porque a traiu. Ela o amava demais, um dia acabaria perdoando. Mas você estava muito distante dela. Já é hora de decidir crescer um pouco, pelo menos tente fazer isso antes que sua filha se torne mais madura do que você! E agora, calado, é sua vez de jogar!

— Talvez seja bom abrir mais uma garrafa, eu vou buscar — anunciou Colette, levantando-se da mesa.

*

Mathias havia afogado seu pesar em companhia das quatro "irmãs Dalton". Naquela noite, ao subir a escada de casa, ele teve uma verdadeira sensação de vertigem.

*

No dia seguinte, Antoine foi buscar as crianças na escola e depois saiu às pressas. Tinha muito trabalho na agência, por causa da obra de Yvonne. E como Mathias corria no parque para refrescar as ideias, Sophie veio ficar com elas por duas horas. Emily disse a si mesma que, se seu pai queria refrescar as ideias, devia ter escolhido outra melhor; no estado dele, ir correr no parque não era uma boa solução. Desde que havia comido abobrinhas gratinadas, ele realmente andava com uma cara péssima e sua vertigem piorava. E, como isso já acontecera fazia dois dias, ele de fato devia estar introjetando alguma coisa.

Após entendimentos com Louis, ficou decidido não fazer nenhum comentário. Com um pouco de sorte, Sophie ficaria para jantar, e, quando ela estava ali, era sempre uma boa notícia: comer de bandeja no sofá, com televisão ligada, e dormir tarde.

*

Naquela noite, justamente, Emily confidenciou ao seu diário haver notado que alguma coisa não ia bem. Na hora em que ouvira o barulho da queda na escada, pedira a Louis para chamar logo o socorro, e Louis acrescentou à margem que o socorro em questão era seu pai.

*

Antoine andava para lá e para cá no corredor do centro médico. A sala de espera estava lotada. Todos aguardavam sua vez, folheando as revistas desconjuntadas que se empilhavam na mesinha. Inquieto como estava, ele não tinha a menor vontade de ler.

Finalmente o médico deixou o consultório e veio ao seu encontro. Pediu-lhe que o seguisse e puxou-o à parte.

— Ele não teve nenhuma contusão cerebral, mas só um grande hematoma na testa. As radiografias são tranquilizadoras. A título preventivo, fizemos uma ultrassonografia. Não se vê muita coisa, mas a melhor notícia que eu posso dar ao senhor é que o bebê não sofreu nada.

XVIII

A porta do boxe se entreabriu. Sophie usava um jaleco azul e as sapatilhas que a mandaram colocar para os exames.

— Vá me esperar lá fora — disse ela a Antoine.

Ele voltou a se sentar numa cadeira, em frente à recepção. Sophie estava com uma carinha engraçada, quando voltou.

— Estava esperando o quê, para me falar disso? — perguntou Antoine.

— Falar de quê?... Não é uma doença.

— O pai é o sujeito a quem eu escrevo suas cartas?

A caixa do dispensário fez um sinal a Sophie. O resultado estava datilografado, ela já podia acertar as contas.

— Estou cansada, Antoine. Vou pagar, e você me leva para casa!

*

A chave girou na fechadura. Mathias deixou a carteira na cestinha da entrada. Antoine, instalado na poltrona de couro, lia à luz do abajur da mesinha de canto.

— Desculpe, está tarde, mas eu tive um trabalho de louco.
— Hummm.

— O que foi?

— Nada, toda noite você tem um trabalho de louco.

— Bom, eu tive mesmo!

— Fale baixo, Sophie está dormindo ali no escritório.

— Você saiu?

— Que ideia! Ela teve um mal-estar.

— Ah, droga. E é grave?

— Vomitou e desmaiou.

— Ela comeu de sua musse de chocolate?

— Uma mulher que vomita e desmaia, quer um subtítulo?

— Oh, merda! — disse Mathias, deixando-se cair na poltrona em frente.

*

Tarde da noite, Antoine e Mathias estavam face a face, sentados à mesa da cozinha. Mathias continuava sem ter jantado. Antoine pegou uma garrafa de vinho tinto, uma cesta de pães e um prato de queijos.

— É formidável, o século XXI — disse Mathias. — As pessoas se divorciam por uma bobagem, as mulheres fazem filhos com surfistas de passagem e depois dizem que nos acham mais inseguros do que antes...

— Sim, e também há homens que vivem a dois sob o mesmo teto... Você vai nos atribuir todas as babaquices que tem no repertório?

— Vamos, me passe a manteiga — pediu Mathias, preparando uma torrada.

Antoine desarrolhou a garrafa.

— Precisamos ajudá-la — disse, servindo-se de um copo.

Mathias tomou a garrafa das mãos de Antoine e também se serviu.

— O que você pretende fazer? — perguntou.

— Não existe pai... Eu vou reconhecer a criança.

— E por que você? — insurgiu-se Mathias.

— Por dever, e também porque falei primeiro.

— Ah, sei, de fato são duas boas razões.

Mathias refletiu por alguns instantes e bebeu em um só gole o copo de Antoine.

— Seja como for, não poderia ser você, ela nunca ia querer um pai cego — disse, com um sorriso nos lábios.

Os dois amigos se fitaram em silêncio, e como Antoine não compreendia a alusão de Mathias, este prosseguiu:

— Faz quanto tempo que você escreve cartas a si mesmo?

A porta do cantinho-escritório acabara de se abrir. Sophie apareceu de pijama, olhos vermelhos, e ficou olhando os dois compadres.

— Que conversa nojenta, essa de vocês — disse, encarando-os.

Juntou suas coisas, embolou-as embaixo do braço e saiu para a rua.

— Viu? É bem o que eu estava dizendo, você é completamente cego! — repetiu Mathias.

Antoine se precipitou. Sophie já estava longe na calçada. Ele correu e conseguiu alcançá-la. Ela continuou a caminhar rumo à avenida.

— Pare! — disse ele, tomando-a nos braços.

Os lábios dos dois se aproximaram até se aflorar e, pela primeira vez, eles se beijaram. O beijo foi demorado, e depois Sophie levantou a cabeça e olhou Antoine.

— Não quero mais ver você, nunca mais, nem ele.

— Não diga nada — murmurou Antoine.

— Você faz jantares para dez pessoas, mas nunca se senta à mesa; não consegue fazer suas contas baterem, mas reforma o restaurante de Yvonne; deu um jeito de morar com seu melhor amigo porque ele se sentia sozinho, ao passo que no fundo você não queria muito isso; acha realmente que eu vou deixá-lo criar meu filho? E sabe o que é mais terrível? Que justamente por todas essas razões é que eu sou apaixonada por você desde sempre. Agora, vá cuidar das suas coisas e me deixe em paz.

Com os braços pendurados, Antoine viu Sophie se afastar, sozinha, de pijama, por Old Brompton.

*

De volta à casa, encontrou Mathias sentado no parapeito do jardim.

— Nós dois devíamos nos dar uma segunda chance.

— As segundas chances nunca funcionam — resmungou Antoine.

Mathias puxou um charuto do bolso, rolou a capa entre os dedos e o acendeu.

— É verdade — respondeu —, mas conosco é diferente, nós não dormimos juntos!

— Tem razão, de fato isso faz diferença! — respondeu Antoine, irônico.

— Qual é o risco? — perguntou Mathias, olhando as volutas de fumaça.

Antoine se levantou e tomou o charuto de Mathias. Dirigiu-se para a casa e, na soleira da porta, virou-se.

— Nenhum, exceto o de nos divertirmos!
E entrou na sala dando uma enorme baforada no charuto.

*

As boas resoluções foram postas em prática já no dia seguinte. Cabelos cheios de espuma, Mathias cantava em altos brados em sua banheira a ária de *La Traviata*, embora o coração não o acompanhasse. Com a ponta do dedão, girou a torneira para aumentar a temperatura do banho. O fio d'água que corria estava glacial. Do outro lado da parede, Antoine, touca na cabeça, esfregava as costas com uma escova de crina, sob uma ducha fumegante. Mathias entrou no banheiro de Antoine, abriu a porta do boxe, fechou a água quente e voltou à sua banheira, deixando sobre o piso uma esteira de nuvenzinhas de espuma.

Uma hora mais tarde, os dois amigos se encontraram no patamar da escada, ambos vestidos em roupões idênticos, fechados até o pescoço. Cada um entrou no quarto do respectivo filho para deitá-lo. De volta ao topo da escada, abandonaram os roupões no chão e desceram os degraus em passos sincronizados, mas desta vez de cueca, meias, camisa branca e gravata-borboleta. Vestiram as calças, dobradas sobre os braços da poltrona grande, ataram os cadarços dos sapatos e foram sentar-se no sofá da sala, ao lado da baby-sitter convocada para a ocasião.

Mergulhada em suas palavras cruzadas, Danièle puxou os óculos até a ponta do nariz e olhou-os alternadamente.

— Não passem de uma hora da manhã!

Os dois homens se levantaram num salto e se dirigiram à porta de entrada. Quando já se dispunham a sair, Danièle avistou os roupões, que haviam escorregado degraus abaixo, e perguntou se "pôr em ordem", com sete letras, não lhes lembrava nada.

A discoteca estava cheia. Mathias se viu esmagado contra o bar que Antoine penava para alcançar. Uma criatura parecendo saída das páginas de uma revista erguia a mão para chamar a atenção de um garçom. Mathias e Antoine trocaram um olhar, mas de nada adiantou. Ainda que um dos dois tivesse a coragem de falar com ela, o volume da música impossibilitaria qualquer intercâmbio. Finalmente o barman perguntou à jovem o que ela desejava beber.

— Qualquer coisa, desde que haja uma pequena sombrinha no copo — respondeu ela.

— Vamos embora? — berrou Antoine no ouvido de Mathias.

— O último que chegar à saída convida o outro para jantar — respondeu Mathias, tentando desesperadamente cobrir a voz de Puff Daddy.

Levaram quase meia hora para atravessar a sala. Uma vez na rua, Antoine se perguntou quanto tempo o zumbido dentro de sua cabeça demoraria para cessar. Quanto a Mathias, este se via quase afônico. Entraram num táxi, rumo a um clube que acabara de ser inaugurado no bairro de Mayfair.

Uma longa fila se estendia em frente à porta. A nata da juventude londrina se acotovelava para entrar. Um leão de chácara notou Antoine e lhe acenou para passar na frente de todo mundo. Muito orgulhoso, Antoine puxou Mathias atrás de si, abrindo caminho pela multidão.

Quando chegou à entrada, o mesmo leão de chácara lhe pediu que mostrasse os adolescentes que ele acompanhava.

O clube sempre priorizava o acesso dos que vinham com os pais.

— Vamos dar o fora daqui! — foi logo dizendo Mathias a Antoine.

Outro táxi, rumo ao Soho. Um DJ de house ia tocar por volta das 23 horas num lounge. Mathias se descobriu sentado em cima de um anteparo, Antoine numa pontinha de banco dobrável. Foi só o tempo de se entreolharem e correrem para a saída. O *black cab* rodava agora para East End River, um dos bairros mais badalados do momento.

— Estou com fome — disse Mathias.

— Conheço um restaurante japonês não muito longe daqui.

— Vamos aonde você quiser, mas conservaremos o táxi... por via das dúvidas.

Mathias achou o lugar espantoso. Todo mundo estava sentado em torno de um balcão imenso pelo qual circulavam, sobre uma esteira mecânica, combinados de sushis e sashimis. Ninguém fazia comandas, bastava escolher o mais apetitoso entre os minipratos que iam passando. Depois de provar atum cru, Mathias perguntou se podiam trazer pão e uma fatia de queijo; a resposta foi a mesma que tinham dado quando ele pedira um garfo.

Ele largou o prato sobre a esteira rolante e retornou ao táxi, que esperava em fila dupla.

— Você não estava com fome? — interpelou Antoine, indo ao seu encontro.

— Não a ponto de comer garoupa com os dedos!

A conselho do motorista, rumaram para uma boate de striptease. Confortavelmente instalados, desta vez, em suas poltronas, Mathias e Antoine bebericavam seu quarto coquetel da noite, não sem sentir os indícios de uma certa embriaguez.

— A gente não conversa o suficiente — disse Antoine, pousando o copo. — Jantamos juntos toda noite e não nos dizemos nada.

— Foi por causa de frases como essa que eu deixei minha mulher — respondeu Mathias.

— Foi sua mulher que o deixou!

— Esta é a terceira vez que você olha seu relógio, Antoine. Não se sinta obrigado, só porque resolvemos nos dar uma segunda chance.

— Você ainda pensa nela?

— Viu? É a sua cara. Eu lhe faço uma pergunta e você responde com outra.

— É para ganharmos tempo. Faz trinta anos que eu o conheço, Mathias, e são trinta anos em que o assunto de todas as nossas conversas é sempre você. Por que seria diferente esta noite?

— Porque é sempre você quem se recusa a se abrir. Vamos, eu o desafio: me diga uma coisa muito pessoal, só uma.

Bem na frente deles, uma dançarina parecia perdidamente apaixonada pela barra de metal sobre a qual rebolava. Antoine fez rolar entre os dedos um punhado de amêndoas e suspirou.

— Não sinto mais tesão, Mathias.

— Se está se referindo ao que acontece nessa pista, eu também não, posso lhe garantir!

— Vamos embora? — suplicou Antoine.

Mathias já estava de pé e o aguardava na saída.

A conversa recomeçou no táxi que os levava para casa.

— Acho que a ideia de paquerar sempre me aborreceu.

— Você se aborreceu com Caroline Leblond?
— Não, com Caroline Leblond eu aborreci foi você.
— Existe alguma coisa que uma mulher poderia lhe fazer na cama para deixar você enlouquecido?
— Sim, esconder o controle remoto da tevê.
— Você está muito cansado, é isso.
— Então, deve fazer uma porrada de tempo que eu estou cansado. Fiquei olhando aqueles sujeitos na boate agora há pouco, pareciam uns lobos em tocaia. Isso não me diverte mais, nunca me divertiu. Quando uma mulher olha para mim da outra ponta do bar, preciso de seis meses para ter a coragem de atravessar a sala. E, também, a ideia de acordar ao lado de alguém, mas numa cama onde não há nenhum sentimento, isso eu não aguento mais.
— Tenho inveja de você. Percebe a felicidade de saber que alguém o ama antes de desejá-lo? Aceite-se do jeito como é, seu problema não tem nada a ver com tesão.
— É mecânico, Mathias. Faz três meses que a coisa não funciona, nem mesmo de manhã. De uma vez por todas, escute o que eu estou dizendo: não tenho mais tesão!

Os olhos de Mathias se encheram de lágrimas.

— O que você tem? — perguntou Antoine.
— É por minha causa? — disse Mathias, chorando.
— Mas o que deu na sua cabeça? Você é um babaca total! Não tem nada a ver com você, estou dizendo que tudo vem de mim!
— É porque eu o sufoco, é isso?
— Pare com isso, você está completamente louco!
— Ora, mas se eu o impeço de ficar duro!
— Viu? Já recomeçou tudo! Você pede que eu fale de mim, mas não importa o que eu faça ou diga, a conversa vol-

ta para você. É uma doença incurável. Então, vá em frente, não percamos mais tempo, me fale do que o está angustiando! — berrou Antoine.

— Quer mesmo que eu diga?

— É você quem vai pagar o táxi!

— Acha que me faltou coragem com Audrey? — desembuchou Mathias.

— Me dê sua carteira!

— Por quê?

— Não dissemos que você paga o táxi? Então, me passe a carteira!

Mathias obedeceu. Antoine abriu-a e tirou lá de dentro a pequena foto na qual Valentine sorria.

— Não foi coragem o que lhe faltou, mas discernimento! Vire esta página de uma vez por todas — disse Antoine, pagando ao motorista com o dinheiro de Mathias.

Repôs a foto no lugar e saiu do táxi, que acabara de chegar ao destino.

*

Quando Antoine e Mathias entraram em casa, ouviram uma espécie de sopro surdo e repetitivo. Antoine, que não tinha estudado arquitetura durante seis anos inutilmente, logo identificou o ruído de um tubo furado, pelo qual escapava o ar quente. Seu diagnóstico estava feito: a caldeira estava pifando. Mathias observou que o barulho não vinha do subsolo, mas da sala. Ultrapassando a extremidade do sofá, um par de sapatos se mexia em ritmo perfeito com o ronco que os havia inquietado. Danièle, deitada totalmente ao comprido, dormia tranquilamente.

Depois que ela foi embora, os dois amigos desarrolharam uma garrafa de Bordeaux antes de, por sua vez, se instalarem no sofá.

— Como é bom estar em casa! — exultou Mathias, esticando as pernas.

E, como Antoine olhava os pés que ele havia pousado sobre a mesinha de centro, acrescentou:

— Regra 124: a gente faz o que der na telha!

*

A semana se escoou em meio a muitos esforços. Mathias fazia tudo o que podia para se concentrar em seu trabalho e unicamente em seu trabalho. Quando encontrou, na correspondência da livraria, um folheto que anunciava a publicação da nova coleção dos *Lagarde et Michard*, não pôde ignorar uma certa dor no coração. Jogou o catálogo na cesta de papéis, mas à noite, ao esvaziá-la, recuperou-o para colocá-lo embaixo da caixa.

*

Todos os dias, ao seguir para a agência, Antoine passava diante da loja de Sophie. Por que seus passos o conduziam para aquele lado da calçada, se seu escritório ficava em frente? Ele não entendia, e até juraria não ter percebido. E Sophie, quando percebia Antoine grudado diante da sua vitrine, desviava os olhos.

*

As obras estavam prestes a começar. Ajudada por Enya, Yvonne dava um pouco de ordem no restaurante, multiplicando o vaivém entre o bar e a adega. Certa manhã, Enya deslocou uma caixa de Château Labegorce-Zédé e Yvonne lhe suplicou que a deixasse no lugar. Aquelas garrafas eram muito especiais.

*

Um dia, no quadro-negro da sala de aula, a professora havia escrito com giz o enunciado do dever de geografia. Emily copiava no caderno de Louis, que por sua vez, com o olhar voltado para a janela, sonhava com terras africanas.

*

Uma manhã, quando ia ao banco, Mathias acreditou reconhecer a silhueta de Antoine atravessando o cruzamento. Apresou-se para alcançá-lo e reduziu o passo. Antoine acabara de parar diante de uma loja de enxovais para bebês; hesitava, olhava à esquerda e à direita, até que empurrou a porta.

Escondido atrás de um poste, Mathias o observava através da vitrine.

Viu Antoine passar de prateleira em prateleira, alisando as pilhas de roupinhas. A vendedora lhe falava, mas, com um aceno da mão, ele deixava claro que estava só olhando. Dois sapatinhos tinham chamado sua atenção. Ele os pegou e os examinou por todos os lados. Depois enfiou um no dedo indicador e outro no médio.

No meio das pelúcias, Antoine reproduzia na palma da mão esquerda a dança dos pãezinhos.* Quando surpreendeu o olhar divertido da vendedora, ruborizou-se e devolveu os sapatinhos à prateleira. Mathias abandonou seu poste e afastou-se pela rua.

*

Na hora do almoço, McKenzie saiu discretamente da agência e correu até a estação de South Kensington. Entrou num táxi e pediu que o motorista o levasse à St. James Street. Pagou a corrida, verificou se ninguém o tinha seguido e entrou de bom humor no ateliê de Archibald Lexington, alfaiate credenciado junto a Sua Majestade. Depois de uma rápida passagem pela cabine de provas, subiu num pequeno estrado reservado para tal uso e deixou Sir Archibald fazer os retoques necessários no terno que ele havia encomendado. Ao se olhar no grande espelho, disse a si mesmo que havia feito a coisa certa. Na próxima semana, quando acontecesse a inauguração da futura sala do restaurante de Yvonne, estaria ainda mais sedutor do que habitualmente, ou mesmo irresistível.

*

No meio da tarde, John Glover deixou seu *cottage* para ir até a aldeia. Entrou na rua principal, empurrou a porta do mestre vidraceiro e apresentou seu tíquete. A encomenda es-

---

* Cena antológica do filme *Em busca do ouro* (1925), de Charles Chaplin. (*N. da T.*)

tava pronta. O aprendiz que o recebera desapareceu por um instante e voltou trazendo nas mãos um pacote. John removeu delicadamente o papel que o envolvia, descobrindo uma fotografia emoldurada. Na dedicatória, lia-se: "Para minha cara Yvonne, com toda a minha amizade, Éric Cantona." Com um aceno da mão, John agradeceu aos artesãos que trabalhavam no ateliê e levou o quadrinho; esta noite, iria pendurá-lo no quarto grande do primeiro andar.

*

E nessa mesma noite, enquanto Mathias preparava o jantar, Antoine assistia à televisão em companhia das crianças. Emily pegou o controle remoto e começou a mudar de canal. Mathias, que agora enxugava um copo, reconheceu a voz da jornalista que falava da comunidade francesa instalada na Inglaterra. Levantou a cabeça e viu as barrinhas do volume diminuírem à esquerda do rosto de Audrey. Antoine havia tomado o controle remoto das mãos de Emily.

*

Em Paris, nos estúdios de uma rede de tevê, o diretor de informação saía de uma reunião de fechamento e se entretinha com uma jovem jornalista. Após sua partida, um técnico entrou no recinto.

— E então? — disse Nathan. — Tudo certo, já é oficial? Você vai ter seu programa?

Audrey balançou a cabeça em sinal de assentimento.

— E eu fico na equipe com você?

Audrey respondeu que sim da mesma maneira.

*

    No meio da noite, enquanto Sophie relia umas cartas, sozinha nos fundos de sua loja, Yvonne confidenciava a Enya, sentada ao pé de sua cama, alguns segredos de sua vida e a receita de seu *crème caramel*.

XIX

Com o olhar no vazio, Mathias girava a colher na xícara de café. Antoine sentou-se ao lado dele e tomou-a de suas mãos.

— Dormiu mal? — perguntou.

Louis desceu do quarto e instalou-se à mesa.

— O que minha filha está fazendo ainda? Vocês vão se atrasar para a escola.

— Ela vai chegar de seguida — respondeu Louis.

— Neste caso não se diz "de seguida", mas "em seguida" — corrigiu Mathias, levantando a voz.

Ergueu a cabeça e viu Emily deslizando pelo corrimão.

— Desça daí imediatamente! — berrou Mathias, saltando de pé.

Carrancuda, a menina foi se refugiar no sofá da sala.

— Não me encha o saco! — continuou seu pai a gritar. — Venha já para a mesa!

Fazendo beicinho, Emily obedeceu e foi se sentar em sua cadeira.

— Você está muito mimada. Será que eu preciso lhe repetir as coisas cem vezes, minhas frases não entram mais no seu cérebro? — continuou Mathias.

Embasbacado, Louis olhou para seu pai, que lhe aconselhou ser o mais discreto possível.

— E não me olhe com essa cara! — emendou Mathias, cuja raiva não passava. — Está de castigo! Esta noite, quando você voltar... deveres, jantar, e vai dormir sem televisão, fui claro?

A menina não respondeu.

— Fui claro, entendeu? — insistiu Mathias, aumentando ainda mais o tom.

— Sim, papai — balbuciou Emily, com os olhos cheios de lágrimas.

Louis pegou sua pasta, fuzilou Mathias com o olhar e puxou a amiguinha para a entrada. Antoine não disse palavra e pegou as chaves do carro na cestinha.

Depois de deixarem as crianças, Antoine estacionou o Austin Healey diante da livraria. Quando Mathias ia descendo do carro, ele o agarrou pelo braço.

— Creio ter entendido que você não está se sentindo bem neste momento, mas exagerou com sua filha agora há pouco.

— Quando eu a vi montar no corrimão, tive medo, muito medo, se você quer saber.

— Não é porque sofre de vertigens que você deve impedi-la de caminhar!

— É fácil dizer isso, logo você, que quando sente frio veste um suéter no filho... Eu gritei tanto assim?

— Pior: berrou, urrou! Me prometa uma coisa: vá tomar ar, volte ao parque esta tarde, você está precisando!

Antoine deu um tapa amigável no ombro de Mathias e se dirigiu para a agência.

*

Às 13 horas, Antoine convidou McKenzie para almoçar no restaurante de Yvonne. Para começar, declarou, levariam os desenhos de execução que McKenzie havia concluído e aproveitariam a refeição para verificar os últimos detalhes no próprio local.

Os dois estavam instalados à mesa quando Yvonne veio chamar Antoine: ele estava sendo chamado ao telefone. Antoine pediu licença ao seu colaborador e pegou o fone sobre o balcão.

— Me diga a verdade: você acha que Emily pode deixar de me amar?

Antoine olhou o aparelho e desligou sem responder. Ficou ali do lado; havia imaginado certo, a campainha já tocava de novo. Ele atendeu de imediato.

— Você enche o saco, Mathias... Perdão? Não, não fazemos reservas para o almoço... Sim, obrigado.

E, sob o olhar intrigado de Yvonne, desligou suavemente. Voltou à sua mesa e logo deu meia-volta, o telefone voltara a tocar. Yvonne lhe passou o aparelho.

— Não diga nada e me escute! — suplicou Mathias, que andava para lá e para cá em sua livraria. — Esta noite, você suspende o castigo dela, eu volto depois de você e improviso alguma coisa.

Mathias desligou.

Ainda com o fone no ouvido, Antoine se esforçava por manter a calma. E, como Yvonne não lhe tirava os olhos de cima, ele também improvisou.

— Esta é a última vez que você me incomoda no meio de uma reunião! — disse, antes de desligar também.

*

    Sentada num banco, Danièle havia abandonado suas palavras cruzadas para tricotar um casaquinho. Puxou o fio de lã e desceu os óculos até a ponta do nariz. Diante dela, Sophie, sentada à turca na grama, jogava cartas com Emily e Louis. Mas, sentindo dor nas costas, desculpou-se com as crianças e afastou-se para dar alguns passos.

— O que é que seu pai tem agora? — perguntou Louis a Emily.

— Acho que é por causa daquela jornalista que foi jantar lá em casa.

— O que existe entre eles, exatamente? — questionou o menino, jogando uma carta.

— Seu pai... e minha mãe — respondeu ela, baixando seu jogo.

*

    Mathias caminhava em passo apressado por uma alameda do parque. Abriu o saco da confeitaria, meteu a mão, tirou um pão de passas e deu-lhe uma boa dentada. De repente, diminuiu o ritmo e seu rosto mudou de expressão. Escondeu-se atrás de um carvalho para espiar a cena à sua frente.

    Emily e Louis riam às gargalhadas. De gatinhas sobre a grama, Sophie fazia cócegas num e no outro, alternadamente. Endireitou-se para fazer uma pergunta.

— Uma surpresa, em nove letras?
— Carrossel! — exclamou Louis.

Como que por magia, Sophie fez aparecerem dois tíquetes na palma da mão. Levantou-se e convidou as crianças a segui-la até o brinquedo.

Louis, que caminhava atrás, escutou um assovio e se voltou. A cabeça de Mathias surgia de trás de um tronco de árvore. Mathias acenou para que ele se aproximasse discretamente. Louis deu uma rápida olhada para Sophie e Emily, que caminhavam lá na frente, e correu para o banco onde Mathias já o esperava.

— O que você está fazendo aí? — perguntou.

— E Sophie, o que está fazendo aqui? — respondeu Mathias.

— Não posso contar, é segredo!

— Não diga! Quando eu soube que um certo garoto havia arrancado uma escama do dinossauro no museu, não falei nada!

— Sim, mas não é a mesma coisa, o dinossauro estava morto.

— E por que é segredo que Sophie está aqui? — insistiu Mathias.

— No começo, quando você se separou de Valentine e ia ver Emily escondido nos Jardins de Luxemburgo, também era segredo, não?

— Ah, entendi... — murmurou Mathias.

— Nada, você não entendeu nada! Desde que vocês brigaram com Sophie ela tem saudade da gente, e eu também tenho saudade dela.

O menino se levantou num salto.

— Bom, tenho que ir, elas vão perceber que eu não estou lá.

Louis se afastou alguns passos, mas Mathias o chamou.

— Esta nossa conversa também é segredo, certo?

Louis fez que sim com a cabeça e confirmou seu juramento pousando solenemente a mão sobre o coração. Mathias sorriu e lhe jogou o saco de docinhos.

— Ainda tem dois pães de passas, você dá um à minha filha?

O garoto encarou Mathias, com ar desanimado.

— E eu digo a Emily o quê? Que seu pão de passas brotou de uma árvore? Você é uma negação em mentiras, cara!

Jogou o saco de volta a Mathias e foi embora balançando a cabeça.

*

À noite, quando voltou para casa, Mathias encontrou Emily e Louis assistindo a desenhos animados. Na cozinha, Antoine preparava a refeição. Mathias se aproximou dele e cruzou os braços.

— Não estou entendendo! — disse, apontando a televisão ligada. — O que eu tinha dito?

Espantado, Antoine ergueu a cabeça.

— Na-da de te-le-vi-são! Ou seja, não importa o que eu diga, dá no mesmo? É o cúmulo! — gritou Mathias, erguendo os braços para o céu.

Do sofá, Emily e Louis observavam a cena.

— Eu gostaria que minha autoridade fosse ao menos um pouco respeitada nesta casa. Quando eu tomo uma decisão em relação às crianças, gostaria que você me apoiasse. Se for sempre um que castiga e o outro que recompensa, assim fica fácil demais!

Antoine, que não havia tirado os olhos de cima de Mathias, parou de mexer sua *ratatouille*.

— É uma questão de coerência familiar! — concluiu Mathias, metendo o dedo na panela e piscando o olho para seu amigo.

Antoine lhe bateu na mão com a concha.

Encerrado o incidente, todos passaram à mesa. No final do jantar, Mathias foi colocar Emily para dormir.

Deitado junto dela, contou-lhe a mais longa das histórias que conhecia. E quando, para concluir, Théodore, o coelho de poderes mágicos, viu no céu a águia girando em círculos (desde o nascimento, o pobre animal tinha uma asa mais curta que a outra... em algumas penas), Emily colocou o polegar na boca e se encolheu contra o pai.

— Está dormindo, minha princesa? — cochichou Mathias.

Então se deixou deslizar suavemente para o lado. Ajoelhado junto à cama, acariciou os cabelos da filhinha e ficou um tempão vendo-a dormir.

Emily tinha uma mão pousada na testa e a outra ainda segurava a do pai. De vez em quando seus lábios fremiam, como se ela fosse dizer alguma coisa.

— Como você se parece com ela... — murmurou Mathias.

Beijou a face da menina, disse-lhe que a amava mais que tudo e saiu do quarto sem fazer barulho.

*

De pijama, deitado em sua cama, Antoine lia tranquilamente. Bateram no seu quarto.

— Esqueci de apanhar meu terno na tinturaria — disse Mathias, passando a cabeça pela abertura da porta.

— Eu passei lá, está no seu armário — respondeu Antoine, voltando ao início da página.

Mathias se aproximou da cama e se estirou sobre a colcha. Pegou o controle remoto e ligou a televisão.

— É bom, esse seu colchão!

— O seu é igual!

Mathias se levantou e deu uns tapas no travesseiro para melhorar seu conforto.

— Não estou incomodando, não é?

— Está, sim!

— Viu? Depois você se queixa de que a gente não conversa nunca.

Antoine lhe confiscou o controle remoto e desligou o aparelho.

— Estive pensando na sua vertigem, sabia? Não é um problema neutro. Você tem medo de crescer, de se projetar para a frente, e é isso que o paralisa, inclusive nas suas relações com os outros. Com sua mulher, tinha medo de ser marido, e às vezes até com sua filha tem medo de ser pai. Há quanto tempo você fez alguma coisa por alguém que não fosse você mesmo?

Antoine apertou o interruptor da lâmpada de cabeceira e se virou. Mathias ficou assim por alguns minutos, silencioso no escuro; acabou se levantando e, na hora em que ia saindo, olhou fixamente o amigo.

— Pois quer saber? Conselho por conselho, tenho um que também lhe serve, Antoine: deixar alguém entrar na sua vida, destruir as paredes construídas para se proteger, não esperar que o outro as derrube!

— E por que você me diz isso? Por acaso eu não demoli a parede divisória? — gritou Antoine.

— Não! Fui eu, e não estou falando disso! Aquela brincadeira com os sapatinhos, na loja de roupas infantis, foi o quê?

E a porta se fechou.

*

Nessa noite, Antoine não dormiu... ou quase. Acendeu a luz, abriu a gaveta da mesa de cabeceira, pegou uma folha de papel e começou a escrever. O sono só o dominou de madrugada, quando ele acabou de redigir sua carta.

Mathias tampouco dormiu nessa noite... ou quase. Também acendeu a luz, e, assim como aconteceu com Antoine, só de madrugada o sono o dominou, depois que ele tomou certas decisões.

XX

Nesta sexta-feira, Emily e Louis realmente chegaram atrasados à escola. De nada adiantara eles sacudirem os pais para tirá-los da cama. E enquanto as crianças viam desenhos animados (com as pastas nas costas, para o caso de alguém ter o topete de repreendê-las), Mathias se barbeava no banheiro e Antoine, aborrecidíssimo, ligava para McKenzie a fim de avisar que estaria na agência dali a meia hora.

*

Mathias entrou na livraria, escreveu com uma caneta marcador numa folha de papel Canson "Fechado por todo o dia", colou-a na porta envidraçada e saiu em seguida.

Passou na agência e interrompeu Antoine em plena reunião para forçá-lo a lhe emprestar o carro. A primeira etapa de seu périplo levou-o ao longo do Tâmisa. Depois de parar no estacionamento da torre Oxo, foi sentar-se por algum tempo, para se concentrar, no banco que ficava diante do píer.

*

Yvonne se assegurou de que não tinha esquecido nada e verificou de novo sua passagem. Esta noite, na estação Victoria, ela tomaria o trem das 18 horas. Chegaria a Chatham 55 minutos mais tarde. Fechou sua maleta preta, deixou-a em cima da cama e saiu do quarto.

Com o coração apertado, desceu a escada que levava à sala; tinha encontro marcado com Antoine. Era uma boa ideia partir neste fim de semana. Ela jamais suportaria ver a grande bagunça em seu restaurante. Mas a verdadeira razão da viagem, embora seu temperamento difícil a impedisse de admitir, vinha sobretudo do coração. Esta noite, pela primeira vez, ela dormiria em Kent.

*

Ao sair da reunião, Antoine consultou seu relógio. Yvonne devia estar à sua espera havia uns bons 15 minutos. Ele procurou no bolso do paletó, conferiu se ali estava um envelope e correu para o encontro.

*

Sophie se observou, de perfil, ao espelho pendurado na parede dos fundos de sua loja. Acariciou a barriga e sorriu.

*

Mathias olhou as ondulações do rio uma última vez. Inspirou profundamente e levantou-se do banco. Em passo determinado, avançou rumo à torre Oxo e atravessou o saguão para falar com o ascensorista. O rapaz o escutou atentamente e aceitou a generosa gorjeta que Mathias lhe oferecia, em troca de um serviço que ainda assim lhe parecia estranho. Depois pediu aos passageiros o favor de se juntarem um pouco no fundo do elevador. Mathias entrou na cabine, plantou-se diante da porta e anunciou que estava pronto. O ascensorista apertou o botão.

*

Yvonne fez Enya prometer que estaria presente por todo o tempo da obra e cuidaria para que os operários não estragassem a caixa registradora. Já lhe era difícil imaginar que, na volta, nada mais se pareceria com coisa alguma; mas, se sua velha máquina fosse danificada, a própria alma de seu bistrô fugiria.

Recusou-se a ver os últimos desenhos que Antoine lhe apresentava. Confiava nele. Foi até atrás do balcão, abriu uma gaveta e estendeu a Antoine um envelope.

— O que é isto?
— Você verá quando abrir!
— Se for um cheque, não vou depositar!
— Se você não depositar, na volta eu pego duas latas de tinta e lambuzo todo o seu trabalho, entendeu bem?

Antoine quis discutir, mas Yvonne lhe tomou o envelope e meteu-o à força no paletó dele.

— Vai levar ou não? — disse, agitando um molho de chaves. — Eu quero muito modernizar minha sala, mas meu orgulho só vai morrer comigo, sou da velha escola. Sei muito bem que você nunca vai me deixar pagar seus honorários, mas pelo menos a obra eu pago!

Antoine pegou as chaves nas mãos de Yvonne e anunciou que o restaurante seria dele até o domingo à noite. Ela não tinha o direito de pôr os pés ali antes da manhã de segunda-feira.

*

— Cavalheiro? Realmente, o senhor precisa tirar o pé da porta, as pessoas estão impacientes! — suplicou o ascensorista da torre Oxo.

O elevador continuava no térreo e, embora o rapaz tivesse tentado explicar a situação a todos os passageiros, alguns já não aguentavam esperar para chegarem às suas mesas no último andar.

— Estou quase pronto — disse Mathias —, quase pronto!

Inspirou fundo e encolheu os artelhos dentro dos sapatos.

A empresária ao seu lado deu-lhe um golpe de guarda-chuva na panturrilha, Mathias dobrou a perna e finalmente o elevador subiu pelo céu de Londres.

*

Yvonne saiu do restaurante. Tinha hora marcada no cabeleireiro, mais tarde voltaria para pegar a maleta. Enya quase precisou empurrá-la para fora, garantindo-lhe que podia contar com ela. Yvonne abraçou-a e beijou-a antes de entrar no táxi.

Antoine vinha subindo a rua. Parou diante da loja de Sophie, bateu na porta e entrou.

*

As portas do elevador se abriram para o último andar. Os clientes do restaurante se precipitaram para fora. Agarrado à barra de proteção, no fundo da cabine de vidro, Mathias abriu os olhos. Maravilhado, descobriu uma cidade como nunca havia visto. O ascensorista bateu palmas uma primeira vez, uma segunda, e depois aplaudiu com todo o entusiasmo.

— Mais uma viagenzinha, só o senhor e eu? — perguntou.

Mathias olhou para ele e sorriu.

— Então, só uma, porque depois tenho uma estrada a percorrer — disse. — Posso? — acrescentou, pousando o dedo sobre o botão.

— A casa é sua! — respondeu altivamente o ascensorista.

*

— Veio comprar flores? — perguntou Sophie olhando Antoine, que se aproximava.

Ele puxou do bolso o envelope e o entregou a ela.

— O que é isto?

— Sabe? Aquele imbecil a quem voce me pedia que escrevesse... acho que finalmente ele respondeu, então eu quis trazer a carta pessoalmente.

Sem dizer nada, Sophie se abaixou para abrir o estojo de cortiça e colocou a carta em cima das outras.

— Não vai abrir?

— Sim, mais tarde, talvez, e também acho que ele não gostaria que eu a lesse diante de você.

Antoine se adiantou lentamente, estreitou-a nos braços, beijou-a na face e saiu da loja.

*

O Austin Healey seguia pela M25. Mathias se inclinou para o porta-luvas e pegou o mapa rodoviário. Dali a 10 milhas, ele deveria entrar na M2. Esta manhã, tinha cumprido sua primeira resolução. Se mantivesse o ritmo, talvez cumprisse a segunda em menos de uma hora.

*

Antoine passou o resto do dia em companhia de McKenzie no restaurante. Ajudados por Enya, tinham empilhado as mesas velhas no fundo da sala. Amanhã, o caminhão da marcenaria levaria todas. Juntos, os dois agora traçavam nas paredes, com giz azul, grandes linhas que marcavam os limites dos lambris, para os marceneiros que fariam o trabalho no sábado, e as empostas para os pintores que interviriam no domingo.

*

No final da tarde, Sophie recebeu um telefonema de Mathias. Embora soubesse que ela não queria mais lhe falar, ele suplicou que ela o escutasse.
No meio da conversa, Sophie pousou o fone e foi fechar a porta da loja, para que ninguém a interrompesse. Quando Mathias desligou, Sophie pegou o estojo de correspondência. Então abriu a carta e leu as palavras com as quais havia

sonhado durante todos os anos de uma amizade que, afinal, não era só amizade.

Sophie,

Achei que o próximo amor seria ainda uma derrota, então como arriscar perdê-la, quando eu só tinha você?
No entanto, por alimentar meus medos, eu a perdi mesmo assim.

Todos esses anos, redigi para você aquelas cartas, sonhando, sem nunca lhe dizer, ser aquele que as leria. Na noite passada, também não soube lhe dizer...

Eu amaria esse bebê mais do que um pai porque ele é seu, e melhor do que um amante, embora ele seja de outro.

Se você ainda me aceitasse, eu expulsaria suas solidões, tomaria você pela mão para levá-la por um caminho que percorreríamos juntos.

Quero envelhecer em seus olhares e vestir suas noites até o fim dos meus dias.
Essas palavras, só para você eu as escrevo, meu amor.

Antoine

*

Mathias parou num posto. Completou o tanque e retomou a M25 em direção a Londres. Agora há pouco, numa aldeiazinha de Kent, concretizara sua segunda decisão. Ao acompanhá-lo até o carro, Mr. Glover tinha confessado que esperava essa visita, mas não quisera dizer nada sobre a identidade de Popinot.

Ao enveredar pela autoestrada, Mathias teclou o número do celular de Antoine. Tinha arranjado quem tomasse conta das crianças e o convidava para jantarem juntos.

Antoine perguntou o que estavam festejando. Mathias não respondeu, mas propôs que o amigo escolhesse o lugar.

— Yvonne viajou, temos o restaurante só para nós, tudo bem?

Antoine interrogou rapidamente Enya, que concordou totalmente em lhes preparar um jantarzinho. Deixaria tudo na cozinha, eles só precisariam aquecer a comida.

— Perfeito — disse Mathias. — Eu levo o vinho. Oito horas em ponto!

*

Enya havia posto para eles um couvert muito bonitinho. Ao arrumar a adega, tinha achado um castiçal e o instalara no meio da mesa. As travessas estavam no forno, bastaria que eles as tirassem. Quando Mathias chegou, ela cumprimentou os dois e subiu para seu quarto.

Antoine destampou a garrafa que Mathias havia trazido e serviu os dois copos.

— Vai ficar bonito, isto aqui. Domingo à noite, você não reconhecerá mais nada. Se eu não estiver enganado, a alma do lugar não terá mudado, ele será sempre o bistrô de Yvonne, só que mais moderno.

E como Mathias não dizia nada, Antoine levantou o copo.

— Afinal, o que estamos comemorando?
— Nós — respondeu Mathias.
— Pelo quê?
— Pelo que fizemos um pelo outro, ou melhor, principalmente o que você fez. Em amizade, não se oficializa nada em cartório, então não existe propriamente um aniversário; de qualquer modo, ela pode durar a vida inteira, porque a gente se escolheu.

— Lembra-se da primeira vez que nos encontramos? — disse Antoine, tocando os copos.

— Um brinde a Caroline Leblond — respondeu Mathias.

Antoine quis ir buscar a comida na cozinha, mas Mathias o impediu.

— Fique sentado, quero lhe dizer uma coisa importante.
— Estou ouvindo.
— Eu amo você.
— Está ensaiando o texto para um encontro? — perguntou Antoine.
— Não, eu realmente o amo.
— Está me gozando? Pare com isso, eu fico até preocupado!
— Vou deixar você, Antoine.

Antoine pousou o copo e olhou fixamente para Mathias.

— Existe algum outro?
— Agora é você quem está me gozando.
— Por que você vai fazer isso?
— Por nós dois. Você me perguntou qual foi a última vez que eu fiz algo por outra pessoa que não eu, agora vou poder responder.

Antoine se levantou.

— Perdi a fome, sabia? Vamos fazer uma caminhada?

Mathias empurrou sua cadeira. Os dois abandonaram a mesa e fecharam atrás de si a porta de serviço.

Passearam ao longo da margem do rio, cada um respeitando o silêncio do outro.

Debruçado à balaustrada de uma ponte que dominava o Tâmisa, Antoine tirou do bolso o último charuto que lhe restava. Rolou-o entre os dedos e riscou um fósforo.

— De todo o modo, eu não queria outro filho — disse Mathias, sorrindo.

— Acho que eu, sim! — respondeu Antoine, passando-lhe o charuto.

— Venha, vamos atravessar, do outro lado a vista é mais bonita — prosseguiu Mathias.

— Você vem amanhã?

— Não, acho que é melhor a gente não se ver durante algum tempo. Mas eu ligo no domingo, para saber como foram as obras.

— Compreendo — disse Antoine.

— Vou levar Emily para viajar. Não é tão grave assim, se ela perder uma semana de aulas. Preciso passar um tempo com ela, temos de conversar.

— Você tem projetos? — perguntou Antoine.

— Sim, é disso que quero falar com ela.

— E comigo, não quer mais falar?

— Claro que sim — respondeu Mathias —, mas com ela primeiro.

Um táxi atravessava a ponte, Mathias fez sinal. Antoine entrou. Mathias bateu a porta e se debruçou para dentro.

— Pode ir, eu ainda vou caminhar um pouco.
— Certo — respondeu Antoine. — Você viu a hora — disse, olhando o relógio. — Conheço uma baby-sitter que vai me dar uma bronca quando eu chegar.
— Não se preocupe com Mrs. Doubtfire,* eu cuidei de tudo.

Mathias esperou que o táxi se afastasse. Meteu as mãos nos bolsos da gabardina e retomou a caminhada. Eram 2h20, e ele cruzou os dedos para que sua terceira resolução se concretizasse.

*

Ao chegar, Antoine olhou a cestinha da entrada. A sala estava na penumbra, iluminada apenas pela tela da tevê.

Dois pés ultrapassavam a extremidade do sofá: um com uma meia cor-de-rosa, outro com uma azul. Ele se dirigiu à cozinha e abriu a geladeira. Na prateleira, as latas de refrigerante estavam arrumadas pela cor. Ele as deslocou, uma após a outra, para desorganizá-las, e fechou a porta. Encheu um grande copo d'água na torneira e bebeu-o de uma vez.

Foi quando retornou à sala que ele descobriu Sophie, que dormia profundamente. Antoine despiu o paletó para lhe cobrir os ombros. Debruçando-se sobre ela, acariciou-lhe os cabelos, beijou-a na testa e deslizou até os lábios. Desligou a televisão e foi até a outra ponta do sofá. Levantou

---

* Personagem de Robin Williams no filme *Uma babá quase perfeita*. (N. da T.)

delicadamente as pernas de Sophie, sentou-se sem fazer ruído e colocou-as sobre os joelhos. Por fim, meteu-se entre as almofadas, em busca de uma posição para dormir. Quando ele parou de se mexer, Sophie abriu um olho, sorriu e fechou-o em seguida.

XXI

Antoine tinha saído nas primeiras horas da manhã. Queria estar no local quando o caminhão da marcenaria chegasse. Sophie havia preparado a malinha de Emily e reunido algumas coisas do pai da menina numa bolsa grande. Mathias passou para buscar a filha por volta das 9 horas. Iriam à Cornualha e aproveitariam esse momento a dois para conversar sobre o futuro. Emily beijou Louis e prometeu que lhe enviaria um cartão-postal todos os dias. Sophie os acompanhou até a porta da casa.

— Obrigado por arrumar minha bolsa — disse Mathias.

— Obrigada digo eu a você — respondeu Sophie, abraçando-o. — Vai dar tudo certo? — perguntou.

— Claro, estou com meu anjinho da guarda.

— Quando você volta?

— Daqui a alguns dias, ainda não sei.

Mathias pegou a filha pela mão e desceu a escada externa. Depois virou-se para contemplar a fachada da casa. A glicínia corria de cada lado das duas portas de entrada. Sophia o fitava e ele lhe sorriu, comovido.

— Cuide bem dele — murmurou Mathias.

— Pode contar comigo.

Mathias subiu de volta os degraus, levantou Louis e beijou-o no ar.

— E você, cuide bem de Sophie, você é o homem da casa durante minha ausência.

— E meu pai? — respondeu Louis, pousando os pés de volta no chão.

Mathias lhe lançou uma piscadela cúmplice e se afastou pela rua.

*

Antoine entrou no restaurante deserto. No fundo da sala, um castiçal reinava sobre uma mesa forrada com uma toalha branca. O couvert estava imaculado, apenas dois copos cheios de vinho. Ele se aproximou e sentou-se na cadeira que Mathias ocupara na véspera.

— Deixe aí, eu vou tirar essa mesa — disse Enya, ao pé da escada.

— Não ouvi a senhorita chegar.

— Mas eu ouvi o senhor — disse ela, aproximando-se.

— Foi uma bela primavera, não?

— Com algumas tempestades, como em toda primavera — comentou Enya, olhando a sala vazia.

— Acho que escutei o caminhão aí na rua.

Enya olhou pela vitrine.

— Estou com medo — disse Antoine.

— Yvonne vai adorar.

— Está falando isso para me tranquilizar?

— Não, eu falei porque ontem, depois que os senhores saíram, ela apareceu para olhar todos os desenhos, e acredite, seus olhos riam como eu nunca tinha visto.

— Ela não fez nenhum comentário?

— Sim, disse: "Viu, papai? Conseguimos!". Agora, vou fazer um café para o senhor. Vamos, saia daí, eu preciso tirar essa mesa. Rápido!

E os marceneiros já invadiam o restaurante.

*

No domingo de manhã, John havia levado Yvonne para visitar sua aldeia. Ela adorou o lugar. Ao longo da rua principal, as fachadas das casas eram todas de cores diferentes, rosa, azul, branco, até violeta, e todas as sacadas transbordavam de flores. Almoçaram no pub, instituição local. O sol brilhava no céu de Kent, e o proprietário os instalara lá fora. Estranhamente, todos os moradores deviam ter compras a fazer naquele dia, pois todos passavam e voltavam a passar diante do terraço, cumprimentando John Glover e sua amiga francesa.

Voltaram para casa através dos campos; os prados ingleses eram dos mais belos do mundo. A tarde também estava bonita. John tinha trabalho em sua estufa, Yvonne aproveitaria para fazer uma sesta no jardim. Ele a instalou numa espreguiçadeira, beijou-a e foi buscar suas ferramentas no depósito.

*

Os marceneiros haviam cumprido a promessa. Todas as madeiras estavam instaladas. Antoine e McKenzie se debruçavam, cada um numa extremidade do balcão, para verificar os ajustes. Estavam perfeitos, nem uma farpa ultrapassava os encaixes. Os vernizes realizados na oficina tinham sido lustrados pelo menos seis vezes para obter um tal brilho. Com mil precauções, e sob o olhar vigilante e impiedoso de Enya, a velha caixa registradora tinha voltado ao seu lugar. Louis lhe dava um polimento. Na sala, os pintores terminavam as empostas que eles haviam emassado e lixado à noite. Antoine olhou seu relógio: faltava remover os encerados, dar uma boa varrida e colocar as novas mesas e cadeiras nos lugares. Os eletricistas já fixavam os apliques nas paredes. Sophie entrou, carregando nos braços uma grande jarra. As corolas das peônias estavam semiabertas; amanhã, quando Yvonne voltasse, as flores estariam perfeitas.

*

Ao sul de Falmouth, um pai apresentava à sua filha as falésias da Cornualha. Quando ele se aproximou da borda para mostrar ao longe o litoral da França, ela não acreditou nos próprios olhos. Correu a abraçá-lo e disse que sentia orgulho dele. De volta ao carro, aproveitou para perguntar se poderia finalmente, agora que ele não sentia mais vertigens, descer de escorrega pelo corrimão da escada sem levar bronca.

*

Logo seriam 16 horas, e tudo estava concluído. De pé em frente à porta, Antoine, Sophie, Louis e Enya olhavam o trabalho realizado.

— Não consigo acreditar — disse Sophie, contemplando a sala.

— Nem eu — respondeu Antoine, tomando-lhe a mão.

Sophie se inclinou para Louis a fim de lhe fazer uma confidência, só a ele.

— Daqui a dois segundos, seu pai vai me perguntar se Yvonne vai gostar — cochichou ela ao ouvido do garoto.

O telefone tocava. Enya atendeu e acenou para Antoine: a ligação era para ele.

— Deve ser ela, querendo saber se ficou pronto — disse Antoine, dirigindo-se para o balcão.

E virou-se, para perguntar a Sophie se ela achava que a nova sala agradaria a Yvonne...

Pegou o aparelho, e a expressão de seu rosto mudou. No outro lado do fio, quem estava não era Yvonne, mas John Glover.

*

Havia sentido a dor no início da tarde. Não quisera preocupar John. Ele tinha esperado tanto por aquele momento... O campo ao seu redor estava irradiado de luz, as copas das árvores oscilavam lentamente ao vento. Como eram suaves esses perfumes de verão nascente! Ela estava muito cansada, a xícara escorregava entre seus dedos, por que lutar para reter a asa?, aquilo era apenas porcelana; John estava na estufa, não escutaria nenhum ruído. Ela gostava do modo como ele podava as roseiras trepadeiras.

Engraçado, pensava nele e ei-lo no começo da alameda. Como se parece com o pai dela! Tem a mesma doçura, a mesma reserva, uma elegância natural. Quem é essa menininha que lhe dá a mão? Não é Emily. Ela agita aquela echarpe que usava no dia em que ele a levara à roda-gigante. Acena para que ele venha.

Os raios do sol estão quentes, sente-os na pele. Não é preciso ter medo, ela disse o essencial. Um último gole de café, talvez? O recipiente está sobre a mesinha, tão perto e já tão longe. Um pássaro cruza o céu; esta noite, ele sobrevoará a França.

John caminhava em sua direção. Tomara que ele se dirija ao sub-bosque, é melhor estar sozinha.

A cabeça lhe pesava muito. Ela a reclinou sobre o ombro. Seria bom manter as pálpebras ainda um pouco abertas, impregnar-se de tudo o que havia ali, eu queria ver as magnólias, me debruçar sobre as rosas; a luz se abranda, o sol está menos quente, o pássaro foi embora; a menininha me acena, meu pai me sorri. Meu Deus, como é bela a vida, quando se vai... e a xícara rolou sobre a grama.

Estava toda reta em sua cadeira, a cabeça inclinada, alguns cacos de porcelana aos seus pés.

John abandonou as ferramentas e correu para a alameda, gritando o nome dela...

Yvonne acabava de morrer, num jardim de Kent.

XXII

Yvonne teria gostado desse céu limpo sobre o cemitério de Old Brompton. John abria o cortejo. Seguiam-se Danièle, Colette e Martine, lado a lado. Sophie, Antoine, Enya e Louis apoiavam McKenzie, inconsolável em seu terno novo. Atrás deles, comerciantes, clientes, todas as pessoas da Bute Street formavam uma longa fila.

Quando a enterraram, um clamor sem igual elevou-se do grande estádio. Nessa quarta-feira, o Manchester United vencera a partida. E quem hoje poderia dizer o contrário? Aquela silhueta que caminhava pela alameda e que sorria a John era a de um grande jogador. Não houve missa, Yvonne não iria querer. Só algumas palavras para testemunhar que, mesmo morta, ela ainda estaria ali.

A cerimônia foi breve, segundo o desejo de Yvonne. Todo mundo se encontrou no bistrô; esse foi o desejo de John.

As opiniões eram unânimes. E, embora Antoine chorasse, deviam se alegrar, o restaurante estava ainda mais bonito do que ela havia imaginado. Claro que ela gostaria! Todo mundo se instalou às mesas e os copos se ergueram à memória de Yvonne.

Ao meio-dia, clientes de passagem entraram na sala. Enya não sabia o que fazer. Danièle lhe fez um sinal: era preciso servi-los. Quando eles pediram a conta, Enya foi até a caixa registradora, sem saber se devia cobrar ou não.

John, que se debruçara por trás dela, apertou a tecla e a campainha da caixa ressoou pela sala.

— Como vê, ela está aqui, entre nós — disse ele a Enya.

O restaurante acabava de reabrir. Aliás, cochichou John, Yvonne lhe dissera certa vez: se um dia aquilo fechasse ela morreria de novo. Enya não devia se inquietar, ele a vira nesta manhã em ação, correndo entre as mesas sem jamais se apressar, John tinha certeza, ela saberia como fazer.

Nada poderia tornar Enya mais feliz, só que ela não tinha condições de adquirir o negócio. John a tranquilizou, isso não seria necessário, fariam um acordo, uma gerência. Como fora feito com Mathias na livraria, ele lhe explicaria. E também, se ela precisasse de uma ajudinha, ele não estaria longe. John tinha apenas um pedido. Entregando a ela um quadrinho com fina moldura, pediu-lhe que o pendurasse acima do bar e que aquela foto permanecesse ali para sempre. Antes de se ausentar — ainda tinha um assunto a resolver —, John mostrou a Enya seu casaco pendurado no cabide e o ofereceu a ela pela segunda vez. Enya devia conservá-lo, aquele casaco dava sorte, não era verdade?

Sophie olhou para Antoine. Mathias acabava de entrar.

— Você veio? — disse Antoine, adiantando-se para ele.

— Bem, não, como você pode ver!
— Achei que você estaria no cemitério.

— Eu só soube hoje de manhã, quando liguei para Glover. Vim o mais rápido que pude, mas você sabe, com todos esses carros ingleses que rodam do lado errado...!
— Vai ficar?
— Não, preciso ir.
— Compreendo.
— Você pode ficar com Emily por alguns dias?
— Claro!
— E quanto à casa, o que você quer fazer?

Antoine olhou Sophie, que trazia uma pilha de lenços para McKenzie.

— Seja como for, vou precisar do seu quarto — respondeu ele, vendo-a segurar a barriga.

Mathias se dirigiu para a porta, mas voltou e deu um abraço apertado no amigo.

— Me jure uma coisa: hoje, não olhe os detalhes que não deram certo, olhe tudo o que você fez, é magnífico.

— Prometo — disse Antoine.

*

Mathias entrou na livraria, onde John Glover o esperava. John assinou todos os papéis sobre os quais haviam conversado em Kent. Antes de partir, Mathias subiu na escadinha. Pegou um livro na prateleira mais alta e voltou para trás da caixa.

Ele tinha consertado a gaveta, que agora não fazia mais aquele barulhinho quando era aberta.

Mathias agradeceu de novo ao velho livreiro tudo o que este havia feito por ele e lhe devolveu o único exemplar que a livraria possuía das aventuras de Jeeves.

Antes de partir, Mathias tinha uma última pergunta a lhe fazer: quem era, afinal, o tal de Popinot?

Glover sorriu e convidou Mathias a pegar os dois pacotes que deixara para ele diante da entrada. Mathias abriu o papel de presente que os envolvia. O primeiro continha uma placa esmaltada e o segundo, um magnífico guarda-chuva ornado de um castão esculpido em cerejeira... Aonde quer que a gente vá, onde quer que a gente more, em certos fins de tarde sempre pode chover, disse John, na despedida.

Assim que Mathias saiu da livraria, John passou a mão embaixo da gaveta da caixa e repôs a mola exatamente como estava antes.

O trem entrou na estação, Mathias correu pela plataforma, furou toda a fila de passageiros e tomou o primeiro táxi. Tinha um encontro do qual dependia sua vida, gritou pela janela às pessoas que o xingavam; mas o carro já descia o bulevar Magenta, num trânsito excepcionalmente fluente naquele dia.

Na entrada da alameda de pedestres, acelerou o passo e começou a correr.

Por trás da grande baia envidraçada, podia-se ver a bancada de televisão na qual já se preparava a edição do jornal das 20 horas. Um segurança lhe pediu que declinasse sua identidade e o nome da pessoa que ele vinha visitar.

O guarda ligou para a administração.

Ela estava ausente por alguns dias, e o regulamento proibia informar o lugar onde ela se encontrava.

Era na França, pelo menos?, perguntou Mathias, com voz trêmula.

— Não se pode dizer nada... o regulamento — repetiu o guarda; fosse como fosse, o local nem estava anotado, acrescentou, consultando seu grande caderno; ela voltaria na próxima semana, isso era tudo o que ele sabia.

— Podiam pelo menos dizer a ela que Mathias viera procurá-la?

Um técnico transpunha o pórtico e, ao ouvir um nome que lhe era familiar, aguçou os ouvidos.

Sim, de fato se chamava Mathias, por quê? Como era que o rapaz sabia seu nome? — Tinha-o reconhecido, ela o descrevera tanto... falara dele com tanta frequência, respondeu este. Havia precisado escutá-la e consolá-la, quando ela retornara de Londres. E, também, azar do regulamento, disse Nathan, puxando-o de lado; ela era sua amiga; as regras são ótimas, desde que a gente possa infringi-las quando a situação assim impõe... Se Mathias se apressasse, talvez pudesse encontrá-la no Champ-de-Mars, em princípio era lá que ela estava filmando.

Os pneus do táxi cantaram, quando entraram no Quai Voltaire.

Das pistas à margem do rio, a série de pontes oferecia uma perspectiva única; à direita, as vidraças azuladas do Grand Palais acabavam de iluminar-se, e diante dele a torre Eiffel cintilava. Paris era realmente a mais bela cidade do mundo, e mais ainda quando a gente se afastava dela por uns tempos.

Passava das 20 horas. Um último retorno na altura da ponte de l'Alma e o táxi estacionou ao longo da calçada.

Mathias ajeitou o paletó e verificou pelo retrovisor se seus cabelos não estavam muito desgrenhados. Ao guardar a gorjeta no bolso, o motorista o tranquilizou: sua aparência era impecável.

XXIII

Ela concluía sua reportagem e se entretinha com alguns colegas. Quando o viu na esplanada, seu rosto se paralisou. Atravessou a praça correndo e foi encontrá-lo.

Mathias usava um terno elegante; Audrey olhou as mãos dele, que tremiam levemente; também notou que ele se esquecera de colocar abotoaduras nos punhos.

— Nunca sei onde as guardei — disse Mathias, examinando os pulsos.

— Eu trouxe comigo sua xícara de chá, mas não suas abotoaduras.

— Não tenho mais vertigens, sabia?

— O que você quer, Mathias?

Ele a fitou diretamente nos olhos.

— Eu cresci. Dê a nós uma segunda chance.

— As segundas chances nem sempre funcionam.

— Sim, eu sei, mas nós dormíamos juntos.

— Eu me lembro.

— Continua achando que poderia amar minha filha, se ela morasse em Paris?

Audrey o encarou longamente, pegou-lhe a mão e sorriu.

— Venha — disse —, quero verificar uma coisa.

E puxou-o correndo para o último andar da torre Eiffel.

Epílogo

Na primavera seguinte, uma rosa ganhou o grande prêmio na festa de Chelsea. Tinha sido batizada Yvonne. No cemitério de Old Brompton, já floria sobre um certo túmulo.

*

Anos mais tarde, um jovem e sua melhor amiga se encontraram, como era seu hábito sempre que seus horários o permitiam.

— Desculpe, meu trem atrasou. Você está aqui há muito tempo? — perguntou Emily, sentando-se no banco.

— Acabei de chegar. Fui buscar mamãe no aeroporto, ela voltou da missão. Vamos viajar juntos neste fim de semana — respondeu Louis. — E então, e Oxford? Como foram seus exames?

— Papai vai gostar, ganhei aquele pequeno pódio...

Sentados lado a lado num banco que rodeava o carrossel, avistaram um homem de terno azul que acabava de instalar-se diante deles. O homem pousou uma grande bolsa no chão, junto de uma cadeira, e acompanhou a filhinha até o brinquedo.

— Seis meses — disse Louis.
— Três meses, no máximo! — respondeu Emily.
Ela estendeu a mão e Louis lhe deu um tapa na palma.
— Topo a aposta!

... e Mathias continua sem saber quem é Popinot.

Obrigado

a Nicole Lattès, Leonello Brandolini, Brigitte Lannaud, Emmanuelle Hardouin, Antoine Caro, Rose Lantheaume, Kerry Glencorse, Claudine Guérin, Katrin Hodapp, Mark Kessler, Anne-Marie Lenfant, Élisabeth Villeneuve, Sylvie Bardeau, Tine Gerber, Marie Dubois, Brigitte Strauss, Serge Bovet, Lydie Leroy, Aude de Margerie, Joël Renaudat, Arié Sberro e a todas as equipes das Éditions Robert Laffont,

a Pauline Normand, Marie-Ève Provost,

a Dominique Farrugia, Vincent Lindon e Patrick Timsit,

a Pauline,

a Raymond e Danièle Levy, Lorraine Levy,

a Philippe Guez, sem o qual esta história não existiria,

e

a Susanna Lea e Antoine Audouard.

Este livro foi composto na tipologia ClassGarmnd Bt,
em corpo 11/15,3, impresso em papel off-white 80g/m²,
no Sistema Cameron da Divisão Gráfica
da Distribuidora Record.